安曇野を去った男

ある農民文学者の人生

三島利徳

JN139598

文書館

カバー作品
佐藤　明
「五竜の里」

安曇野を去った男

ある農民文学者の人生

[編集協力] 田中美穂

まえがき

「パパ、だから歴史が何の役にたつのか説明してよ」。フランスの歴史家マルク・ブロックの『歴史のための弁明—歴史家の仕事』はこんな少年の問いかけに答えようとして、書き始められている。これに習うなら、私のこの本は「パパ（あるいはじいちゃん）、農民文学って何？　農民文学の歴史は何の役に立つのか説明してよ」という問いに答えるためのものといえる。

マルク・ブロック（１８８６〜１９４４）は、人間社会の全体的・構造的解明を目指すアナール学派の始祖の一人として、新たな歴史学を築いた。『フランス農村史の基本性格』などの著書でも知られる。ブロックは第二次世界大戦中レジスタンス運動に参加し、ドイツ軍に捕縛され、銃殺された。

私が作品を読み足跡を追いかけている農民文学者・山田多賀市《たかいち》（１９０７〜90）は、ブロックより20年余り後に生まれ、やはり第二次世界大戦（太平洋戦争）に巻き込まれた。生き延びるため徴兵忌避の行動に出た。詳しい内容は本文で記述してゆく。

本のタイトルは『安曇野を去った男　ある農民文学者の人生』とした。信州安曇野に生まれ、そこから大きく羽ばたいていった人たちは数多い。東京に中村屋を開いた相馬愛蔵・黒光夫妻、彫刻家荻原碌山、評論家清沢洌《きよし》、評論家・作家臼井吉見、映画監督熊井啓などである。

これらの著名人に比べると山田は、生まれた安曇野や活躍した山梨県以外ではそれほど知られていない。私が山田の足跡を訪ねる旅をしていることを聞いた人たちが「そんな人物がいたんだね。面白そうだ」と関心を示してくれるようになった。山田という農民文学者が、安曇野出身の著名人たちと同じようにもっと広く国内にも海外にも知られるようになってほしい。そんな願いから「安曇野」を本のタイトルに冠した。

山田は貧しい小作農家に生まれ、辛酸をなめる。戦前は農民組合運動に参加し、弾圧を受けた。その中で文学に開眼していく。山田は戦後、出版の事業に成功し、甲府版「農民文学」という雑誌も全国に向けて発行した。この雑誌は農民文学史上大きな意味を持つ。出版事業に失敗後、失意から立ち直り、82歳で亡くなるまで筆を執り続けた。農村社会の変貌を長い時の流れの中でしっかりとらえている。

農民文学とは何か。広辞苑は次のように説明する。

　農村生活の実態を農民の立場に立って描き出した文学。農民の労働体験に基づいて書いた一種のプロレタリア文学をもいう。真山青果「南小泉村」、長塚節「土」、小林多喜二「不在地主」、など。農民文芸。

季刊「農民文学」を発行する日本農民文学会規約では第1条を次のように定めている。

本会は、日本農民文学会と称し、農民文学の創造を通じ、①農村および農民の内発的自己変革をめざし、②人と自然環境との調和を促進し、③会員相互の交流と農村文化の発展をはかることを目的とする。

以上で「農民文学って何?」へのおおよその答えになっていると思う。ではなぜ、その歴史をたどるのか。今をより明確にとらえるには、歴史を考察することが役立つからである。山田が生きた20世紀、日本は軍国主義が高まり大戦へ突入する。報道や文学の表現の自由は厳しく制限された。敗戦で民主主義国家に生まれ変わった。山田という農民文学者の足跡をたどることで、日本人の20世紀精神史の一端を浮かび上がらせたい。戦後70年以上がたった。言論の自由を守り、戦争のない社会を持続するためには何が必要か、格差社会を解消するにはどうすればいいか。こうした問いへの答えも見えてくるはずだ。

戦後、日本では工業化や都市化が進み農業の比重が低くなった。自らを「農民」と名乗る人も減っている。しかし、作物を作る「農」はずっと続くだろう。生産者やその関係者だけでなく消費者も含めて織りなされる「農」の文学もまた、時代の変化に対応して着実に展開してほしい。多様な可能性を秘めていると思う。山田の人生と文学は、そこに力強いエールを送ってくれるだろう。

安曇野を去った男◎ある農民文学者の人生　**目次**

まえがき　i

第一部　山田多賀市への旅――農民解放と文学　1

序　**言葉たちに誘われ**　2

第1章　**ふるさと安曇野**　11

第2章　**伊那谷を経て山梨へ**　23

第3章　**山梨県立文学館**　35

第4章　**文学の師・本庄陸男**　46

第5章　**戦争は嫌だ**　62

第6章　**農地解放と雑誌発行**　80

第7章　**甲府版「農民文学」と犬田夫妻**　95

第二部　山田多賀市の新境地――経済成長と農民文学　117

はじめに　118

第1章　事業の成功と挫折　122

第2章　親友で好敵手の熊王徳平と共に　132

第3章　歴史もの・説話ものを開拓　141

第4章　日差し再び　148

第三部　信念の筆を最期まで――老いと文学　153

はじめに――生き抜いて　154

第1章　「老人日記」　155

第2章　愛弟子・備仲臣道　166

第3章　神話批判と古代史考察　175

第4章　古代小説「天平群盗伝」　183

第5章　農村の町化　192

第6章　日本の米のメシ物語　204

第7章　**反骨をたどる**　215
第8章　**家族の絆、そして終焉**　229

第四部　**山田文学・農民文学を見つめる**　239

はじめに　240
第1章　**文芸評論家・南雲道雄**　241
第2章　**村上林造教授の研究**　251
第3章　**何を学び取るか**　260

山田多賀市略年譜と日本・世界の動き
【資料1】　山田多賀市著作目録
【資料2】　山田多賀市著作目録補遺
参考文献
〔付論〕　**農民文学への熱い思い**（現代的展開）　291
あとがき　313

第一部　山田多賀市への旅

——農民解放と文学

序　言葉たちに誘われ

新聞記事から

載っていてよかった。１９９０（平成２）年10月2日付の信濃毎日新聞（本社長野市）に山田多《た》賀《か》市《いち》さん（本名多嘉市、以下原則として敬称略）の死亡記事を見つけて私は安堵した。逝去は悲しく残念だ。だがその人生を新聞もしっかり評価していたことになる。私はこの新聞社に２０１２年まで勤め、山田の死亡記事を見た記憶があるが不確かだった。データベースで掲載が確認できた。

記事を見ると、小説家山田多賀市氏は九月三十日午前十時五十八分、脳虚血のため甲府市の山梨県立中央病院で死去、八十二歳。南安曇郡堀金村（現安曇野市）出身。自宅は山梨県中巨摩郡敷島町（現甲斐市）中下条六〇四。葬儀・告別式は二日午後一時から敷島町大下条一〇八八ノ三、長男繁彦氏の自宅で。喪主は妻暉子（てるこ）さん。

ここまでは定型。続く文章が反骨で痛快ともいえる人生を紹介している。

〈青年時代は農民解放運動で十八回の投獄を経験。昭和十八年、兵役を免れるために死亡届を偽造、死去するまで反戦運動として無戸籍を貫いた〉

〈農民の生活を描いた代表作「耕土」は長塚節「土」、和田伝「沃土（よくど）」と並んで「日本農民文学土三部作」と呼ばれている〉

　山田関連の記事はほかにもある。日本農民文学会発行で現在に続く「農民文学」の編集長を務めた南雲道雄さんは生前、信濃毎日新聞に「『在所』の文学」という連載を寄稿した。その第21回を「戦後農民文学の礎　山田多賀市の見識と力量」にあてている。２００７（平成19）年12月3日付である。

　それによると山田は今の安曇野市で小学4年生まで就学。あとは大工の徒弟、農家の日雇、土木作業、瓦職人などさまざまな職業を転々とした。20代初め甲府で農民運動の組織に加わり、何度か警察に拘束されて健康を損ね、文筆を志す。小学校4年しか出ていない者が小説を書くことをからかわれたが、最初の短編が本庄《ほんじょう》陸男《むつお》の目にとまり、励まされ、やがて長編『耕土』を完成させる。徴兵逃れのため死亡届を郷里の役場に送った経緯も南雲さんは紹介

安曇野市堀金図書館に飾られている「山田多賀市先生」の写真
説明文は橋渡良知氏の筆による

している。

〈厄介（やっかい）で複雑な生き方をしたかにみえるが、当方と交渉のあった晩年はいたって恬淡（てんたん）、磊落（らいらく）に見えた〉

つまり、心が安らかで無欲、気が大きく朗らかで小事にこだわらない人だと南雲さんは言う。

この言葉にひかれて私は彼の足跡を訪ねる旅を思い立った。

安曇野市堀金図書館に掲げられている「山田多賀市先生」の写真パネルを見ると、確かに恬淡・磊落な人と思えてくる。

甲府版「農民文学」

南雲さんは山田の仕事を後世に伝えようと心血を注いだ。山田が編集兼発行人となって刊行した甲府版「農民文学」の昭和26～27年の計9号分を復刻し、一冊にまとめて解説をつけた。1991（平成3）年緑蔭書房刊、2万300円である。

山田の心意気が誌上に満ち満ちている。

創刊号で雑誌を作り始める理由を述べる。日本の農民文学は長塚《ながつか》節《たかし》や伊藤左千夫らによって種がおろされ、ある程度芽が伸びたが太平洋戦争のつまずきの中で押し流され、もとにもどっていない。作品が面白くなく、あまり役にも立たない。加えてブンダンという変なものがあり、出版社も目先の欲だけが深くて、農民文学の芽は摘まれている。だからこの雑誌を――というのだ。

その意気に打たれる。

ここに記された長塚節（1875〜1915）と伊藤佐千夫（1864〜1913）は歌人でもあり正岡子規に学んだ。長塚は小説『土』で農民文学のさきがけとなる。伊藤は小説『野菊の墓』で知られる。

甲府版「農民文学」は小説だけでなく、評論、随筆、農業技術論、経済論も充実している。執筆陣は農民運動家、政治家、小説家、評論家、学者と多彩だ。風見章は近衛内閣の書記官長を務めた人物。平野力三は農民運動家で政治家。平野義太郎は『日本資本主義発達史講座』を編集した学究。作家では犬田卯（しげる）、住井すゑ子（すゑ）、伊藤永之介、鶴田知也、丸山義二、和田伝、石原文雄などである。

読み進むとそれぞれの筆者の世界に深く分け入りたい気持ちになる。2013年の農民文学賞受賞作の一つに北条常久さんの「伊藤永之介の農民文学の道」が選ばれたことを喜びたい。

山田は新人発掘にも力を入れた。私が新聞社勤務時代に親しくさせていただいた松永伍一さんの詩がその中に載っていて、親しみが増した。

甲府版「農民文学」は9号で終わった。現在の「農民文学」は日本農民文学会の機関誌として、山田の好意で

南雲道雄さんの解説で復刻
された甲府版「農民文学」

誌名を引き継いだ。南雲さんはそう解説している。山田の人柄にますます引き付けられる。（甲府版「農民文学」については第7章で詳述）

『耕土』と『雑草』

長編小説『耕土』が山田の出世作であり、代表作でもある。雑誌に発表したものがまとめられて1940（昭和15）年、東京の大観堂書店から出版された。

その時の喜びの様子は、1971（昭和46）年刊行の自伝的長編小説『雑草』（東邦出版社）に描かれている。言葉がいい。

〈文学を知ったおかげで命をとりとめることが出来たし、社会運動というものを、つっぱなして見ることが出来るようになって、社会運動家がおちいり易い、狂信的な自我からのがれることも出来た〉

『雑草』の主人公・並木健助（山田自身のことと思われる）は農民運動に全力を挙げるが肺結核になり、養鶏をしながら小説を書こうと思い立つ。〈命をとりとめることが出来た〉とは、このことを指す。

〈農民から小作制度をとりのぞいてやることは、自分の苦しんできた少年時代、栄養失調なるが故に、幼少にして死んで行った、弟や妹、一生を小作人として終った父、そういう人々を解放することではなかろうか。正義とは貧しい者の味方になって闘うことだ〉という言葉も『雑草』

の中に見える。

この小説は山梨県の農村を舞台にしている。貧しい小作人の家の勝太郎、その恋人登美を中心に、戦前の農村のさまざまな人間模様が描かれる。弟に土地を分けようとせず倹約し金をためる勝太郎の兄信吉。蚕の病気に見舞われる家。繭の安値、土地境界争い、地域で進む発電所工事なども ある。勝太郎と登美の関係はうまくいかず、今後どうなるのか読者を気掛かりにさせたまま、小説は末尾に未完と記している。

『耕土』初版が印刷されたとき続編はすでに書かれていたが、戦争中は日の目を見ず、ようやく甲府版「農民文学」に「耕土」(続編)として6回連載された。

勝太郎は登美との間に子供ができ所帯を持つ。日雇いに出たり、開墾作業をしたりと生活は苦しい。農民組合ができ小作料交渉が行われる。天然痘が流行し死者が出る。葬儀での大盤振る舞いの風習とその打破。発電所工事では土砂崩れで死者。その落成式では代議士経験者が盧溝橋事件を契機とした中国への軍隊出動(日中戦争の開始、1937年)と発電所完成の意義を演説。村会議員選挙と新しい村長の誕生。そんな村の動きが描かれる。

信吉に召集令状が届く。家のことを思い本音ではうろたえる信吉。開墾地や発電所ダムは大雨に襲われた。その直後、信吉はバンザーイの声に送られて出征し、小説は完となる。

軍部の力が強まり、満州への侵略と支配を強めていった時代である。その国策に沿った文学が求められた。山田はそれにくみせず、農村の現実を物語として描き上げた。人間と社会に対する確かな目を感じる。弱い者をこそ大切にしなければという潔さに満ちている。

新たな出会い求めて

自伝的小説『雑草』では、たくさんの作家や評論家などが実名で登場してくる。葉山嘉樹《はやまよしき》には伊那谷の発電所工事現場で会い、本を読むよう教えられたという。

本庄陸男（後述、第4章）は文学の師匠である。東京に本庄を訪ねると、結核で弱っていた。本庄の紹介で売れっ子作家の武田麟太郎（1904〜46。小説家。『暴力』を発表して認められた。「人民文庫」をおこした）を訪ねたことがある。そこで大阪生まれの作家織田作之助らに会う。

本庄は山田の養鶏場に来て静養し、帰京して『石狩川』に取り組む。この作品は高く評価されたが、出版後間もなく1939年に34歳の若さで亡くなった。「雑草」の主人公健助のショックは大きい。

『雑草』によると、諏訪市出身の作家藤森成吉から長男の名前を付けてもらったという。

そのほか、作家の熊王徳平、新田潤（長野県上田出身）、大井広介（評論家）、矢崎弾（評論家）らも登場する。この人たちは山田をどうとらえていたのだろうか。山田の人物描写にはフィクションや記憶違いが入っていないかの吟味も要るだろう。

山田の『耕土』は1976（昭和51）年、家の光協会の『土とふるさとの文学全集』第4巻に収録・発売され、脚光を浴びた。かつて彼が養鶏場を営んだ双葉町（現甲斐市）に山梨県の有志が『耕土』の碑を翌1977年に建てた。これはぜひ見に行きたい。関係の本や雑誌は山梨県立文学館に数多く収められている。山田多賀市を訪ねる旅には欠かせぬ訪問先である。

山田についてはすでに山口大学教授・村上林造さんのすぐれた研究がある。「『耕土』大観堂版の成立―雑誌初出本文と対比しつつ」という論文のほか、「山田多賀市著作目録」をものしている。（第四部で詳述する）

この著作目録により、山田は戦後も多くの小説や評論、随筆を書いていることが分かった。村上教授は手紙やメールで実に多くのことを丁寧に教えてくださった。ご自身が作った年譜を本書の巻末に収録することも許してくださった。学恩に深く感謝申し上げる。

山田は『終焉《しゅうえん》の記』を1987（昭和62）年に、山梨ふるさと文庫から出版している。家族のことや老いのことを書き込んだ。この本の末尾に、月刊「新山梨」編集人の備仲臣道《びんなかしげみち》さんが「山田先生とのこと」を書いている。山田家の皆さんや関係者にご迷惑にならない程度にお目にかかり、旅を続けられたらと願っている。

俳人松尾芭蕉は「片雲の風にさそはれて、漂泊の思ひやまず」と「おくのほそ道」に書いている。私は山田の文章やそれを取り巻く人たちの言葉に誘われて、山田の歩んだ道を訪ねる旅に出ることにした。

『雑草』の結びの言葉〈ひどい目に逢うのは、雑草である民衆だ。今もまだ日本の政治に変わりはない〉を反芻しながら。きっと新たな出会いがあり、視野も広がるだろう。

まずは山田の生まれ故郷・長野県安曇野市堀金を訪ねてみたい。この地区に住み高校長や教育長を務めた橋渡良知《はしどよしとも》さんにご案内いただけることになった。山田のことをいろいろな形で紹介してきた方である。

第1章　ふるさと安曇野

橋渡良知さんの眼差し

「山田多賀市生家跡」。こう書かれた標柱が安曇野市の堀金（旧堀金村）の一角に立っている。同地区在住の橋渡良知《はしどよしとも》さんに2013年8月、ご案内いただだいた。1992（平成4）年に村教委が立てた。その時の村教育長が橋渡さんだ。

標柱の背後には、よく耕された農地が広がる。標柱がなければ、ここが農民文学作家で農民解放運動家だった山田多賀市《たかいち》が生まれた家があったところとは気付かない。

橋渡さんは山田の顕彰に力を注いできた。

「村出身の人だからね。もっと広く知ってほしいと思って。小学校は4年までしか行けず、子守に出された。その後苦労しながら作家となった。大したものだと思う」

橋渡さんは1928（昭和3）年生まれで、高校の校長を務めた。以後は生家で農業を営みつつ、味のあるエッセーや論考を発表してきた。それらを2011年に『農の心象』という冊子に

「山田多賀市生家跡」の標柱と
橋渡良知さん房子さん夫妻

まとめた（非売品）。表紙写真は橋渡さんが小学6年生だった孫と一緒に田ではぜ掛けをする姿だ。ほほえましい。

冊子には「安曇野の先覚者山田多賀市　反骨・痛快な農民文学者」の3回連載も収録している。もとはＪＡあづみ広報誌に掲載されたものである。

冒頭の「生い立ちとその後」によると、山田は1907（明治40）年、市之助の長男として生まれる。そのあと異母弟が4人生まれている。全部畑の小作の家で、堀金小学校は4年までしか行かなかった。あとは子守奉公、農事の手伝い、大工の徒弟、土木作業などを転々として甲府の在に流れついた。それも甲府までしか汽車賃がなかったからここで降りたのだという。

1990（平成2）年に亡くなるまで主な活動の舞台は山梨県だった。だが少年期を過ごした堀金での生活がその後の山田の人生を左右することになる。小作人が苦しまなくて済む社会にしたい。農民や民衆の苦しみ、悲しみ、そして喜びを文学で表現したい……。山田の農民解放運動と農民文学に対するほとばしるような思いの原点は堀金にある。私にはそう思えてきた。

橋渡さんの筆は、「山田多賀市と堀金村」「『耕土』で世に出る」「『耕土』の碑を訪ねる」「山田多賀市の真骨頂」「山田多賀市と臼井吉見」「ふるさとへの思い」と続く。これを手掛かりに私の山田への旅を深めたい。

臼井吉見と山田多賀市

作家・評論家として著名な臼井吉見氏（以後敬称略）の生家の前の道にも橋渡さんに案内してもらった。堀金の中でも山田と同じ田尻地区にある。現在も立派な住宅が残り、手入れが行き届いた木々の緑が美しい。今では農地となって当時の面影もない山田の生家跡とは対照的だ。

臼井は山田より2年早く1905（明治38）年に生まれ、山田の死去より3年前の1987（昭和62）年に亡くなった。

人生行路も、子守奉公から始まった山田とは対照的だ。東大国文科を卒業し、教鞭をとる傍ら、親友古田晁《あきら》が興した筑摩書房の経営を助ける。1946年、筑摩書房の雑誌「展望」の初代編集長に就任し、多くの作家や評論家を世に出す。自らも文芸評論などを発表した。

小説『安曇野』全5巻は、新宿中村屋の相馬愛蔵・黒光夫妻、思想家木下尚江、彫刻家荻原守衛ら安曇野ゆかりの人々を登場させる長編大作だ。谷崎潤一郎賞を受けている。広辞苑には臼井の代表作として『人間と文学』と『安曇野』が載っている。

安曇野市のホームページは「ゆかりの先人たち」で、臼井の本が「安曇野」の名を広げさせるきっかけを作ったと紹介している。最近テレビドラマでも安曇野が舞台になり、全国の注目度が高まった。高速道のインターの名前も豊科から安曇野に替わった。確かに「あづみの」という音の響きはいい。

山田と臼井は同じ地域に生まれ同時代を生きたが、深い交渉はなかったようだ。文章で言及したものは見当たらないとされている。住む世界、目指す文学の方向やスタイルが違ったということだろう。

しかし接点は『土とふるさとの文学全集』第4巻（1976年、家の光協会）にある。この巻に長塚節『土』、犬田卯《しげる》『村に闘ふ』、和田伝『沃土』と並んで山田の『耕土』が入っている。編集委員は臼井吉見、小田切秀雄、瀬沼茂樹、水上勉、和田伝。臼井吉見が強く推したのか、あるいはこの巻については他の人に任せるところが多かったのか、知りたいところだ。いずれにしても臼井が絶対反対であれば山田作品は収録されなかったと思われる。

この第4巻の解説は「農民文学」の編集長を務めた南雲道雄が書いた。本に付けられた月報を見ると、臼井は長塚節の『土』に関してコメント。山田に関しては、付き合いの長い作家熊王徳平による「『耕土』と山田多賀市」が収められている。

臼井は、夏目漱石の『土』に対する評価に異議を唱えている。漱石は登場人物について「教育もなければ、品格もなければ、ただ土の上に生みつけられて、土とともに生長した蛆《うじ》同様に憐れな百姓の生活」などと表現した。この批評に対し臼井は「ある程度正しいが、根本的にはまちがっている」と述べる。少し長いが引用させていただく。

「苦しい百姓生活」が「精緻に直叙」されていることもまちがいない。だが、それは「最も獣類に接近した部分」として描かれているのでは決してない。全体的なもののなかから、ことさら醜悪な面、憐れな部分をえらび、それを憐れとし、醜悪として描くような描きかた、一般に当時の自然主義流のそれとはちがったもの、むしろ逆の性質のものだ。貧乏な百姓生活全体を強い愛情で描いている。これが『土』の根本だ。

南雲は山田の『耕土』の解説で、やはり山田は農民たちを「蛆虫」とも「獣類」に近いともみていない、とする。そして記す。

この作品の全篇をささえている明るさと活気、勝太郎（「耕土」の主人公・三島注）のように裸一貫となっても屈しない勁さ、といったものは青春時代の労働体験によって培われてきたものであろうと思う。（中略）その不屈さが、この作品全篇にみなぎっていて農民小説としては異色の青春小説にしているといってよいかと思う。

橋渡さんの「臼井吉見と山田多賀市—共通と相違」（堀金村母親文庫文集、１９８９年）からも多くのことを教わった。

臼井は自作兼地主の素封家であり、山田の家は貧農。両人とも自ら土を耕したわけではないが、体質というか発想の基盤が農民的。山田は農民文学作家だから当たり前としても、臼井が最後まで第一線の評論家たりえたのは農民的ど根性と、みずみずしい現実感覚によるものと思われる。橋渡さんはそう記す。

都会的センスの漱石、素封家出身の臼井、貧しい農家出身の山田。それぞれの作品は味わいも違う。かつては小作をしていた山村の農家に育った私としては「多賀市さんがんばれ」と声援を送りたくなってきた。

臼井も山田もいわゆる「主義者」ではない、と橋渡さんは書く。一つの考え方はもっているが、豊かなヒューマニズムとでもいうべきもので、イデオロギーや信仰とは無縁のものだ。だから二人とも編集者・経営者としてすぐれた手腕を発揮できた、と橋渡さんは評価している。

堀金の農業　昔と今

山田は自身のことを「北アルプス山麓の寒村に生まれ」と語っている。寒村とは貧しい村、さびれた村を意味する。堀金を含め安曇野全体は寒村ではなく豊かな農村地帯だ。しかし小作の家に生まれれば「寒村」と意識されるのだろう。

山田の自伝的小説『雑草』（東邦出版社、１９７１年）の主人公健助は山田自身がモデルと思われる。冒頭に困窮ぶりを描く。健助を頭に５人生まれた子供は健助と一番末の妹だけが残り、他は2、3歳で亡くなった。母も早く死亡。連れ子付きで新しい母が来る。健助は隣村の大工の家へ子守奉公に出される。だが、親方の息子の横暴に腹を立てて肥溜めに突き落とす。もちろん大工の家を追い出されてしまう。

〈健助を大工のところへ出して食い口をへらし、新しい母と共に一年働いたが、小作料を納め、先妻の病気でのこっていた借金を返すと、翌年の収穫まで食いつなぐには足りなかった〉。そこで健助を含めて親子5人で名古屋に出稼ぎに行く。名古屋で妹はジフテリアで死亡。翌春、名古屋の陶器工場で働く健助を残し、親子3人は堀金へ帰っていく。

『堀金村誌下巻（近現代・民俗）』（1992年）を開いてみる。確実な資料を積み上げた本で、この地方の歴史研究の水準の高さが分かる。

1921（大正10）年の農家構成が載っている。この時山田は14歳。

堀金を構成する旧三田村、旧烏川を合わせた農家戸数は984戸。内訳は自作327戸、小作230戸、兼作427戸である。大正期の小作料は生産高の5割から4割。金納はほとんどなく、現物納。

〈このように生産高の半分を小作料として納めるため、小作農家にとっては負担の多い生活であった。〉

戦後、農地改革で小作の苦しみは取り除かれた。だが、高度経済成長が農村をのみこみ、大きく変貌していく。

村誌が多くのページを費やした養蚕業は今では廃れた。村誌は刊行時点までの堀金村農産粗生産の推移を載せている。米が第1位を確保。2位は昭和55年に豚から生乳に。3位肉用牛。4位以下はトマト、リンゴ、野菜類が交互に入る。農家戸数は漸減し、兼業農家率が増えている。

村誌が刊行されてからでも20余年。さらに安曇野の農業は変わりつつある。

変化をどうとらえ、対応したらいいのか。橋渡さんの『農の心象』に共感できる点が多々ある。市民タイムス紙にリレーコラムとして発表された。タイトルと要旨を一部紹介させていただく。

「**高齢農業者胸のうち**」　高齢者が日本農業を底辺で支えている。国は零細かつ生きがい農業のようなものは切り捨てて、認定農業者や集落営農を支援し「効率的かつ安定的な経営」を目指すという。これでいいのだろうか。

「**土離れの六十年**」　都会の地下工場での溶液栽培を見たが馴染めない。時流に乗って舞い上がり「農業で起業」などと多額な投資をするとろくなことにはならない。

「**『TPP』さわぎに思う—農業は鎖国がいい**」　首相（当時は菅首相）は、今日の状況を「第二の開国のとき」と言っているが、こと日本の農業に関しては「鎖国」がいい。地産地消は鎖国（自給自足）の発想である。もしTPPが発動すれば地産地消もへったくれもなくなる。

「**みのりの秋の日は短い**」　農業は大規模、単作化の方向に進んできているが、多様な作り物を楽しむのも農業の醍醐味である。

これら橋渡さんの言葉には、農村でしっかりと生きている人ならではの重みがある。

ふるさとへの恩返し

ふるさとはありがたきもの。たとえ貧しく過ごしても、何かの役に立ちたい。山田もそう思い、行動した一人である。

橋渡さんによると、戦後新制の堀金中学校建設のときは15万円を寄付し、寄贈者の中では断トツに多かった。今でいえば1千万以上になるようだ。雑誌を自ら編集・販売してよく売れていたころである。

『雑草』（1971年刊）が全線文学賞を受賞した時には、当時の村長あてに手紙をよこした。〈堀金村は私の郷里です。（中略）とにも角にもまだ生きております。—村の皆さまに、よろしくお伝え下さい。〉

このことも橋渡さんの記述から知ることが出来た。

1980（昭和55）年8月には、堀金村夏期大学講座の講師に招かれ「農民解放と農民文学に生きて」と題して講演した。

「堀金村公民館報」にその時の様子が紹介されている。半そで姿で話す堂々とした山田の写真が載る。受講者の丸山敏文さんは、山田さんを本当に知ったのは小説『雑草』を読んでからだとして〈どん底から苦労してこんな立派な文学を生む作者となった山田さんは私どもの村の誇りであると思った〉と書いている。

山田の『耕土』文学碑は1977（昭和55）年、山梨県双葉町（現在は甲斐市）に山梨県の有志が相はかって建立した。

2007（平成19）年、山田の生誕百年を期して堀金公民館がバス1台を借り切って山梨県を訪ね、『耕土』の碑を見たり墓参りをした。暉子《てるこ》夫人や息子夫婦が案内してくれた。

翌年には、夫人や子たちが堀金に来て先祖の墓参りをし、前年山梨に行った人たちが出迎え、昼食を共にした。

山梨と今も交流

2013年10月11日、臼井吉見文学館友の会の人たちがバス1台を仕立てて山梨県立文学館を訪ねた。私も同行させていただいた。

文学館で山田のことをよく学び、美術館やウイスキーの蒸留所にも立ち寄る研修旅行である。車内では橋渡さんらが山田のことを紹介。臼井の顕彰だけでなく山田にももっと光を当てたいと話してくれる人もいる。

文学館には、山田の著書のほか作品を発表した雑誌、生原稿、草稿ノートなどが数多く保管されている。中野和子学芸員から説明を受け、資料の一部を見せてもらった。

市民タイムス（本社松本市、安曇野市に支社）の細野はるか記者が取材し、翌日の同紙に記事が載った。「山田多賀市の偉業たどる　堀金出身の農民作家　活動の地・山梨へ研修旅行」という見出しである。

山田のご子息繁彦さんにお聞きすると、暉子夫人は既に他界されたとのこと。しかし、子息やお孫さんらが活躍している。これからも交流が続いてほしい。私も山田家をお訪ねしたいとの申し出を快諾してくれた。

山梨県立文学館は2003（平成15）年、特設展「山梨の農民文学」を行い、中村星湖、石原文雄、山田多賀市、熊王徳平ら7人の資料を展示した。そのパンフレットを入手して、文学館が果たす機能の大きさを知った。

長野県にはこうした総合的で大規模な文学館がなぜないのだろうか。施設は出来なくても、長野県関係文学者の足跡を総合的にたどり顕彰する試みや工夫に期待したい。

山梨県立文学館で今回見せていただいたのは収蔵資料の一部である。さらに足を運び、もっと多くの資料にあたり、山田が語りかけるものを真摯に受け止めたいと思っている。

臼井吉見さん
（臼井吉見文学館提供）

臼井吉見さんの生家

臼井吉見文学館友の会が山梨県立文学館を見学（2013年）

第2章　伊那谷を経て山梨へ

手に職を付ける——瓦の技術

小学校に4年まで行ったきりでも、作家として『耕土』など優れた作品を残すことができる。山田多賀市《やまだたかいち》（1907〜90）の人生は、恵まれない環境でも自ら工夫すれば学力が付くことを教えてくれる。学力だけでなく手に職を付けることの大切さも伝わってくる。

20歳頃までの足跡をたどってみる。自伝的小説『雑草』（東邦出版社、1971年）の主人公・並木健助は山田多賀市の実像とおおむね重なると考えられてきた。この自伝的小説や備仲臣道《びんなかしげみち》さんの「『耕土』の丘—山田多賀市の生涯」（「山梨の文学」第20号所収、山梨県立文学館編集発行、2004年）などが私の旅の道しるべだ。

主人公・健助は明治40年、信州安曇野の貧しい小作農家に生まれ、母は36歳の若さで亡くなった。私の祖父も農家から分家して農林業を営むが若くして妻を亡くし、一人で子どもたちを育て上げた。健助一家の不幸にわが家の歴史を重ね合わせながら『雑草』を読んだ。健助の家には子連れの義母が来る。健助は小学校の途中で口減らしのために近くの大工の家に奉公に出される。そこの息子を肥だめに突き落としたため追い返される。威張る者には屈しない山田多賀市の行動の原点が描かれているように思われる。

学力を付けるという点で見落とせないのは、名古屋の伯母の家に置いてもらい、陶器工場に通いながら本を読みまくったことだ。

駄菓子屋から立川文庫の豆本を買ってきて、字の読めない伯母に読んで聞かせる。出てくる名前のうち真田十勇士や荒木又エ門（又右衛門）は知っていたが、荒川熊蔵は初めて知った。豪傑の一人のようだ。健介は駄菓子屋の本は全部読み終えて、次は貸本屋から借りてきて読んだ。

1921（大正10）年、不景気で名古屋の工場を解雇されて信州に帰る。手に職を付けるために、松本市の在にある瓦焼き屋の弟子となる。親方は瓦焼きのほかに小作地を耕しているため、健助は百姓仕事を手伝わされることが多かった。弟子とは名目だけで、年季奉公という名の最も安い労働者を使って小作百姓をしていたのだった。

それでも瓦製造の道に入ったことは後々、山梨での生活にも役立つ。

この瓦焼き屋で3年がたち、健助は18歳になった（数え年であろう）。多感な年頃である。職人の伝馬伝吉がこの親方のもとに就職してきて健助の人生を大きく変える。きっぷのよい男で、夜遊びにも連れて行ってくれる。天気の良い日に健助が農作業をさせられることに同情して「おれは気にくわねえ、弟子なんか、やめてしまえ、お天道様と米の飯ぁ、ついてまわらぁな」と言う。

夜遊びに出たまま、二人で瓦焼き屋を逃げ出してしまう。

　ほかの瓦焼き屋を訪ね、仁義を切って就職のあっせんを申し込む方法を教えてもらう。就職を受けられないときはワラジ銭を包んでくれる。そんな体験もしながら二人は信州の各地を歩き、木曽川に沿って美濃路へ。さらに尾張から三河へ。楽な旅とはいえないけれど、青年となった主人公にとって、かけがえのない人生の修学旅行だったように私には思えてきた。

伊那谷赤穂の発電所工事現場で働く

　三河の高浜（現在の愛知県高浜市）は伝吉のふるさとである。旅の末に伝吉はここの鬼瓦専門の工場に健助を紹介し、自分は姿を消した。

　三州瓦は全国でも屈指の質の良さを誇る。その鬼瓦工場で健助は1年半働く。もともと手先が器用だったので、三州でも一人前と言われるほどに腕を上げる。ほかの地方に行けば最上等の職人だと『雑草』は自賛している。

　伝吉は瓦工場にはその後姿を見せない。伝吉に会ってお礼がしたいと健助は思うようになる。噂では、信州伊那の谷の発電所工事場で働いているという。

　親方は伝吉に会いに行くことを許してくれた。目指す発電所の工事場は赤穂（現在の駒ケ根市）から歩いて1時間ほどのところにある。愛知県豊橋から駒ケ根に直行する鉄道は当時まだなかった。東海道線から中央線に乗り換え辰野でさらに電車に乗り継ぐ。10時間余りかかったと『雑草』には書かれている。駒ケ根より少し南の下伊那郡に育った私とすれば、伊那谷が描かれていることで、健助―山田多賀市への親しみが増してきた。

健助が事務所で伝吉のことを聞くと「そんな奴あいねえぞ」。だが、ここで働いてもいいと言われ、しばらくやってみることにする。「モッコかつぎ」が仕事である。

工事場では、ばくちがはやっていた。健助はばくちにはなじめない。給料をもらうと、赤穂の町に行って、コイの煮つけと飯を腹いっぱい食べ、町の本屋で買いたい本を片っぱしから買った。名古屋の伯母の家で本をたくさん読んで以来、本を読む機会に恵まれなかったからだ。ばくちよりも本――。山田多賀市自身の価値観だろう。

モッコかつぎは、後棒と先棒の息がぴたりと合わなければうまくいかない。最初の相手とはうまくいったが、次の相手は健助を気に入っていない。後棒となったその男は桟橋を渡るとき、モッコを大きく揺さぶった。健助は桟橋を踏みはずし、かろうじて手で桟橋にしがみついた。谷川にまっ逆さまに落ちる寸前だった。落ちれば命はない。これを機に、健助は工事現場を去ることにした。

プロレタリア文学・葉山嘉樹の影響

赤穂(駒ケ根市)の工事場では、プロレタリア文学作家の葉山嘉樹《はやまよしき》(1894~1945)が事務所で働いていたと『雑草』には書かれている。葉山は健助の青春期にかなり重要な役割を果たしたことになる。

本ばかり読んでいる健助は、作業員仲間から事務所にいる葉山と同じような変わり者だと冷やかされた。葉山を訪ね「変わり者じゃいかんのかね」と聞いてみる。「いいじゃないか、本が好きなら本を読むさ、（中略）そのうちに君の行く道がわかってくる」と葉山は答えた。その時、葉山は「労働者」という薄っぺらな雑誌を一冊健助にくれた。

コイの煮付けを出す赤穂の店の娘から、葉山は労働者の小説を書く人、新興作家だと教えられる。

その娘に誘われて無産党主催の青年雄弁大会に出る。演説の草稿を持って葉山のところに行くと、三、四カ所に手を入れてくれて「これでやってごらん」と言う。健助は見事三位に入った。

健助は相方とのトラブルで工事現場を去ることを決め、葉山に挨拶に行く。「そうか、やっぱり行くか。ん、ま、それがいいだろうな、どこへ行っても元気でやれよ、本は大いに読むんだね」と言って、ずり落ちた眼鏡の位置を直した――。『雑草』の描写である。

実際の葉山は、各地を転々とした末、長野県山口村（現在は岐阜県中津川市）に家族と落ち着いた。そこから旧満州（中国東北部）に行き、引き揚げる途中、昭和20年10月、列車の中で亡くなった。

私は連れ合いが山口村の出身のこともあり、葉山に関心を持ってきた。

女性史研究家で、「女性の日記から学ぶ会」の代表である島利栄子さんが、葉山の死後苦労しながら子どもを育てた菊枝夫人にインタビューして信濃毎日新聞に載せたことがある。後に本にもなった。菊枝さんが心を開き、語ってくれたことの意義は大きい。私は島さんから、浅田隆さんの『葉山嘉樹論—「海に生くる人々」をめぐって』（桜楓社、1978年）と『葉山嘉樹　文学的抵抗の軌跡』（翰林書房、1995年）、広野八郎さんの『葉山嘉樹・私史』（たいまつ社、1980年）など貴重な本も見せていただいた。

葉山の文学碑は中津川市の木曽川沿いにある。落合ダムの建設現場で働いたことがあるからだ。私も連れ合いや親戚と一緒に見晴公園内の文学碑を訪ねたことがある。最近はより見やすい場所に移転したと中津川市のホームページに案内が載っている。

原健一さんの『葉山嘉樹への旅』（かもがわ出版、2009年）で駒ケ根市赤穂にも文学碑があることを知った。碑の写真も入っている。碑文は次のようなものだ。

よし、毎日の生活が不足で
あり、迫害が絶えず襲ひかゝ
らうとも、人間の生活か
ら「善」を奪はれることを
私たち信州文化の同人
たちは、守らうではないか。

文学とはそのやうなもの
だと私は思ってゐる。

こうした碑まで出来ているのなら、『雑草』の中で健助が葉山と赤穂で触れ合ったと描かれたと同じように、山田多賀市自身も駒ケ根で実物の葉山に会って影響を受けたのだろうと漠然と思っていた。

ところが、原さんの本をよく読み、『葉山嘉樹日記』（筑摩書房、1971年）や『葉山嘉樹短編小説選集』（郷土出版社、1997年）の各年譜を見ているうちに、小説と実際との食い違いが気になってきた。

『雑草』によると健助は工事現場を辞めて山梨に着いた時、「今度二十一」になったと瓦焼き屋で話している。数え年だろう。山田多賀市が実際に生まれたのは1907年、戸籍上の届けは1908年。小説が健助と山田の誕生を同じ年として描いているなら、山梨着の年は1927年か1928年になる。すると、工事現場で働いたのはそれより前のことと推測される。

葉山の年譜によると、葉山は1934年、長野県下伊那郡で三信鉄道の工事に従った。同年、赤穂に家族と移り住んでいる。赤穂を去るのは1938年。この間、年譜を見る限り工事場で働いてはいない。克明な日記によって原稿執筆や人々との交流がよく分かる。「信毎へ原稿送る」といった記述もある。

年譜をさかのぼってみると、23年に木曽須原で土木出張所の帳付けとなる。25年、岐阜県恵那郡落合（現中津川市）の発電所工事に従事。26年菊枝さんと結婚して東京暮らしとなる。この時期に赤穂の工事現場で働いたとの記述は見当たらない。

この食い違いをどう考えたらいいのか。

自伝的とはいえ小説だから、フィクションがはさまれる可能性はかなりあるだろう。山田多賀市が葉山から影響を受けたことは事実としても、赤穂の工事場事務所で葉山が主人公健助にいろいろ教えてくれたというのはフィクション部分に当たるのかもしれない。

実際に親切な事務員に出会い、それを葉山だと思い込んでしまったという解釈もありうるだろう。あるいは25年ころ葉山が働いていた落合の発電所工事場を山田が訪ねたことがあり、それを赤穂の経験とないまぜにして書いたのか。いや、山田の自伝的小説がきっちり自分の歩みを記していたとしたら、葉山の年譜にないだけで、二人が短期間でも赤穂の工事現場で一緒に働いていたことがあったのか。はたまた、山田は工事場ではないが赤穂滞在中の葉山を訪ねたことがあったのかも…。

——こんな可能性が思い浮かんだ。どれかがあてはまるのだろうか。『雑草』や年譜の読み取りに私の錯誤はないだろうか。私が知らないだけですでに解決済みの事かもしれない。山田のほかの作品ももっと読み込み、ご遺族や関係者や研究者にもお聞きして、山田の歩みへの理解を深めたいと思う。

甲府近くの丘陵の村で新たな生活

健助が中央線の甲府駅に降り立ったのは1月16日だった。赤穂で下駄を買ったり服装を整えたりしたら、銭がなくなり、甲府までの切符しか買えなかったのだ。

河原で野宿した後、働かせてくれる瓦焼き屋を探す。甲府の町を抜けた丘陵の村にある瓦焼き屋を訪ねると「せっかく来たのだから、せめて十日や二十日働いて、旅費を稼いでいきなさい」。おかみさんのこの言葉で、この地に、はからずも長くとどまることになる。

瓦焼き屋で働きながら、健助は郷里信州での徴兵検査を受けに行く。結果は第一乙種で、兵隊に行かなくてよいことになる。

丘陵の村の瓦焼き屋も、自家用飯米確保のため小作百姓を五反分ほどしていた。おかみさんの妹から勧められて農民組合に入る。瓦焼きの仕事と両立させながら「農民組合のお先棒をかついで、全郡下をとんで歩くことに生きがいをおぼえていた」。

健助も特高警察に見張られるようになる。他村の争議の応援に出かけようとすると村はずれに特高刑事が張りこんでいて捕らえられた。争議が一段落するまで「ブタ箱暮らしであった」。

やがて健助は自分が結核にかかっていることを知る。鬼瓦を作る仕事はぼつぼつならできる。農民組合運動の同志には病気の本当の話をして、体がもとに復するまで、いっさいの活動をやめると申し出た。ときどき同志が来て、情勢を話してくれる。特高警察の弾圧はだんだん激しくなっている。同志が持ってきてくれた戦旗という雑誌を読んでいると、「労働者の書いた創作を募集する」と広告されていた。健助はその時、小説を書いてみようと思いつく。自分がたどってきたような人生を小説でみたことはまだ一度もない、と意欲を燃やす。

『雑草』の記述によると、健助は伊那の谷で知り合った葉山嘉樹の小説はその後も心にとめて一つ残らず読んでいる。葉山の小説には下級労働者のことがよく書いてあるけれども、何かもう一つ欠けているような気がする。土建屋の事務員はやっているが、葉山はやっぱり本当の労働者ではない。印刷労働者だった徳永直《すなお》（1899〜1958）の『太陽のない街』などを挙げながら、俺にも小説の書けないことはあるまいと健助は思った。

健助が住み着いた甲府に近い丘陵の村は、山田多賀市自身の足跡に照らせば北巨摩郡登美村のことになる。町村合併で双葉町になり、さらに現在は甲斐市になっている。

ここが山田の代表作『耕土』の舞台である。これは自伝的小説ではないから、多様な人物が創造されストーリーが展開する。

山田の文学を高く評価した研究者・村上林造さんから、「二〇〇〇年・夏・登美村―山田多賀市『耕土』の舞台を訪ねて」（上中下、「あしかび」所収、2000〜2001年）と「『耕土』大観堂版の成立―雑誌初出本文と対比しつつ」（広島大学国語国文学会編「国文学攷」所収、2003年）の各抜き刷りをいただいた。丁寧によく調べたものだと思う。こうした研究者がいてこそ、山田文学の価値は長く語り継がれる。

代表作『耕土』の文学碑は旧登美村の龍地に建っている。山田多賀市のご子息繁彦さん夫妻に2013年11月、車でご案内いただいた。私一人で探しあてるのには時間がかかる。ご親切がしみじみとありがたい。

碑の表には、「耕土」の文字のほか、この地でこれを著した意味のことが漢文で書かれている。裏面には、経歴が細かく書かれている。抜粋してみる。

二十歳の一月、瓦焼職人としてこの地に来り、杉浦瓦工場に働きつつ日本農民組合青年部員として、農民解放運動に参加活躍するも、度重なる官憲の弾圧にあい、二十五歳の秋肺結核に罹患、闘病のためこの地で養鶏をはじめ、かたわら文芸を志し、三十歳にして早くも〈耕土〉を執筆発表す。

昭和五十二年秋　と刻まれ、建設者として日本社会党山梨県本部、山梨県作家の会、竜地旧友代表杉原卯吉の文字が見える。

「建てられたころと比べ周囲に住宅が増えましたね」と山田繁彦さん夫妻は言う。村上さんの2000年の訪問記にある写真と比べても、周囲の宅地化がよく分かる。

健助＝山田多賀市が小説を書こうと決意した後、この代表作『耕土』が世に出るまでには、文章修業とさまざまな人間ドラマの歳月が必要だった。書きためていた原稿の雑誌掲載は一九三九

文学碑除幕のときの山田多賀市氏（1977年）

山梨県甲斐市にある山田多賀市氏の文学碑を案内してくださったご子息の繁彦さん夫妻（2013年）

『葉山嘉樹日記』と『葉山嘉樹短編小説選集』

年から。単行本となったのは一九四〇年。日本の軍国主義がより深い泥沼に入っていく時期である。

文学碑が建立されるに至ったのは、さらに37年を経た1977（昭和52）年である。まだまだ山田文学の世界を訪ねる旅を続けねばならないと思う。

第3章　山梨県立文学館

山田の作品など関係資料２１２点収蔵

甲府市貢川にある山梨県立文学館を２０１４年4月18日に訪れた。前年の10月に長野県安曇野市の臼井吉見文学館友の会の皆さんと一緒に行って以来で、今回は一人旅である。甲府市出身の翻訳家・児童文学者村岡花子の企画展が開かれていた。ＮＨＫでは連続テレビ小説「花子とアン」が放送中である。

この文学館には山田多賀市《やまだたかいち》（本名多嘉市、１９０７〜90）関係の資料が多数収蔵され、２１２件にも上る（２０１６年5月現在では２２４件になった）。単行本、雑誌、生原稿、手紙などである。山田の足跡を訪ねる旅人にとっては、大きな逆旅《げきりょ》＝人を逆《むか》える宿屋のような存在だ。

山田は若い時から老年期までたくさんの作品を書いていたことが分かる。まずは15年戦争（１９３１年の満州事変〜１９４５年の太平洋戦争終結まで）の時代に、若き日の山田が何を考え、どんなことを書いていたのかを知りたいと思い、その時代の資料を中心に見せていただいた。親切な対応がありがたかった。

　この時期、一番大きなことは代表作となった『耕土』が雑誌に発表され、単行本にもなったことだ。芸術雑誌と銘打った「槐《えんじゅ》」の第2巻3号（1939＝昭和14年3月）に第1章が姿を見せた。「槐」には5章までが掲載され、6、7章は「槐」の後身雑誌「現代文学」の創刊号と第2号（1940＝昭和15年）に載った。1940年3月には単行本『耕土』として大観堂書店から刊行された。

　戦争を煽り立てるような小説とは違い、貧しい農民の姿をきめ細かく描き出している。

　この作品が描いた人物像と風土には章をあらためて分け入ってみたい。本項では「耕土」前後

山梨県立文学館・常設展の山田多賀市コーナー

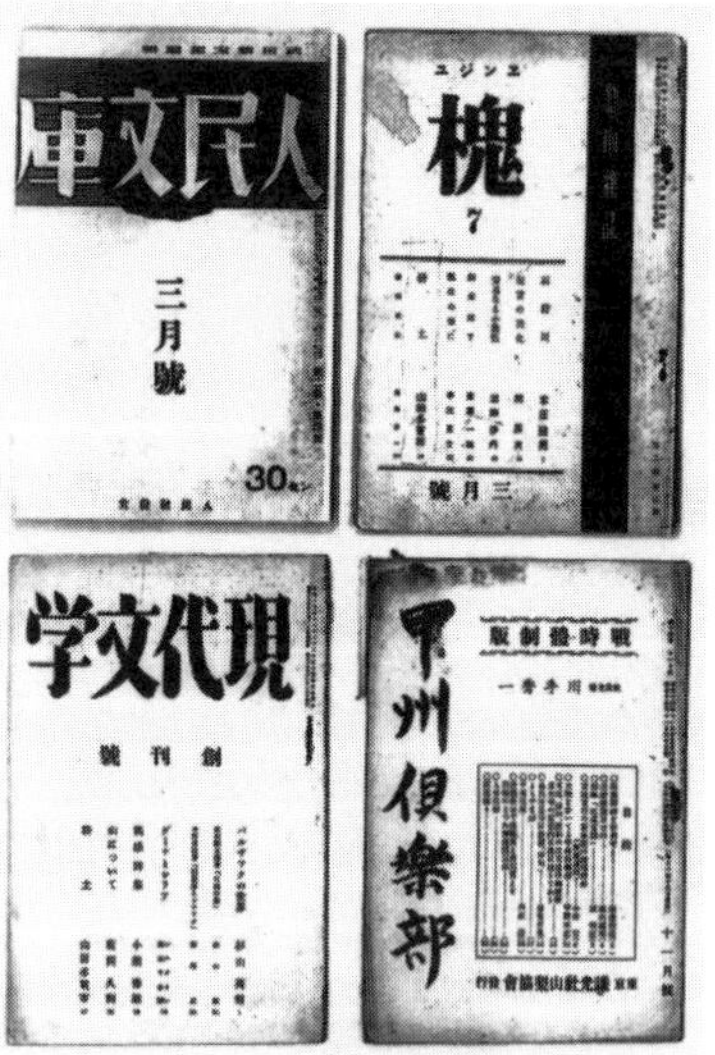

山田多賀市の作品を集めた雑誌の一部

の短編の中に山田の心を読み取ってみることにした。

「青空」所収「雑感」と「生活雑記」

「青空」という雑誌の第8号（1935＝昭和10年4月）に山田の「雑感」と題した3ページの短い文が載っている。発行者は山梨県東八代郡南八代村（現在の笛吹市）の人で、この地域を中心とした雑誌のようだ。

この年の12月山田は満28歳になる。文章を発表し始めたころの小文だ。文学に本格的に取り組もうという宣言と読める。

それによると、これまでは文学青年になりきることができず、喧嘩のお先棒になったり、ストライキの指導もしたりしてきた。原稿を書いても仲間は何をしなければならないかというようなことばかりを、形式も手法もなくでたらめに書きなぐって来たので活字になるようなものは書けなかった——と反省。今度はそれを一歩進めて多くの人が「なるほど」と思ってもらえるものにしたいという。

作家は民衆よりも一歩ずつ先に進んで、民衆は何を求め、何を考えているかを意識してそれを与えることの必要を説く。言いかえれば作家は民衆の世話役だ。だから、民衆の前で自分のざんげや泣き言、ノロケは言いたくない。その反対に民衆の泣き言や苦悩をいかにすべきか導くことが作家の仕事だ——との考えを明らかにしている。

ことに今日の様な反動時代には、我れ〳〵は泣言をならべては、ならない時だ。あくまでも、我れ〳〵は真理の前で、不正なものをブチこわして進む事である。

この文章から作家としての山田の基本的な姿勢をうかがうことができる。それが長い文筆生活を貫いていったように思われる。

「生活雑記」と題した3ページの短い文章は「青空」の第13号（1937＝昭和12年1月）に発表された。前年の12月に書いたものだ。発行所は山梨文学親交会で、この号から同親交会の機関誌となったと編集後記に見える。

山田は親交会からは山梨文壇の動向について書くよう求められた。しかし農民組合運動などが忙しくて、文学作品や新聞学芸欄、雑誌もほとんど読む時間がない。求めには応じられず、「生活雑記」となった。借金の返済の相談に乗ったり、小作料減額要求で地主と交渉したりと奔走する日常を書き記している。自分も苦しいが困っている人を見捨てておけない性格なのだ。

信州安曇野の生家の父親が急病との知らせが入る。しかし、組合運動が多忙なうえ信州まで行く汽車賃がなくて年内に行くことができない苦悩を書いている。

歴史年表を見ると、１９３５年には美濃部達吉の天皇機関説が攻撃され、政府はこの説を否定し国体明徴声明を出した。36年には青年将校らによる二・二六事件、37年には日中戦争の発端・

盧溝橋事件が起きている。軍部の力が強まり、物を言いにくい空気がどんどん強まって行く。そんな中、山田は仲間の貧しい農民の生活を守ろうと走り回り、自分の文学とも両立させようともがいている。「青空」に収められた二つの短い文章から、苦しくても投げ出さないしぶとさが伝わってくる。

「人民文庫」所収「夕立雲」と「農村風土記」

「人民文庫」と題した雑誌の表紙には人民社発兌と印刷されている。発兌は今ではあまり使われない言葉だ。「はつだ」と読んで、発行と同じ意味だという。1冊30銭との値段も表紙に見える。

山田の小説「夕立雲」は1937（昭和12）年の「人民文庫」3月号に載っている。『耕土』と同様に貧しい農民たちの姿を描く。子だくさんの夫婦である善吉とおしん、それに道楽者の夫に苦しめられていて子供はいないおろくとが主な登場人物である。善吉は自分の繭を早く片付けると、果樹園の「日傭」（ひよう・ひやとい）に出る。おろくも雇われて来ている。善吉は自分の生活が苦しくて来ているのだが、そう思われないために、消毒の技術を買われ頼まれて来ているのだと弁明する。その描写にまず引き込まれる。人は貧しくても自尊心があるものなのだ。

善吉とおろくは次第に打ち解けあい、肉体関係を持つ。おろくは善吉の家を訪ねておしんを手助けし、子どもたちも懐くまでになる。

だがそれは長続きしない。善吉とおろくとの仲がばれて、おしんは怒りまくる。

「どうしたもかうしたもねえもんだ、気がつかねえと思つたつて、俺あ何もかも知つて居るだから」と、おしんはまるで、何万年か前の人類の祖先は、まだ野獣であつたと云ふ時代にやつた様に、歯をガチ〳〵噛みならし、それを向き（ママ）出してどなつた。

「俺」という自称は当時、男も女も使っていたことが分かる。衣類を大風呂敷に包んで出ていこうとするおしん。泣き叫ぶ子供たち。善吉は必死におしんを引き止める。

「悪いことなら俺があやまる。別に俺は腹から悪い事する心算で何もしたおぼへはねえけんどな！（中略）まあそんねな事はどつちでも、桑摘んで来ねえ事にや、今にも降つて来さうだぞい。（後略）」

善吉の言葉である。こんな修羅場でも農作業のことが頭から離れない。農民の心の奥を描いていて、読ませる小説だと私は思う。

山田の筆になる「新版農村風土記―山梨県の巻」は「人民文庫」の１９３７年７月号に載って

いる。小説ではなく実際のことと考えてよいと思われる。著名な人物は実在が確かめられるが、農民の名前まで実名かどうかは分からない。

風土記といえば、地域のことをまんべんなく書くというイメージがある。山田の風土記は、小作人と地主との対立、交渉に焦点を当てた異色の風土記だ。山梨県で農民組合運動に励んだ山田自身の姿も浮かび上がる。

> 昭和十一年七月以来全国の警察では人事係を充実して、多少の差こそあれ斯うした方面へ積極的に乗り出して、民衆の！　特に農民の思想悪化を未然にもみ消して居るのである。

この部分が、山田が風土記山梨県の巻で言おうとしていることの肝心なところと思われる。「斯《こ》うした方面」とは小作争議への調停を指す。つまり警察は農民組合を弾圧した後には、争議収拾への調停にも乗り出し、運動が過激化しないようにしたという趣旨だ。

具体例を挙げている。借金を返せない小作人が貸主から桑畑への立入禁止の札を立てられた。小作土地の地上物つまり桑が借金の抵当になっていたからだ。相談を受けた山田は、桑を刈り取って運んでしまうようその小作人に勧める。運び終えたころ駐在巡査と特高の刑事がやって来る。以前なら逮捕されたかもしれないが、警察の調停で小作人は繭を売ったら借金を減額してもらって返すことで決着した。

小作人と地主との対立は調停裁判にも持ち込まれる。山田の村の組合でも小作人たちが連名で地主に対し、小作料を反当たり現行の3俵から1俵半に減免するよう要求した。山田も小作側代表として加わる。調停委員を中に挟んで激しい駆け引きが繰り広げられる。調停委員は小作側にとっては期待外れの人物で結局、要求とはかけ離れた2俵半で小作側は決着せざるを得なかった。強い不満が残った。

農民組合の活動で逮捕されたこともある山田は、病後に養鶏を始めて一時期は成功するが借金を背負って鶏舎も人手に渡してしまった。鶏舎の建設資材も飼料、肥料、農具も日本屈指の大資本の製品で、百姓は大資本のマークを離れて生活を営むことができないと記している。重苦しい農村生活がよく分かる。

私は信州の下伊那郡で育った。ペリリュー島で戦死した伯父は子供の頃、小作の年貢米の俵を前に「持って行かないで」と泣き叫んだという。山梨県や長野県に限らず全国の小作人の苦悩が解消されるのは、戦後の農地改革を待たねばならない。

体制賛美、戦時一色に抗して

1940（昭和15）年、大政翼賛会が結成された。この年は皇紀二六〇〇年で各種祝賀行事も行われている。

同年11月号の「甲州倶楽部」（謙光社山梨協会発行）も戦時体制版と銘打っている。目次をみると「民族精神を作興せよ」、短歌「臣道実践」「実践実行の新体制の指導精神」と、体制翼賛がメーンである。目次には出てこないけれど、山田も書いていることが山梨県立文学館のリストで分かった。驚きつつ、開いてみた。

山田は新刊紹介で川手秀一の小説『財迷記』（謙光社発行）を取り上げている。山梨県出身の大実業家の公私の生活に取材して書かれた小説であると紹介する。

金持の生活をとりまいて拝金家、芸者、当代一流の女優、歌姫、力士等の生活の曝露、金をめぐつて人間の限りなくあさましい根性が、こゝには描出されてある。

この小説は資本主義経済組織によつて咲き出でた毒の花に強いライトを向けたものとして一度は読む必要があると信ずる。

この書評が発表された1940年には、山田自身の単行本『耕土』が刊行されている。農民の苦闘を描いた小説で、戦争賛美とは無縁だ。社会を厳しく見詰める山田の姿勢が小説、書評どちらにも貫かれている。

1942（昭和17）年は太平洋戦争が始まって2年目だ。日本文学報国会や大日本言論報国会が設立されている。書き手としての山田の出番は少ないように思われる。それでも同年10月発行の「中部文学」第10輯《しゅう》に「闇取引聴書の事」が載っている。聴書とは聴取書つまり調書のことと思われる。馬鈴薯（ジャガイモ）を闇取引売買して警察に取り調べられた男の調書形式の物語である。

その後段では、以後心を入れかえて、正しい商人として時局下職域奉公に邁進して今度の罪をつぐないたい決心なので、今回は寛大な処分をと懇願している。

しかし、全体的には生い立ちから闇取引までの経過を詳しく述べていて、こちらの方に力点がある。小学校へ入学したが家が貧しくて通ったのは8、9カ月でその後は父母の手助けをしたり、他家の子守奉公に雇われたりする。成長してからは作男をし、徴兵検査に合格。除隊後はさまざまな仕事をした後、今は青物の行商をしている。10人家族で長男は出征中だ。次男と三男は徴用されている。一家の生活は苦しい。馬鈴薯を組合市場からでなく闇で仕入れて売ることにした。売りさばいて儲ける様子を具体的な数字（価格）を示して綿密に述べている。

儲けた金で、八百屋開業の時の借金を返し、長男、次男、三男に慰問品を送ったのだった。警察へのお詫びの供述という形で、民衆の暮らしの苦しさ、徴兵・徴用の重圧を語っている。さすが反骨の山田だと思う。

ここに描かれた徴兵制の苦しみは、山田自身にものしかかってくる。山田は後に兵隊に取られることを拒否して、自らのにせの死亡届を出すという行動に出た。この問題は章をあらためて詳しく追ってみたい。

山田の著作や資料については、山梨県立文学館のほか、ご遺族、出身地・安曇野市の橋渡良知さん、山口大学教授の村上林造さんや山田の文学の弟子といえる備仲臣道さんなどから多くのことを教えていただいている。これからも資料の発掘や研究が進んでほしい。

文学館を後にしながら、村岡花子のように山田多賀市の人生と作品もドラマ化されれば、多くの感動を呼ぶだろうと思った。

第4章　文学の師・本庄陸男

巨大な文学碑『石狩川』

67歳にして私は初めて北海道を訪れた。石狩郡当別町の石狩川河畔にある本庄陸男《ほんじょうむつお》（１９０５〜39）の『石狩川』文学碑を見るためである。本庄は山田多賀市《やまだたかいち》（１９０７〜90）が「俺の師匠」と慕った作家である。

旧知の北海道大学出版会ＯＢ・ＯＧの前田次郎さんと岡村一美さんが前田さんのマイカーで文学碑や開拓関係の場所などを案内してくださった。広大な北海道である。公共交通機関とタクシーを乗り継いでと思っていただけに、マイカーでの案内はほんとうにありがたい。

大きいなあ。率直な感想だ。Ｙの字の下の柱の部分をぐんと長くしたような形だ。表は作家高見順の筆で「文学碑　石狩川」と刻まれ、裏面に文がある。

本庄陸男氏は明治三十八年二月二十一日この地に生まる　短かき作家生活の中にて開拓者の苦

斗を綴る歴史小説石狩川序編を執筆　当別町を世に紹介せり　道なかばにして病にたおれ昭和十四年七月二十三日永眠す
吾等氏の清廉なる人間性と文学的業績を偲びてここに碑を建立す
昭和三十九年七月二十三日
文学碑石狩川建立委員会

解説板によると碑の高さ5・7メートル。上にマスヒジキ様式の石を乗せ…とある。鱒と鹿尾菜（ヒジキ）ではあるまい。はて。

札幌市の北海道立文学館で文学碑「石狩川」建立記念『本庄陸男　その人と作品』（同建立委員会発行、1964年）を読むことができた。彫刻家・山内壮夫が設計の経過を書いている。それによると、一番多く碑を見る人は石狩川を渡る汽車の窓からなので垂直で大きなものにしたという。小説『石狩川』が北海道文学に打ち立てた柱、そして苦闘する伊達一族が当別の地に建てた安住の柱の象徴として日本形式の柱の様式をとった。柱頭は枓栱（マスヒジキ）を模して左右に大きく張り出させた。マスヒジキは今は一般に斗肘木と書き、斗と肘木を組み合わせて上からの荷重を支える横木のことだ。不屈な力と柱の安定感を出している。

さらに柱の支えに小壁を作って碑文をはめ、武家屋敷の一隅の感じを出した。碑の前方は開拓当時の家屋を暗示させる荒い石だたみとし、囲炉裏も作った。

建立記念誌には建立委員長の近藤辰雄のほか、作家の伊藤整、八木義徳、更科源蔵らの本庄に寄せる思いが載っている。

私が碑を訪れてから2週間後の7月23日、碑の建立50周年を記念する献花式が行われた。この日が本庄の命日である。式には60人ほどが参列した。「石狩川」が連載された同人誌芸術雑誌「槐」にちなみ、エンジュの木を文学碑そばに植えたことが報告された。

本庄により山田は文学開眼

50年前、碑の除幕式には山田多賀市もはるばる山梨県の甲府から参加していた。山田はその報告「石狩川の岸辺に立って」を「アカハタ」の１９６４年8月23日号に寄稿している。山田の研究家で山口大学教授の村上林造さんからコピーをいただいた。

山田の文章によると、本庄と山田のふれあいは昭和７（１９３２）年にまでさかのぼる。当時本庄はプロレタリア作家同盟の中央委員で農民文学委員長をやっていて、作家同盟山梨県支部をつくるべくオルグとして山梨県に派遣されてきた。この年、山梨県でも農民組合運動の全農全会派が弾圧され、山田も検挙されている。本庄は組合の再建について助言するとともに山田ら活動家の中から文学に関心を持つ者３００人近くを作家同盟、文学サークルへ組織したという。

その後弾圧などで作家同盟中央も山梨の文学サークルも姿を消す。山梨で文学を続ける者は山田のほか熊王徳平、中村鬼十郎だけになった、と山田は書いている。

山田の文章の一部を引用する。


（前略）文学の道へはいったのは、農民運動で養われた精神と、プロレタリア作家同盟の運動、つまり本庄を通して、開眼したからである。いわば、私たちはプロレタリア文学運動の申し子みたいなものである。

世間並みにいえば、私たちにとって、本庄陸男は文学の師だ。（後略）

さらに詳しく山田と本庄の関係を知りたい。市立小樽文学館で「位置」の創刊号（1962年）と第2号（1963年）を見ることができた。この研究誌は「位置」の会発行で、編集所は札幌市の藤短大小笠原研究室気付となっている。

創刊号に本庄陸男未発表書簡37通が載っている。このうち山田が関係するものが4通ある。
①山梨県北巨摩郡富美村（現在の甲斐市）山田多賀市方の本庄から東京の妻本庄たま子あて。昭和13（1938）年8月8日。
②同　8月9日。
③同　8月12日。
④甲府市の社会大衆党事務所山田多賀市気付でたま子あて。昭和14（1939）年4月7日。

①〜③によると、本庄は山田方に身を寄せ、病の身の養生をするまでの親しい間柄になっていた。少し風邪を引いたことや妻からの送金のことなどが書かれている。

④では、山田の世話でたま子が甲府の温泉に来ていることが分かる。本庄は「ゆっくり温泉に浸らして貰って、元気はつらつたらんこと。のんびり温泉に入るなんて、ちょくちょくはないことだ」と書いている。

小樽文学館には、小樽で短期間働いたことがある歌人石川啄木、小樽で育ち小樽高商卒の作家小林多喜二、同様に小樽に育ち同高商を出た評論家・作家伊藤整など文学者の資料が多くある。『本庄陸男遺稿集』（1964年、北書房）も手にすることができた。小林多喜二や本庄とともにプロレタリア文学運動に加わった池田寿夫（1906〜44）関係の資料も収蔵されている。池田は本名横山敏男で、新潟市に生まれ、東大農学部を卒業。満洲で病死した。没後出版された著書に『日本プロレタリア文学運動の再認識』（三一書房、1971年）がある。評論家平野謙が高く評価し、本の解説を書いている。関係資料は長野市在住の長男横山悟さんから小樽文学館に寄贈された。

ともに弾圧を受け闘病生活も

本論の「位置」に戻ろう。創刊号の書簡公開を受けて、第2号では山田多賀市が「本庄陸男回想」を書いた。山田昭夫が「山田多賀市と本庄書簡」という解説を書いている。

多賀市と本庄の二人が運動に対する弾圧と結核に苦しみながら、文学を紡いでいく様子が浮かび上がる。

昭和7（1932）年、農民組合運動が山梨県内でも大弾圧を受け、山田も検挙された。取り調べ中に喀血し釈放される。甲府市にいる本庄に小説の書き方を教えてもらうため会いに行く。本庄も結核にかかっている。本庄は次のように語ったという。

「小説というものは、一朝一夕に書けるものじゃない、まず君の場合なら、古今東西の万巻の書を読み自分の背丈くらい原稿用紙を書いてみることだね、その上になお書く材料があり意欲を失わなかったらその辺から、ボツボツ本物になるんだ」

山田は桑畑の真ん中に家屋をつくり、そこで病を養いながら養鶏を始める。本庄の言葉に発奮して、暇さえあれば原稿用紙に向かう。地方新聞の文芸欄に詩や小説を投稿し、たびたび掲載される。山田がこうした闘病生活を送っているうちに入獄した人たちも転向を表明し出獄していく。作家同盟は姿を消し、武田麟太郎を中心に「人民文庫」が昭和11（1936）年に創刊された。その雑誌に参加していた新田潤（長野県上田市出身）に山田は小説「夕立雲」を見せ、昭和12（1937）年の「人民文庫」に「夕立雲」が掲載された。中央文壇への進出である。（この作品は前章で紹介）

これがきっかけで山田は何年か会っていない本庄を東京へ訪ねていく。本庄は最初忘れていたようだったが思い出してくれ、付き合いが深まる。

山田は鶏肉や卵を食べて病気を克服していくのに対して、本庄は結核や弾圧、貧困からの栄養不足などにより衰弱が進んだ。山田昭夫編の本庄年譜によると、本庄は教員組合事件に連座して昭和5（1930）年東京の小学校訓導を免職になる。小林多喜二が虐殺された昭和8（1933）年に本庄は2回検挙される。年末の検挙では拘留中に留守宅が空き巣に入られ生活が困苦する。翌年、ともに運動に苦闘してきた妻清子が死去。その翌年亡妻の妹たま子と再婚した。

昭和13（1938）年に本庄は大井広介らと雑誌「槐」を創刊。その後山梨県の山田方に一カ月ほど滞在した。帰郷後「槐」に『石狩川』を発表し始める。

本庄の推挙で山田の『耕土』は「槐」の昭和14（1939）年3月号から連載が始まる。「槐」に『石狩川』と『耕土』が一時期併載されていた。

山田の自伝的小説に『雑草』（1971年、東邦出版社）がある。主人公並木健助は山田とほぼ等身と考えられている。ただ、作家葉山嘉樹と一緒に働いたという記述では葉山の実際の年譜と辻褄が合わず、フィクション部分が含まれるのかとも思える。本庄との関係では交流はあっても実際に山田方に泊まり込んだのかどうなのか気になっていた。しかし、泊まり込みを示す書簡が「位置」に載っていてフィクションでないことが判明した。

山田が本庄を師匠と慕い、本庄もそれを受け入れて山田方で一時期ではあれ一緒に暮らした。

連帯感の深まりを感じさせられる。

『石狩川』と『耕土』が世に

本庄作品が単行本『石狩川』（大観堂書店）として刊行されたのは昭和14（1939）年5月。ヒット作となる。だが本庄はその年の7月肺結核のため34歳で死去した。石狩開拓の物語は書き継ぐ予定だったが、死去により果たされなかった。

山田の『耕土』の前編が単行本として刊行されたのは本庄の死の翌年昭和15（1940）年、同じ大観堂書店からだった。本庄は『石狩川』の続編を書くことはできなかったが、山田の「耕土」続編は昭和26〜27（1951〜52）年に、山田自らが甲府で編集発行した雑誌「農民文学」に6回に分けて発表された。

『石狩川』のあとがきに本庄の熱い思いがつづられている。

　をこがましくも作者は『石狩川』の興亡史を書きたいと念願した。川鳴りの音と満々たる洪水の光景は作者の抒情を掻き立てる。その川と人間との接触を、作者は作者の生まれた土地の歴史に見ようとした。そして、その土地の半世紀に埋もれたわれらの父祖の思ひを覗いてみようとした。

明治維新で官に逆らったため減封され零落した伊達藩岩出山支藩主従の開拓物語である。主要な人物はほぼ実名に近い形で登場する。藩主の伊達邦直《くにただ》は小説では邦夷《くにひで》、旧家老吾妻謙は阿賀妻謙として描かれる。

最初は石狩のシップに入植したが不毛の地だったため、代替地を願い出てトウベツと決まる。密林の踏査は辛酸を極めた。開拓資金がないため、「税庫」建設を請け負ってしのぐ。第二次移民募集のため主従5人が帰郷するが情勢は変わっていた。阿賀妻が命を狙われる一幕もある。開拓参加に応じた一行はひと月もかかって石狩の浜にたどりついた。

本庄は明治38（1905）年、当別に生まれた。父は佐賀県出身の士族で開拓農民として一家を挙げて移住してきたのだった。父は荒物小売業を営むが倒産、北見の開拓に再度移住、忍苦の生活が続いた。本庄は小学校をおえると代用教員や職工などとなる。蓄えた金で上京し、青山師範学校に学ぶ。

仙台藩支藩からの入植ではないけれど、開拓移民の子として生をうけ、苦労を重ねた。歴史小説『石狩川』に精魂を傾けた意味が理解できる。苦しくてもめげない精神である。

一方の山田は本庄より2年遅れて現在の長野県安曇野市堀金の貧しい小作農家に生まれた。小学校も途中までしか行けなかった。山梨県に定住し、農民解放運動に励む。弾圧を経て文学を深めようと決意し、精進している。

山田の『耕土』は農家の次男勝太郎、その恋人富美、強欲で土地を分けてくれようとしない勝太郎の兄・信吉などを中心に、昭和前期地主制のもとにある農村を描いている。舞台は山梨県甲府近郊。山田が定住した場所と重なる。養蚕が盛んだった。資本の導入による発電所建設に人々は翻弄される。戦中には発表できず戦後発表された続編では、出征に揺れる信吉の姿も描いている。

本庄と山田の二人には、幼少の体験が創作の大きな原動力となっている。『石狩川』と『耕土』は革命の必要性を訴えるような直情的な文学ではない。そうした作品は書けない時代の中で、多くの登場人物の心を掘り下げて描いている。情景描写もいい。時代を経て今なお読んで心打たれるものがある。

本庄死す　「槐」が追悼号

本庄が死去するとまもなく雑誌「槐」は追悼号を出す。1939年8月発行の第2巻7号である。山田は「俺の師匠」と題して、背丈くらいの原稿を書くようすすめられたことなどを書いている。本庄が甲府に来たことは述べているが山田方に滞在したことには触れていない。

このほか執筆者の顔ぶれは作家や評論家など多彩だ。保田与重郎、北原義太郎、亀井勝一郎、森創一、江口渙、大井広介、新田潤、堀田昇一、小熊秀雄、武田麟太郎、伊藤整といった面々である。著名人もいるし、山田の足跡をたどる旅で名を知った人もある。追悼文で初めて目にする人も少なくない。これらの追悼文から、本庄は苦しさの中にあってもまじめで誠実な人柄だったことが分かる。同時に文学仲間でも考え方の相違や対立があったことも読み取れる。

文芸評論家の亀井勝一郎は「『現実』の頃の面影」と題して書いている。「現実」という同人誌を一緒に始めたのは昭和9(1934)年だ。「当時、左翼文学は崩壊に瀕し、我々作家同盟に属していたものは、新しい道を開かうとして迷つてゐた。本庄君と僕とは、この混迷の裡にあってはじめて握手した」「左翼が滅びて、我々ははじめて友情のあけぼのに接したやうなものである」

本庄と亀井はともに北海道生まれで移民の子である。亀井は次のように書く。「遠い故郷と祖父達の愛は、漂泊の子のノスタルヂーである。北海道を去つて東京に転々流浪した君が、『石狩川』を畢生の作とした気持は僕によくわかる」。

研究者や出版人の眼差し

本庄の没後も彼の文学を慕う人があり、研究や出版が続いていることはうれしいことだ。その成果を享受し、さらに後世に引き継いでいきたい。

『本庄陸男遺稿集』は遺稿集刊行会(代表山田昭夫)を編者として1964年に札幌市の北書房から刊行された。収録されている作品は「四人の男達」「手紙」「応援隊」「春のない春」「貧しい夫婦」「河」「妻におくるの書」「団体」「故郷」「道」「埋没」「莫逆の友」「ランプの下で」「汽車をおりた男」「沼は変らず」の15編である。

山田昭夫の周到な解説で理解が深まる。

布野栄一著『本庄陸男の研究』は1972年桜楓社から刊行された。分厚くて箱入りの立派な本である。

第一章『石狩川』の研究。作品が描いた開拓集団、モデル考、その歴史文学性、未完の構想、同時代評の研究が収録されている。

第二章　本庄陸男人と文学。ここには転向論の研究、転向作家の像本庄陸男を収録。本庄は転向作家の一人としてとらえられていることを知った。

第三章　本庄陸男作品研究。教育ものや「団体」などを論じている。

第四章『石狩川』の資料翻刻。

第五章　写真・年譜・研究文献目録。ここには山田昭夫編の年譜と研究文献目録が収められていて大変役立った。

著者の布野は大正12（1923）年長野県里山辺村（現松本市）に生まれた。この本が出た時点では日本大学助教授。兵役から日本大の国文科学生に戻る。あとがきに「戻ってきた私は物言わぬ戦死したあの人、この人にかわり、さらにあい知ることのなかった多数の戦死者にかわり、戦争否定の姿勢を貫くことを誓った」と書いている。大学をおえ、定時制高校の教師をしながら北海道大学の大学院で学んだ。

『本庄陸男全集』全五巻が影書房によって1993年から99年にかけて刊行された。本庄の作品を後世に伝えていく意味が大きい。

第一巻はやはり『石狩川』を収めている。文芸評論家小田切秀雄が「新しい読者のために」のサブタイトルをつけて解説を書いている。小田切は「これは歴史小説だが、さてこの、政治的に破れ、すべてを失い、屈辱のなかで生きる道をさぐって労働のなかに新しい生をきりひらこうとする――まさにこれは、一九三四年から三六年にかけて盛行した〝転向小説〟の主題そのものだ、ということができるであろう」とする。プロレタリア文学運動の末期には党による政治観念の文学への強制がひどくなっていた状況も明らかにした。

案内してくださった前田次郎さんは、石狩市の石狩浜にある本郷新の彫刻「無辜《むこ》の民」も見せてくれた。無辜の民とは、「罪なき人々」という意味だ。開拓に命を捧げた人々を想い製作されたものという。

前田さんの父広紀さんは、戦前戦中に東京の生活社という出版社で活躍した。中国研究の竹内好、武田泰淳らと接点があったようだ。「もっと聞いておけばよかった。これからできる範囲で父の出版活動を調べてみたい。本庄やプロレタリア作家たちが、北海道の先住民族であり和人に搾取され続けてきたアイヌ民族をどう見てきたかも知りたい」。北大出版会OB・OGの前田さんや岡村さんのほかに、現職の成田和男さんにも会った。彼らに流れるいい本作りへの意欲に開拓者精神を感じる（参考文献にその書物の一部を紹介しておく）。

『石狩川』の大きな文学碑は前田さんら出版人だけでなく、見る人々に多くのことを問いかけ、やる気を起こさせてくれる。私は、軍国主義や革命運動といった政治に文学はどう向き合うべきか、政治に隷属していいのか、転向文学の全体像などをさらに調べていきたい。

当別町の本庄陸男生誕の地の石碑も見せてもらった。山田多賀市の『耕土』文学碑は甲斐市にできている。信州安曇野市堀金の生家跡には橋渡良知さんらの努力で木製の標柱がある。いつかどっしりとした石碑になってくれればと思いつつ北海道を後にした。

『石狩川』の文学碑（北海道当別町）

本庄陸男生誕の地の石碑（当別町）

位置 第2号

目次

久保栄の道……[illegible]……(2)
—現代文学の主体の[illegible]—
「プティ・ブルジョア・インテリゲンツィア」の問……
……亀井秀雄……(19)
[illegible]……川崎[illegible]……(31)
—大正期に於ける批評活動（上）—

資料・[illegible]のプロ文学運動（附・解説）……本庄陸男……(45)
本庄陸男回想……山田多賀市……(52)
山田多賀市氏と本庄[illegible]……山田昭夫……(57)

五月……工藤[illegible]……(64)
太陽[illegible]……中沢[illegible]……(78)
不毛の[illegible]……小田[illegible]……(91)

昨今の有島武郎研究……山田昭夫……(59)
北海道の多喜二[illegible]……[illegible]……(60)
「私の信ずるところによれば……」……今井[illegible]子……(66)
大江健三郎氏の自由……[illegible]……(74)
書評・[illegible]「文学と[illegible]」……[illegible]田弘[illegible]……(79)

June 1963

「位置」の会発行

「位置」第２号の表紙
（山田の「本庄陸男回想」も載る）

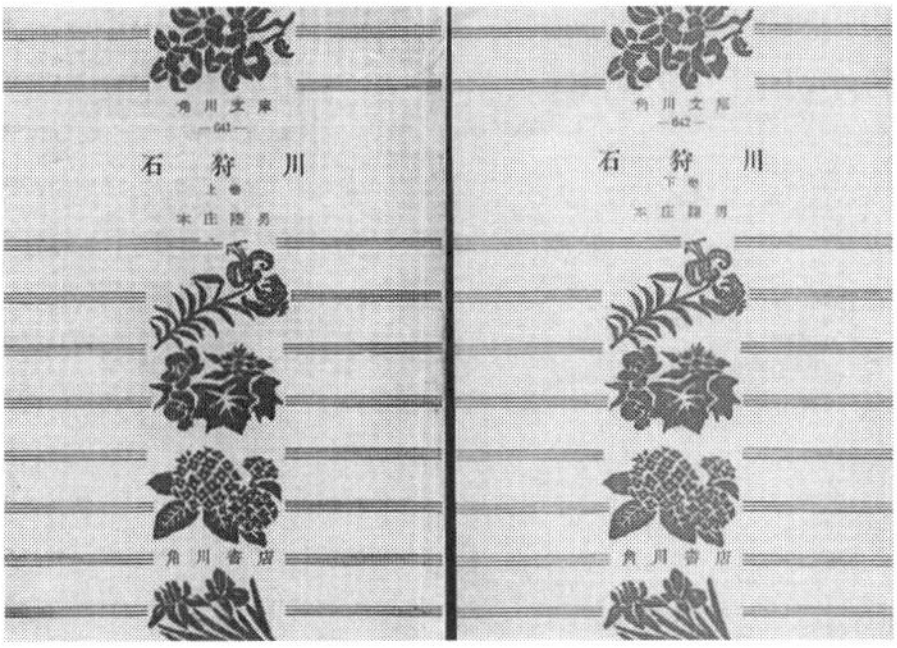

本庄陸男の『石狩川』文庫本（角川）

北海道立文学館（札幌市）

第5章　戦争は嫌だ

戦禍と徴兵制が消えて70年

ずっと心に残っている長編の漢詩がある。唐の詩人杜甫の「兵車行」である。

がらがらという車輪の音
兵馬のさびしげないななき
戦いに行く者は弓と矢をめいめい腰に帯びている
父も母も妻も子も足早に行きながら彼らを見送っている
立ちのぼる土煙にかくれて咸陽橋《かんようきょう》も見えない
衣をひっぱり足ずりをして　彼らの行く道をさえぎって泣く
泣き声はそのまま大空にまでとどくほどだ
（小野忍、小山正孝、佐藤保訳注『漂泊の詩人　杜甫』平凡社、1983年）

詩は続く。道を通りあわせた者が戦いに行く者に聞くと、行く者が答える。「国境のあたりは流れる血が海水のようになっているのに　天子の国土をひろげたい気持はとどまることがないのです　……戦いにつれていかれる身の私がうらみをいうことができましょうか」

日本でも先の大戦・15年戦争（満州事変から太平洋戦争の終結まで）には、農家からも多くの人が、家族や田畑に後ろ髪をひかれながら「うらみごとは言えず」、あるいは「お国のためにすすんで」出征した。おびただしい将兵が亡くなり、国内外で民間人も多数犠牲になった。私の伯父も満州を経て南下し、ペリリュー島で戦死した。私が引き継いだ生家には遺影と靖国神社の写真を今も飾ってある。

「兵車行」では出征する兵士は、うらみさえ言うこともできず、召集に従った。だが私が足跡を訪ねている作家・山田多賀市《やまだたかいち》（１９０７～90。長野県に生まれ山梨県で活躍）は戦争末期、徴兵されては困ると思い、自らの死亡届を作り本籍地の信州の村に送って徴兵を忌避するという行動に出た。

敗戦の結果、日本は新憲法で戦争を放棄し、当然徴兵制もなくなった。戦後70年以上がたった。この間、主権の発動としての戦争で人を一人も殺していないし、一人も殺されていない。経済も発展を遂げた。いまだに軍事優先の独裁体制をとり、国民が貧困にあえぐ国々とは格段の差である。平和国家のありがたみを私もつくづくと感じる。

時がたつにつれて、若い人の間では悲惨な戦争のことは忘れられがちだ。昭和史研究で知られる半藤一利さんの著書『いま戦争と平和を語る』（日本経済新聞出版社、２０１０年）にはその具体的な話が載っている。本が書かれるより16〜17年前のことという。女子大で講義をし、50人の学生に対し、第二次世界大戦で日本と戦わなかった国のアンケート調査をした。アメリカと答えたのが12〜13人もいた。ドイツと正しく答えたのは、それと同じくらいだった。「アメリカとはいくらなんでも君たち」というと「それでどっちが勝ったんですか」と聞く学生がいた。

半藤さんの講義のときからでも長い年月がたっている。今の学生も同じレベルか、それ以上に無関心になっているのではないか――私も大学や短大で講義していてそう思うことがある。中学・高校からもっと近現代史を教えることが必要だし、進んで勉強してほしい。

私自身も勉強を深めるために、山田多賀市の徴兵を前にしての苦悩、そしてその時とった行動をとらえ直し、戦争に対する日本人の建前と本音を探ってみたい。

自ら死亡診断書をつくり戸籍を消す

備仲臣道《びんなかしげみち》さん（１９４１年生まれ）は戦後、山梨県で山田と一緒に活動し、文学上の愛弟子ともいえる。現在は東京に住む。山田に関する資料をたくさんいただいた。

備仲さんの著書『輝いて生きた人々』（山梨ふるさと文庫、１９９６年）でも山田を取り上げている。その略年譜には〈一九四三年　兵役逃れのため自己の死亡診断書を偽造して死亡届けを郷里の役場に郵送する。甲府大空襲に際しこれが受理され、戸籍は消える。〉とある。山梨日日新聞社編・刊の『山梨の文学』（2001年）でも山田は取り上げられている。筆者は山梨県立文学館の堀内万寿夫さん。

多賀市は太平洋戦争の最中、農民運動や反戦運動で拘束された甲府の留置場で、戸籍を自ら消すことを思いつく。一九四三年、友人の医師から白紙の死亡診断書をもらい、肺結核で死亡したと記入して堀金村役場に送った。一九四五年の甲府空襲があった七月六日付で除籍。発覚したら銃殺という不退転の決意であった。

1943年は、ガダルカナル島撤退や、連合艦隊司令長官山本五十六の戦死など、日本の戦局が悪化した年だ。山田の自伝的小説『雑草』（東邦出版社、1971年）がこのころの詳しい状況を知る手掛かりとなる。主人公・並木健助は山田自身のほぼ実像と考えられる。（ただし、第2章に記したように、葉山嘉樹との出会いなど一部には実際との食い違いもある）

1942年、小説『雑草』の中でも実際にも、健助つまり山田多賀市の小説「生活の仁義」が同人雑誌「文芸復興」に発表される。翌43年、健助は長野の警察に連れて行かれて調べを受ける。「思想犯だぞ、きさまは」とされ、彼の書いた本を長野県の文学青年が持っているのだという。

長野県特高課では、何かの理由で県内在住者を検挙して、目下取り調べ中のようだ。おそらく、その参考人として健助はよばれているのであろう。

十日ばかり調べられて山梨に戻される。しばらくして、甲府で持たれた地方同人誌「中部文学」の例会参加者が甲府警察に一斉検挙される。健助はとくに長く留め置かれる。かつては、甲府の社会大衆党県連事務所に住み、農民組合県連事務所の常任などとして、小作人のために地主との交渉に当たった健助である。何度もつかまっている。取り調べにもめげない。特高刑事に対する観察眼も鋭い。

敗戦に血まよった日本の軍部のあがきである。取り調べる特高刑事の側にしても、上からの命令でやっていることで、刑事自身の必要性は何もない。あるのは彼等の月給と特権意識だけだ。その範囲にふれないように、適当に答えてやれば、それでよい。

45日目に釈放される。自宅に帰ると、子どもはかわいい盛りだ。この子を残して戦地へ連れていかれてたまるか、と思う。十数年前、山梨から郷里の信州へ出掛けて受けた徴兵検査では甲種合格ではなかったため、兵隊に行かずに済んだ。その後、徴兵の年齢も上がってきた。「きさまのような奴は戦地へ送って鉄砲の玉よけに使うより他にないな」と長野の刑事が口走った言葉が健助の耳に重く残っている。

そこで徴兵されないために、戸籍を抹消するという計画を実行に移す。知人の医師から死亡診断書の用紙を入手し、自分で死亡診断書を偽造して戸籍がある郷里の三田村（その後、堀金村となり現在は安曇野市）に郵送する。役場からは火葬儀証明か埋葬証明を送れと言ってくる。証明書は送れるはずもなく、山田はそのままにしておく。

なか一年おいて、甲府市が戦災を受けて焼きはらわれた日に、健助は死亡したと、役場の戸籍には記録されている。死亡診断書だけでは受けつけにならなくて、ほっておかれた健助の戸籍は甲府戦災で思い出されて、あらためて記録されたのである。

道端の雑草にもひとしい、村一番の貧乏小作人の子は、それほど粗末に扱われていたのである。

死亡直前に書き残しておきたい事

自伝的小説『雑草』の中で徴兵拒否をした健助の行動は、山田自身のそれと合致しているようだ。月刊「新山梨」100号（1990年12月、編集発行人備仲臣道）に、山田の「私の死亡直前にあたり書き残しておきたい事」が載っていて、戸籍抹殺のいきさつを述べている。『雑草』に書

喜寿祝いのときの山田多賀市　隣は暉子夫人
（備仲臣道さん提供）

いたことの要約となっている。

山田は1990年9月30日に死去した。この原稿は死後に、入院の直前まで向かっていた机の上から発見された。

100号には、山田の喜寿祝いの時の山田夫妻の写真が載っている。軍国主義にこびず、筋を通して生きてきた人の気品が感じられる。

いろいろな要因が重なって自らによる戸籍消滅は成功したようだ。山田は戦後も戸籍復活を拒み続けた。「身を賭して戦争に反対し続けた反骨人生の勲章ととらえていたのであろう」と前掲の『山梨の文学』は評価している。

山田の「書き残しておきたい事」の中の文章を引用してみる。

私は、海軍の嘱託技師として、山梨全県下の町村を昭和十八年から十九年、二十年と活動をして、戦後に入ると、甲府市では私の居住証明でそのまま住民として選挙をはじめ、何不自由なく、文学を語り、政治を語り、本を書いて出版（中略）、まあとにかく表通りを大手をふって歩いて来た。

ここでいう嘱託技師とは、松根油搾油の技師のことである。つまり松の根っこから油をとって、軍用の燃料に使用する。健助はそのための技術を習得して、村々に松根油の窯作りを指導して回った。全国から集まった油は大船に集められたが爆撃で燃え上がり、使えなかった、と山田は『雑草』に書いている。

戦争になると作家ら文化人もこぞって戦争を賛美し、協力するようになる。

例えば短歌の大御所たちは、１９４１年の太平洋戦争開戦に際して、こんな歌を詠む。〈勝たむ勝たむかならず勝たむかくおもひ微臣のわれも拳握るも〉〈皇軍の海軍を見よ世界いま文化の基準あらためぬべき〉〈ルーズヴェルト大統領を新しき世界の面前に撃ちのべすべし〉（小高賢著『現代短歌作法』から引用。同書は新書館、２００６年）。これ以後、短歌はおおむねこのような空疎な作品のオンパレードという様相になる、と小高さんは書いている。私もこれらの歌を読んで寒々とさせられた。

戦争となれば、どの国でも国民は奉仕と犠牲を強いられる。山田は、松根油作りには協力するが、死亡診断書を偽造して兵役を免れようとする。戦争賛美の文芸は書かない。なかなか真似はできない。暗い時代の一つの良心の灯のように思われる。

山田の「書き残しておきたい事」は最後の方で次のように書いている。


おら日本の軍国主義者に、もう死ぬんだから、俺は俺の言うことを聞かないで戦争をやって申訳なかったと言えとは言わないから安心して居ろ、と言うだけだ。

新聞が山田の人生を評価

日刊の一般新聞が社会に与える影響は大きい。新聞は戦後、軍国主義の反省に立ち、戦時下の抵抗にも目を向けるようになった。山田の人生行路も脚光を浴びる。

山田の長男繁彦さん（甲斐市在住）から山田関係の記事コピーや、山田の『雑草』が「全線文学賞」をもらった時の表彰状のコピーをいただいた。

1985年1月10日付朝日新聞全国版。「それぞれの昭和」の第9回として山田を取り上げた。山田に会って話を聞き、「死んだ男」「戦後も無戸籍で通す」の見出しで、戸籍抹消にいたる経過とその後を描いている。山田は戸籍復活には応じない。「ささやかな反戦運動」を今も続けているつもりだ――と記事は紹介している。

日本の兵役法と徴兵忌避についての解説もしていて、理解が深まる。それによると――。逃亡、減食や薬で体調を崩す、病気や精神障害を装う、わざと犯罪をして刑務所に入る、自分の体を傷つける、などさまざまな兵役拒否も行われた。兵役法は兵役逃れに懲役三年以下の罰則を科したが、昭和十年、陸軍では六十三万三千余人の徴兵検査人員に対し、二百六十八人の忌避者が出たとされる。（陸軍省統計年報）

山田は1990年9月30日に亡くなった。82歳だった。それを伝える朝日新聞の山梨県版。「農民解放運動の作家山田多賀市さん」「反骨の人生二度目の『死』」「徴兵拒否で死亡届」「月末戸籍復活の矢先に」の見出しで大きく扱っている。

山梨日日新聞の10月6日付には、作家清水昭三さんが寄稿している。「農民文学のある終えん」とのタイトルで「雑草のように生き抜いた男」と高く評価した。『雑草』の主人公はまぎれもなく作者の分身であり、強いだけでなく滅法明るく愛すべき人物として登場する、としている。

山田の出身地長野県の信濃毎日新聞は10月2日付で訃報を載せ「昭和十八年、兵役を逃れるため死亡届を偽造、死去するまで反戦運動として無戸籍を貫いた」と評価した。

同紙は2007年、南雲道雄さんによる「『在所』の文学―農村文化の根を考える」を長期連載した。第21回は「戦後農民文学の礎　山田多賀市の見識と力量」として、戦後に山田が編集発行人となり、甲府の農村文化協会から全国に向けて刊行した雑誌「農民文学」の意義を説いている。この甲府版「農民文学」の世界には、改めて第7章で詳しく分け入ってみたい。

徴兵・出征への建前と本音

山田多賀市には『農民』（東邦出版社、1974年）という小説もある。戦中戦後のペーソスにあふれる農民群像である。舞台は甲府近郊の村だ。日本住血吸虫、出征、緊急勅令、闇商売事はじめ、わかもの受難、餓鬼道、農地解放、篤農伝、政治と住民、民主主義、農民の崩壊——の章編成である。山田の分身と思われる並木健助も登場するが今回は主人公ではなく、多くの人物が出てくる。小説の前半には、出征や徴兵に対する農家の本音と建前がよく描き出されている。

赤紙（召集令状）で働き手を戦場にとられる農家の悩みは深刻だ。今朝吉にも赤紙が来る。母親のおるいは、おろおろして村の有力者・忠治に相談に行く。「戦争なんざ誰だって行きたくねえ。けど、それを正直に言っちゃならねえのだ。正直に言って警察か憲兵の耳にでも入ってみろ、ただじゃ済まねえぞい」と忠治は言う。

今朝吉には結婚相手にタイ子が決まっていた。忠治は一計を案じる。出征前に結婚しておけば、出征してもおるいの家の働き手は嫁によって確保できる。忠治はタイ子の家にそれを頼みに行くが、両親から断られる。今朝吉は出征して中国の戦線に投入され、その部隊は全滅し、生きて故郷の土を踏むことはなかった。

山田の次の描写にはうならされる。

人間は、腹と口と違うから、他の動物よりすぐれている、そういう説をとなえた者がある。そうだとするならば、戦時下の日本人くらい、すぐれていたものはないとみえる。あいさつに来る者も、それを受ける者も、心にもない大ウソを吐きあって、ていねいに頭をさげ、わずかばかりの餞別の銭を紙に包んで差出し、出征兵士を囲んで祝酒？　を呑んで酔っ払っても、けっして本音ははかないのだ。

「緊急勅令」により農民組合も解散させられる暗い時代である。徴兵検査の模様もつぶさに描かれている。足が不自由な勇三は検査の結果、丙種となる。甲種合格なら兵隊に行かなければならない。勇三はほっとする。うらやましがる者もいる。それが本音だ。

第五章「わかもの受難」では、戦況悪化の下の村が描かれる。勇三とその弟伸二の家には、東京で焼け出された伯父夫婦と従妹のチトセが転がり込んでくる。チトセは豊橋の工場に動員され空爆で亡くなった。「伸二にいちゃん、勇三兄ちゃん、おじちゃん、おばちゃん」というチトセの人なつっこい甘い声が勇三の家族たちの耳についてはなれない。

徴兵検査では以前よりも、多くが甲種合格となる。「若者は連れて行って、片っぱしから殺してしまう方針だろう」との嘆きが家庭内ではささやかれる。

ラジオや新聞の戦況報道では、日本軍の不利なことは正確には伝わらない。しかし、誰かがどこから聞いてくるのか、太平洋の島々がアメリカに占領されそこからB29が往復しているという情報を村人は皆が知っていたという。

甲種合格となった伸二は役場の兵事係に呼ばれ、特攻隊に志願しろと言われる。なりたくないと言うと、断ればどんな兵隊になってもよくは扱われないと脅され、志願させられてしまう。そのほか三十代の男たちも召集されていく。

今朝吉との結婚を断った後、タイ子は徴用されて静岡県の軍需工場に行っていた。爆撃で多くの犠牲者が出て、郷里に逃げて身を隠す。タイ子が逃げ帰った1週間ほどあとの1945年7月、甲府の街は空襲で炎上する。火に追われた人々が村に逃げてくる。

次の章を読むと伸二らは生きて帰郷できたことが分かる。終戦が8月15日より延びていたら、彼らの命はなかったに違いない。私の父も召集されてまだ国内にいるうちに終戦となった。そのおかげで戦後に私も生まれた。そんなことを思いつつ山田の『農民』に引き込まれた。

それぞれの戦争拒否

山村基毅著『戦争拒否　11人の日本人』（晶文社、1987年）は、1960年生まれの若いライター山村さんが、戦争拒否の関係者を訪ね歩いた記録である。

山田多賀市については「戸籍を消した男」として描いている。直接に山田に会い、貴重な証言を得ている。「ワシが捕まったのは、もともと関係していた『信州文学』という同人誌の連中が検挙されたからだった。連中は治安維持法に引っ掛かったじゃなかったかなあ。結局不起訴になったが、そのすぐあとに全員に召集令状が来て、戦地に引っ張られた。だから、ワシも当然行かされると思っとった」。この危機感から戸籍を消す行動に出る。

山村さんは山田の戸籍通りに「山田多嘉市」と表記し、生年も明治41（1908）年としている。しかし、山田は多賀市として作品を発表することが多かった。実際に生まれたのは、前年の明治40（1907）年と山田自身が記しているので、私はそれに従っている。

山田のほかにいろんな人物が登場する。

北川省吾さんは、戦場で一発の銃弾も撃たないと決め、実行。銃弾にあたって死ぬ。

翻訳家イシガオサム（石賀修）さんは簡閲点呼（下士官・兵を召集させ、点検・査閲すること）の時に自首して、自分は平和主義者であり軍隊に入るつもりはないと言い、留置場に入れられる。取り調べに対して意志を撤回。終戦間際に看護兵として入営する。

リン・スェート（林歳徳）さんは、台湾の「志願兵」から逃亡するために、海を渡って日本へ密航してくる。

農民運動家山口武秀さんは、一度目は軍隊内の使役という「任務」を拒否し、二度目は友人が師団参謀長にかけあい、召集解除をかちとる。

丸谷才一さんの小説『笹まくら』の主人公は、名を変えて日本中を逃げ回った。

文芸評論家小田切秀雄さん、仏文学者白井健三郎さん、詩人宗左近さんは、食事をとらないなどで自らの体を痛めつけ召集を解除させた。

内村鑑三に傾倒した釘宮義人さんは、召集時に自殺を試みるが死ねない。1年間の懲役生活を余儀なくされる。

トルストイの魅力にひかれた北御門二郎さんは、一日遅れの徴兵検査に臨み、司令官の温情から「狂人」として扱われ、徴兵を免れた。戦後は農業をしながらトルストイの翻訳に打ち込む。よく調べたものだと思う。

私も丸谷才一さんの『笹まくら』（文芸春秋刊行の丸谷才一全集第2巻所収）と「徴兵忌避者としての夏目漱石」（同第9巻所収）を読んでみた。夏目漱石は明治25（1892）年、北海道へ籍を移すことで徴兵を逃れた。当時の制度では、北海道は人口が希薄だったため徴兵制の埒外におかれたのだという。漱石が籍を北海道から戻し、東京府平民となるのは大正2（1913）年のことだ。

この徴兵忌避について丸谷さんの言葉を拾ってみる。「自分の身代りのやうに戦死して行つた同年輩の若者たちに対してすまないといふ気持、自責の念、自分は卑怯者なのではないかといふ疑惑、ひよつとすると自分の単なるエゴイズムなのかもしれぬものへの悔い」が漱石を苦しめただろうという。それが精神衰弱や作品、赴任先・仕事選びなどに影響を与えているのではないか――と丸谷さんは具体例を挙げながら解釈していく。

丸谷さん自身についても「ぼくは幼いうちから威張つたことが嫌ひであつた」「父を含めて家族の者がみな、戦争と軍人とが嫌ひであつた」と書いている。漱石と丸谷さんに一層親しみを感じた。丸谷さんには、仮名遣いのことでお目にかかり、お話を聞いたことがある。２０１２年、鬼籍に入られた。戦争観をもっとお聞きしておけばよかったと悔やまれる。全集を読み込もうと思っている。

戦争のない社会持続を

戦争を本音では嫌悪しながらも、兵役を拒否できずに戦場で死んでいった若者たちを思うと胸が締めつけられる。フィリピンで戦死した三重県宇治山田市（現在の伊勢市）出身の竹内浩三さんは、ひそかに反戦の詩と絵をかき残していた。死後発掘された。『竹内浩三集』（藤原書店、2006年）から詩の一部を引用してみる。

骨のうたう

戦死やあわれ
兵隊の死ぬるや　あわれ
遠い他国で　ひょんと死ぬるや
だまって　だれもいないところで
ひょんと死ぬるや
ふるさとの風や

こいびとの眼や
ひょんと消ゆるや
国のため
大君のため
死んでしまうや
その心や

彼は1944年、斬り込み隊員として比島（フィリピン）へ向かう。翌年「比島バギオ北方一〇五二高地で戦死」（三重県庁公報）。23歳だった。

兵士ばかりでなく国民全体をがんじがらめにして戦争から逃れられない体制が出来上がっていた。国家による統制・監視の強さ、軍部の暴走。それを教育とマスコミが支えていた。軍国少年が当たり前の時代だった。人は強制され教え込まれれば、大方はそれに従ってゆく。とりわけ十五年戦争はそんな時代だった。暗鬱な時代を再来させないことが大切である。

「兵車行」を作った中国唐代の詩人杜甫が生まれてから1300年以上がたった。日本は大戦の苦難を経ていま、戦争を放棄し徴兵制もない状況が続いている。世界の歴史上特筆されていいことだ。このところ、秘密保護法の成立、憲法解釈による集団的自衛権の行使容認など、戦後70年間の蓄積を危うくしかねない状況が生まれている。

私の尊敬するジャーナリスト中馬清福さん（信濃毎日新聞主筆を務めて２０１４年11月逝去）は、平和主義を守る立場を貫いた。戦前、軍国主義・徴兵制・地主制下での山田多賀市の苦悩と徴兵拒否の行動を、日本の平和主義を持続させ守りぬくためにも語りついでゆきたいと私は思う。

「月刊 新山梨」100号

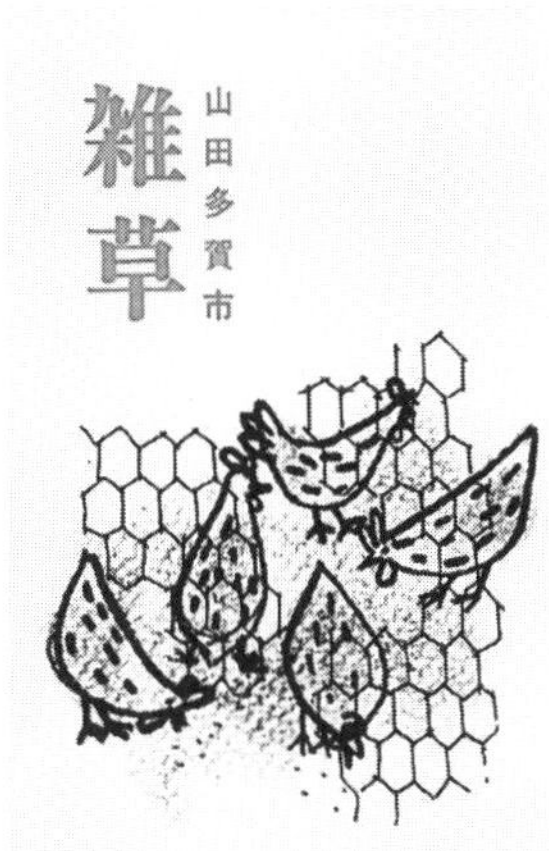

山田多賀市『雑草』の扉

『戦争拒否　11人の日本人』

山田多賀市の小説『農民』

第6章　農地解放と雑誌発行

戦後活躍の目覚ましさ

水を得た魚のよう――。作家・山田多賀市《たかいち》（1907〜90）の戦後のエネルギッシュな活動は、そんなたとえがふさわしい。

前章で見たように、死亡届を偽造して兵役を忌避した山田である。終戦の1945年8月15日には満37歳になっていた。戦争の重圧から解放されて、自由に行動できるようになる。

山田の薫陶を受けた著述家・備仲臣道《びんなかしげみち》さんの記述から山田の活躍ぶりをたどってみる。「『耕土』の丘―山田多賀市の生涯」（「山梨の文学」20号所収、山梨県立文学館編集発行、2004年）に書かれている。以下はその要約。

1946年になるとすぐに文化山梨社を設立して、雑誌「文化山梨」を発行。かつて農民運動の指導者だった人が山梨時事新聞を創刊したので山田は大枚をはたいて株主になる。文化山梨社に飽き足りなかったのか、1949年には農村文化協会を創立して「農業と文化」という月刊誌を発行。農業知識中心の雑誌で、全国で大いに売れた。勢いに乗って、１９５１年には「農民文学」の創刊号を出した。

備仲さんに教えられて、文化山梨社の事務所があったという甲府市穴切町二四一（現宝二丁目）あたりを私は歩いてみた。きれいな街並みだ。私が聞いた限りでは、事務所があった頃のことを知る人はいなかった。

信州の小作農家に生まれた山田は山梨で、地主制のもとにあえぐ小作農を救うため農民組合運動をしてきた。戦後、連合国軍による占領統治と改革で、農地解放が実現した。当面闘う相手の地主層はいなくなった。今度は、農民に役立つ雑誌を出し、その道で自らも生きていこうと決断したのだ。

「野人日記」に見る雑誌創刊

山田の晩年の回想録『終焉の記』（山梨ふるさと文庫、１９８７年）には、こんな記述がある。

終戦直後、食糧が不足して飢餓に苦しんでいる時、私にできる事は闘病生活で学んだ文筆を生かす時だと考え、農業技術者や篤農家の協力を得て記事を書き、農業技術雑誌を発行して農民に普及する仕事をはじめたのであった。

よく売れて、月刊十五万冊の発行を約十カ年近くつづけ、思いがけない利益もあがり、別稿

「野人日記」原稿五百枚に書きあげてあるが（未発表）、ずいぶん儲かり、それまで世話になった人々に恩がえしもできた。

「野人日記」の生原稿のうち冒頭40ページ分だけが山梨県立文学館に収蔵されていて、読むことができた。

「文化山梨」創刊のことが生き生きと描かれている。

　特高の被害を受けた山田らが集まって共産党の県委員会をつくる。山田は委員会にローカル月刊誌を作るよう提案したが否決される。そこであきらめないのが山田らしいところだ。党とは関係なく、自力で出すことにする。

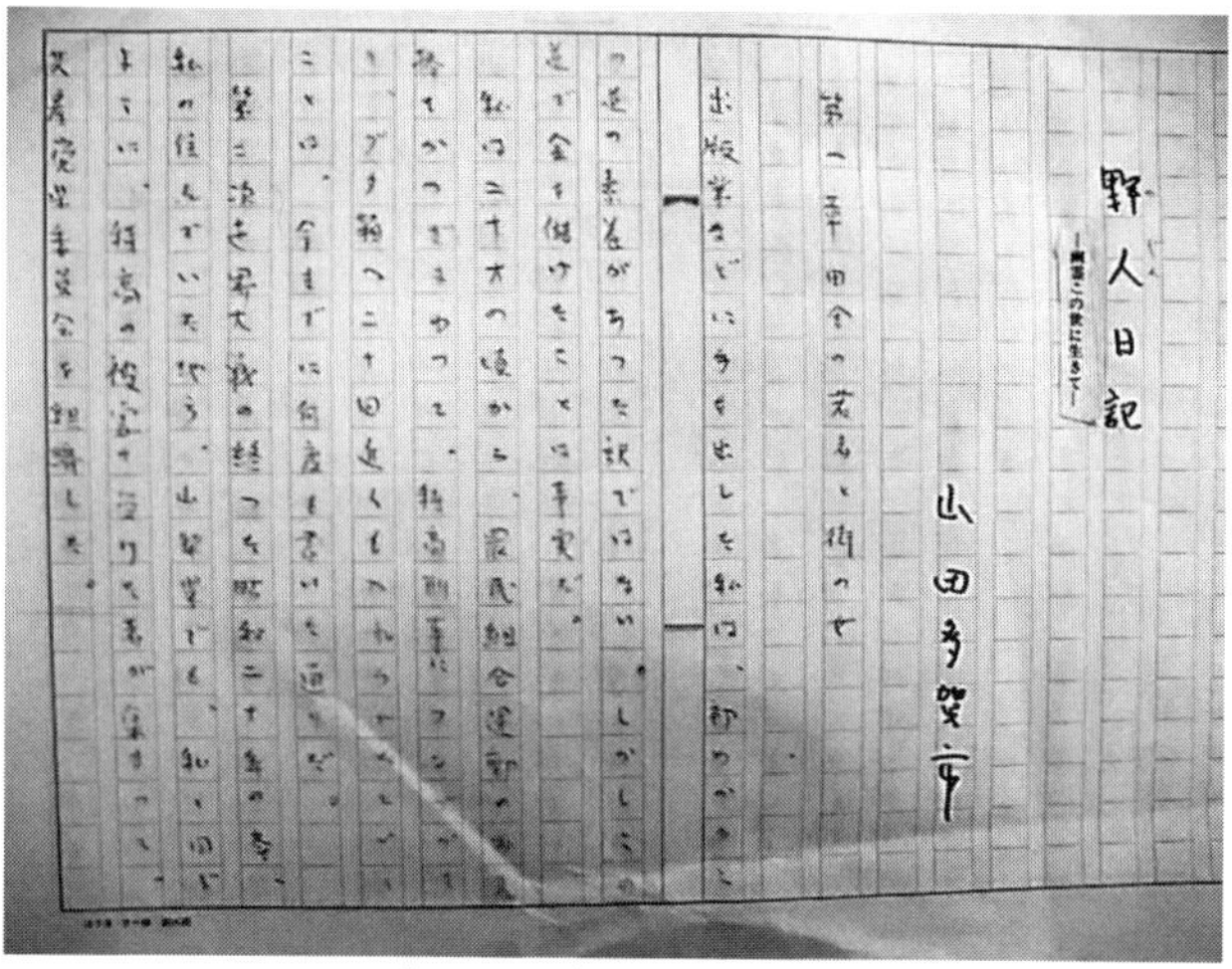

「野人日記」の原稿１枚目

　郷里の長野県安曇野には腹違いの若い弟たちがいる。父は既に亡くなった。義母や弟が助けを求めてきている。弟たちのうち、23歳、20歳、18歳の三人を引き取り、雑誌発行を手伝ってもらう。

創刊号は千冊作り、県内の町村長、議員、農協理事など有力者に発送する。そこを一軒一軒弟たちが回って、購読契約をとり代金をもらう。返送したり、契約してくれなかったりの人もいたが、弟たちは予想以上に多くの契約を取り、集金してくる。

次の号は二千冊作る。発送係に女性一人を採用し、弟たちのほかにも外務係を雇った。

長い間、戦争一色にぬりつぶれていた後、そのベールをひっぺがすような、左寄りの主張は、耳あたらしい。これを鼻の先につきつけられれば、なにはともあれ、読んでみる気になる。

そんな追い風を受けて、農村はもとより街のパーマネント屋や風呂屋にまで雑誌が入るようになったと記している。

雑誌の仕事が始まる前のことだった。戦争が終わると、山梨の村に疎開してきていた人たちが疎開者の会を作った。山田は頼まれて副会長になった。疎開者の会会長の娘は「戦争未亡人」となり、子どもを抱えて暮らしていた。活発な女性で、山田の雑誌の広告取りを進んで引き受け、農協や保守系代議士などにも食いこんで成果を上げる。家庭に閉じ込められていた女性たちが戦後、職場にも進出してくる。そんな時代の流れがうかがえる。

「文化山梨」での山田の主張

山田について精緻な研究をしている村上林造さんの「山田多賀市著作目録」（第四部で詳説する）を頼りに、「文化山梨」を収蔵する甲府市の山梨県立図書館を訪ねた。創刊の翌年1947年から50年までの号を見ることができた。編集発行人は山田多賀市。農地改革の時期に山田が考え、訴えたことが誌面に詰まっている。

1947年12月号は、創刊一周年記念の特集第一号だ。山田の記念号へのメッセージが載っている。一年前に文化国家建設の決意をしたことを振り返り、文化運動を発展させるにはより一層の出版活動が必要なことを強調し協力を呼び掛けている。

この号では「発展を祝す」として各政党とその代表と人名が並んでいる。社会党、自由党、民主党、共産党、山梨社会党、山梨民党である。特定政党による発行なら広がりを持つことは難しかったろう。山田自身は革新的だが、多くの政党や読者に働きかけている。

48年2月号から始まった「近代女性美の探求」という連載も目を引く。今求められる女性美は、高い知性を身につけ自らの生存を自らの手で打ち立てていく積極的生活力を持つ中にこそ存在しなくてはならない――と位置付ける。全逓労組幹部、婦人警官、保健婦、農地委員会書記局勤務者、農村女性などを写真入りで紹介している。

農地解放（農地改革）を山田はどうとらえ、評価したのか。48年11月号の「農業恐慌論」と翌月号の「崩れゆく農地改革―農業恐慌論前承」から読み取れる。前者に次の記述がある。

せっかく農民が父祖何代かに渡って夢の間も忘れることの出来なかった、自分の所有する土地の上で働きたいという美しい夢が、戦争敗戦と云う大きな犠牲を通して実現されてみると、喜びはほんの束の間の夢で、最早土地を我手に握っても、とうてい追いつかない新しい姿の苦悩が、日本の農民の行手に大手をひろげて立ちはだかっている。それは「農業恐慌」である。

この「農業恐慌」が表れている面として山田は次の点を挙げる。

①主食の供出制度による価格の釘付け政策。
②敗戦に伴い膨大な失業人口を農村が抱えている。
③税金が人民の肩に重くのしかかっている。
④農民の窮乏は都市の労働大衆の低賃金と相まって国内市場を狭隘にしている。それなのに日本資本主義の代弁者は国内失業者と恐慌にさらされている農民を棚上げにして救いを海外に求めようとしている。

この記述から、農地解放が進んでも、問題が山積していることが分かる。

1950年3月号に山田は「今後の日本農民運動え（ママ）の感想――元農林大臣平野力三さんを想いだしながら」を書いている。農地改革によって、農民運動は階級闘争ではなくなりつつあると強調。共産党や社会党は現実の農民から浮き上がっていると厳しく批判している。自分が関係した党などにも、ずけずけと物を言う山田である。

私が見ることができた「文化山梨」には、山田自身の短編小説「歯車」「横領事件弁明の記」「渓谷」「名士」が載っている。

「歯車は」母に早く死なれて継母が来た信州松本の在の村の兄弟を描く。継母が来るあたりは山田自身の境遇と似ている。兄は新聞社で働いていたが書いた書物の中に軍当局の忌諱に触れたところがあり、特高に調べられる。新聞社で働けなくなったので山中で炭焼きを始める。幼少から歯車が好きだった弟は時計修理の技術を身に付けるが、戦中は名古屋の工場で働く。空襲で妻子と一緒に亡くなる。兄が弟の死体のあった場所を掘ると、小さな手さげ金庫の中に時計修理の道具と腕時計が入っていた。工場に勤めながらも、おずおずと修理の副業を続けていたに違いない。

「横領事件弁明の記」は「初めて書いた身辺小説」と銘打っている。小説としながらも、実在する組織や有名人物も出てくる。業務上横領の疑いで訴えられた部下をかばい弁明する内容だ。作者だけでなく相手の言い分も聞かないと紛糾の実際のことは分からないが、雑誌発行が拡充すると金銭をめぐるトラブルも出てくるということだろう。

「農業と文化」で新技術普及

雑誌「農業と文化」は1949年に農村文化協会から創刊された。「文化山梨」の子どもという位置づけである。編集発行人は親の「文化山梨」と同じく山田多賀市。「文化山梨」は山梨県内を対象としていたが、「農業と文化」は対象を全国に広げ、実際に役立つ農業技術の普及に重点を置いている。

山梨県立文学館に3冊が収蔵されていて、見ることができた。1951年の18号（関東版）、21号（同）、1952年の33号（東海近畿版）である。国立国会図書館には茨城版1～3号（1949年8月～10月）がある。

18号には、広川弘禅《こうぜん》農林大臣の「年頭の辞」が載っている。日本人口の過半数をしめる農家人口の生活と生産を高め、農村を豊かにすることがすなわち日本が豊かになることだ、と激励する。続いて山田の「新年の感想」がある。併用の顔写真は凛々しい。満43歳。仕事に邁進している自信が感じられる。

一部を引用してみる。（旧漢字、旧仮名等は改めた）

日本の農学は、農林省の強力な組織を中心に発達し、世界先進諸国にくらべて、けっして劣らない高度な発展を見せて居る。

しかしこの高度な水準にある日本農学も、田や畑で働く大多数の日本の農家の人達に迄はあまり普及されていない。

（中略）

世界のいかなる国の農民にくらぶべくもない勤勉にして労をいとわぬと云われる我が日本の農民に、現在日本の農学…（理化学的知識…近代的技術）が移し植えられたら、日本農民は、他のいかなる国の農民より豊かな生活と、高い知性に包まれた幸福の中に生きることが出来るに違いないと信ずる。


この号の目次をみる。

「関東地方の畑作経営をいかにすべきか」

「今年の稲作設計と有望な水稲品種」

「冬場ミツバ促進軟化法」

「アスパラガス軟白栽培法」

「水田直播農法」

「甘藷の奨励品種解説」

「土と肥料の認識」

など、極めて具体的だ。

イデオロギーの宣伝ではなく、農業の現場で実際に役立つ知識と技術を広めていく。小説家の範疇にとどまらない山田の幅の広さを感じさせる雑誌である。

農地改革の歴史的位置づけ

山田の視点からだけでなく、広い視野から、農地改革の時代をとらえてみたい。

信濃毎日新聞1946年11月25日付に第2次農地改革の記事が載っている。私が生まれるより3カ月弱前の紙面だ。『信濃毎日新聞に見る一一〇年　昭和編』（同新聞社編刊、1983年）に収録され、解説もある。

解説によると――。農地改革のための農地調整法改正は、昭和20（1945）年12月29日に公布された。これが第一次農地改革である。在村地主の小作地保有限度5町歩を超える地主は少なく、国の内外から批判を浴びた。第二次農地改革は、在村地主の保有面積平均1町歩（長野県は8反歩、北海道は4町歩）、小作地の強制買収、小作料の低額金納化などを内容として、関係法案が21年10月11日成立し、20年11月23日現在の事実に基づいて買収が進められることになった。前年から地主の土地取り上げ問題が始まっていた。

紙面は3段見出しで「農調法実施へ各層の動き／激しい地主の暗躍／注目すべき不買同盟」とある。農林省を取材した全国情勢である。地主は土地を少しでも取り上げられないよう策を巡らす。小作側の「不買同盟」は、農民運動が盛んな地域では見られないが、小作側が不買の態度をとる地域も一部あるのだという。将来の農村不況の到来を信じ、公租、公課その他自作農になることによって諸経費が増大するとの見通しに立っているとされる。

農地改革の直後に出された河合悦三著『農村の生活―農地改革前後』（岩波新書、1952年）は貴重な記録だ。著者の河合（1903〜66年）は日本農民組合中央常任委員、山梨県農民総連合常任委員などを務めた。農民組合運動をした山田多賀市とどこかで接点があったのかもしれない。

この本は▽農村のいろいろな生活の型▽村々での事情の異《ちが》い▽農地改革のなり行きとその内容▽インフレ・税金・供出・農業恐慌と農村▽農村の生活▽農民の動き――の章立てである。具体例をあげていて、農村でも地域によって大きな違いがあることが分かる。

依然として親父が威張り、姑が嫁をいじめるという空気はあるが、調査に対し農村婦人の地位が向上したとか、自由結婚を可とするという回答も増えている。

山梨県のある村での調査では、要望の高さの順番は

①冠婚葬祭の簡素化
②台所改善
③時間の励行
④農道改修
⑤便所の改善
⑥婦人知識の向上―だった。

今ではほとんどが達成されている。

竹前栄治著『占領と戦後改革』（岩波ブックレット、1988年）によると、農地改革によって、戦前全農地の46％を占めていた小作地は約10％に激減し、約300万人が自作農となった。自作農化した農民は農業協同組合を設立し、1949年ころにはほとんどの農家が組合に所属していた。農地改革によっても農業の零細経営規模は克服されなかった。農地改革は、戦前から徐々にではあったが、進展しつつあった日本の工業化・都市化のスピードを加速するのに役立ち、改革前約50％を占めていた農業人口は1987年現在7・3％に激減したという。

『農民』に見る激変期の群像

戦後の農地改革（1947～50年）のころのことを山田は後年、小説『農民』に描き出した。東邦出版から1974年に刊行されている。第7章 農地解放、第8章 篤農伝、第9章 政治と住民、と展開する。

闇米の「運び屋」が村内にもいる。復員軍人、焼け出された人、失業者、貧農などだ。母娘で運び屋をする家もある。信州などから闇米を仕入れ列車で東京に運んで売りさばく。闇商売に精出す男・泥八は次のように言う。

（農地改革について）この話だって俺等小農にゃ実のある話とはならねえ。三反や四反、ただでもらっても、それを耕していたのじゃ食えねえな。俺なんざ運び屋かブローカーをやらなくちゃなるめえ。

反対に地道に農業に励む者もいる。勇三が典型だ。化学肥料の硫安と硫酸加里があれば増産できる。泥八に見つけて来てくれるように頼み、実現する。勇三は足が不自由だ。思いを寄せていた女性は別の男との間に子が出来て結婚してしまう。村の有力者奈良原忠治の娘サナエは夫が戦死し、親元に帰っている。勇三はサナエと結婚し、子どもにも恵まれて堅実に農業を営んでいく。やがて米の闇価格が一時ほど高くはなくなって、運び屋の収入も減ってくる。足を洗う者も出てくる。

勇三の父・長太郎はかつて農民組合長だったが、戦後は組合を再結成できなかった。占領軍は農地改革で小作農民に土地を与え、彼らを私有財産制度の担い手に変質させ、日本を革命から遠ざけることになった――という考え方に長太郎は共感し、夕食時には、焼酎を飲んでそんな新聞知識を披露する。農民組合がなくなって憤懣のやり方がないのだ、と息子の勇三は思う。

これに対して勇三の妻の父・奈良原忠治は言う。小作人がいくら働いても、土地一反歩自作になるのは、並たいていではなれない。戦争に負けたおかげで土地がただ同様で転がり込んだのだ。マッカーサーに感謝しなくちゃ、バチがあたる――と。

親戚になっても、考え方には差がある。それを山田は対比して描いている。新興宗教も入ってくる。田の畔に立って手の平を下に向けて祈れば増収できる、と周平は信じて実行している。体の病気も手をあげてお願いすれば治るのだという。農民組合の副組合長だった三五次は、ソ連の育種学者ルイセンコの学説に従って農業をすべきだと言う。

タイ子は朝鮮戦争が始まると間もなく、アメリカ軍人との間に生まれた娘二人を連れて帰ってくる。夫は停戦の少し前に戦死し、知らせが村のタイ子のもとに届く。

村への工場進出の話や、農業を継がずに都会に出ていきたいという若者の話も出てくる。

大地主だった龍右衛門旦那は膨大な土地がなくなったが、長い間の習慣と誇りは以前のままだ。正装して天気さえよければ、以前彼の保有地だった農道を歩き回る。農民たちはていねいに挨拶するが龍右衛門はジロリと見るだけで一言も発せず、顔も動かさない。

この元大地主も亡くなり、大きな屋敷は、日本住血吸虫の研究に青春をかけた根岸医院の先生に買い取られる。大改造されて住居と診療所になった。

『農民』第9章「政治と住民」は次のように結ばれる。

農地改革は、かくして部落の組合せを一変させたのである。

新年の感想

日本の農學は、農林省の強力た組織を中心に發達し、世界先進諸國にくらべて、けつして劣らない高度な發展を見せて居る
しかしこの高度な水準にある日本農學も、田や畑で働らく大多數の日本の農家の人達に迄はあまり普及されてゐない。

「農業と文化」18号（1951年）
に載る山田の「新年の感想」
顔写真は凛々しく精悍

「文化山梨」創刊一周年記念
特輯第一号　通巻32号
（1947年）

「農業と文化」21号（1951年）の表紙
山田家の妻子の写真がほほえましい
（備仲臣道さん提供）

第7章　甲府版「農民文学」と犬田夫妻

農村と農民の心に

汲めども尽きぬ源泉――。1951（昭和26）年から52（昭和27）年にかけて9号まで出版されて終刊となった雑誌「農民文学」のことを、私はそうとらえている。「第一次」あるいは「甲府版」の「農民文学」と呼ばれるが、ここでは発行場所を特定しやすい甲府版「農民文学」と表記し、論を進めたい。

山田多賀市《やまだたかいち》（1907～90）がその主役である。彼が編集発行人となり、農村文化協会を発行元として甲府市から全国に向けて「農民文学」を発信した。

終刊後、時をおいて新たな「農民文学」（第2次）が1955（昭和30）年に日本農民文学会から創刊され、現在に至っている。新雑誌も「農民文学」の名称を使うことに山田は快く承諾したという。

新たな「農民文学」の編集長や日本農民文学会の議長を務めた文芸評論家・南雲道雄さん（1

931〜2011）が甲府版農民文学の復刻に尽力し、1991年に緑蔭書房から復刻集が刊行された。彼が周到な解説を付けている。

創刊の辞

雑誌の巻頭言は「この雑誌はなぜ作り初め（ママ）られたか」と題して、山田が書いている。日本の農民文学は長塚節や伊藤左千夫らによって種がおろされ、大正から昭和にかけてある程度芽がのびたが、太平洋戦争のつまずきの中で、押し流され元にかえっていない、と書きだす。元にかえっていない理由を挙げている。要約すると、①農民文学作家の作品が下手で面白くない②ブンダン（文壇）という変なものがあり、自分たちのことしか考えない③出版社は目先の欲が深く、農民に必要な文学を出版していない。

そして次のように記す。

そんなわけで、われわれが、こゝに新しく「農民文学」の雑誌を作り初めたのは、何とかして農村と農民の心の、たべものに、なるような文学を作りだしたいと云う考えから、初めた仕事なのです。

山田は戦後間もなく「文化山梨」を創刊。続いて甲府市に本拠をおく農村文化協会から全国向けの農業技術雑誌「農業と文化」を出して、軌道に乗せた。この農村文化協会から「農民文学」の発行にも踏み切った。既存の文壇や出版社に負けないという心意気がみなぎっている。編集後記も山田が書いた。刊行にいたる経過が述べられている。キーマンは犬《いぬ》田《た》卯《しげる》（１８９１～１９５７）である。犬田は茨城県の牛久村（現牛久市）在住だった。１９５０年に二人は会って意気投合する。犬田が長い農民文学運動の蓄積を生かして原稿集めをする。山田も原稿を集め、犬田分と合わせて山田が割り付ける。

　農民文学にもいろいろな考え方がある。犬田と山田にも温度差はある。それを超えて、いや、それだからこそいい雑誌ができると山田は考える。度量の大きさである。後記には次のようにある（旧仮名遣いは新仮名遣いに改めて引用）。

> 犬田先生は周知の農本主義の宗家だが、私は農本主義はよく知らない。それでは何主義だといわれるとこまってしまう。マルクス主義と、腐った魚と同じくらいに考えているし、自由主義にも、賛成していない。と云ってニヒリストでも無政府主義者でもない。私は、酒と女と美味いものが、だいすきで、働くことがすきなだけだ。いわば百姓の子らしい俗物である。

甲府版「農民文学」の幅広さと面白さは、犬田と山田による組みあわせによるところが大きい。

牛久沼のほとり

犬田と妻の住井すゑ（１９０２〜97）は牛久沼のほとりにある牛久市に暮らした。どんなところか、２０１５年5月18日に訪ねてみた。

家の門柱には「抱樸舎」と書かれた看板が出ている。「ほうぼくしゃ」と読む。樸は、山から切り出されたままのアラ木（原木）。抱樸は、素朴な心を抱き続けること。中国の古典「老子」の中に「見素抱樸」の言葉が見える。この抱樸舎では住井を中心に学習会が開かれ、住井亡き後も集まりが持たれてきた。今は見学には対応できないので一般公開は休止しているという。たたずまいを写真に撮らせてもらった。

夫妻が東京を引きあげて牛久に住み始めたのは１９３５年だった。毎日新聞の論説委員を務めた次女の増田れい子さん（１９29〜２０１２）は著書『母　住井すゑ』（海竜社、１９９８年）で、そのいきさつを書いている。牛久に生まれた父（犬田）は24歳でその父と衝突して上京。画家小川芋銭《うせん》（１８６８〜１９３８）のとりなしで、当時最大手の出版社博文館に就職、やがて同社発行の雑誌「少女世界」の投稿者だった母、住井と結ばれた。しかし治安維持法の時代では、農民解放を目指す父の文筆活動や機関誌「農民」の発行は苦しく、罰金や発禁へと追いつめられる。持病のゼンソクも悪化している。子どもが４人いる。故郷には土がある。耕せば一家６人の命が養える。そう判断しての帰郷だった。

犬田と住井の共著『愛といのちと』（講談社。後に新潮文庫、１９５７年）に苦闘が描かれている。犬田はゼンソクに加え、精神状態が悪化し自殺の恐れもあった。住井の奮戦ぶりがうかがえる。この本の原稿をまとめた直後、犬田は65歳の生涯を閉じた。「終幕が安らかな自然死であったことに、私はあらためて感謝する」と住井は本の「はじめに」で書いている。

抱樸舎から歩いてすぐの所に、小川芋銭が晩年を過ごした「雲魚亭」がある。犬田夫妻が世話になった画家である。代表作は「河童百図」。牛久市では現在、「うしくかっぱ祭り」が開かれている。

抱樸舎や雲魚亭のある平坦地から坂道を下ったところに牛久沼はある。私の育った信州の棚田や傾斜地の畑より、この地域の生産性は高そうにみえる。それでも夫妻の苦労は並大抵ではなかったろう。偲びながら沼周辺の歩道を歩いてみた。帰宅後、住井の自著『牛久沼のほとり』（暮しの手帖社、１９８３年）と北条常久さんの『橋のない川　住井すゑの生涯』（風濤社、２００３年）を手に入れて読み始めた。

地域の文学をしっかり伝えていくのが図書館の使命だ。牛久市立中央図書館にも立ち寄った。蔵書検索で犬田は46件、住井は１２５件ヒットした。犬田の作品が筑波書林の「ふるさと文庫」としていくつも出版されているのがうれしい。作品名は『村に闘う』『土にあえぐ』『土にひそむ』『土に生れて』である。『村に闘う』は発表時の表記では旧仮名の『村に闘ふ』で、山田の『耕土』などとともに『土とふるさとの文学全集４』（家の光協会、１９７６年）にも収録されている。コンパクトにまとめられた安藤義道『犬田卯の思想と文学―日本農民文学の光芒』も「ふるさと文庫」の1冊に入っていて読みやすい。

犬田らが編集した雑誌「農民」（第1次から第5次まで、1927〜33年）の復刻版が不二出版から1990年に刊行されていることも分かり、見ることができた。文章の志は受け継がれていくものだと思う。

犬田卯の思想

甲府版「農民文学」には、犬田の「世界の史乗に拾う農民文学思想」が6回にわたり掲載されている。史乗は事実の記録、歴史書の意味である。中国の古典から近年の文学までを、農民文学の観点からまとめている。長文のうえ漢語が多くて難しいが、これによって読者の農民が基礎知識を蓄え、文学作品を書く上でも役立ててほしいという犬田の意気込みがうかがえる。

同時に、この連載を通して犬田自身の思想を表明している。つまり、上から統治されてしまわない民の力こそが大切だという考え方を説く。

例えば第1回には、司馬遷の「史記」に見える伝説上の聖天子・尭《ぎょう》と「鼓腹撃壌《こふくげきじょう》」の話がある。尭は天下がうまく治まっているかを知るために村里に行ってみる。老人がたらふく食べ、腹《はら》鼓《つづみ》を打ち、足で地面をたたいて（撃壌）うたっている。山田は原文を紹介している。今の言葉でいえば「日が出ると起きて働き、日が沈むと家に帰って休む。井戸を掘って水を飲み、田を耕して食べ物を作って食べる。帝の力などどうして私に関係があろうか」。この歌について犬田は次のように述べる（旧仮名遣いは新仮名遣いに改めて引用）。

帝尭の支配力というものが無理なく行われているので、人々にはそれと感じられないのだと一般的にも解されているが、然し如何であろう。支配者側の、それは独断、ないしは自惚《うぬぼれ》であって、むしろ自然にして自立、自主―後世、老子によって「無為にして治まる」と謳われているような境地――それがすでにここに表現されていたのではなかったか。ただ表面立って支配勢力に反抗することをしなかっただけで。

犬田は中国思想の中では、統治する側に立って道徳を説く孔子・孟子の思想ではなく、無為自然を重んじる老子・荘子の考え方を採る。あくまで被治者側、下層民の立場に立ったのが老子だという。この思想に基づいて犬田は農民運動をし、文学作品を書いてきた。マルクス主義に立つ農民運動や文学運動と趣が異なる。

犬田や山田の作品を収めた『土とふるさとの文学全集4』にある南雲道雄の解説で、犬田の思想をより詳しく知ることができた。その思想は「農民自治主義」だという。無支配・無搾取の協働社会は生産農民―農業生産を基礎としてしか成立しえない、という考え方だ。反都会意識が濃厚に出ているという。

これに対しプロレタリア芸術を主張する芸術家の団体「ナップ」からは猛烈な批判が加えられた。中心人物の蔵原惟人（1902〜91）は「農工合致の協働社会」などというのは現実性のない白昼の夢のようなものと手厳しい。

南雲の解説によると、ナップ派の農民文学が犬田のいうように「政策的文芸」であり「上から下へおっかぶせる文学」という側面を持っていたのにたいし、犬田ら農民派のそれはあくまで農民の自己変革を通しての「下から上へ噴出する文学」（犬田）を求めていたのである。

一口に農民文学といっても、派によって考え方が違い、抗争もあったことが分かる。厳しい世界であるとも感じた。

犬田の死の翌年1958年、小田切秀雄編、犬田卯著『日本農民文学史』（農山漁村文化協会）が出版されている。農民文学にはそれまでにも多くの蓄積があることが分かる。

住井すゑの掲載小説

北条常久著『橋のない川　住井すゑの生涯』に多くのことを教えられた。山田多賀市は牛久に犬田・住井夫妻を訪れ、原稿を依頼して帰って行った。しかし犬田は筆が進まない。一変した農村をどう把握していいのか分からないのだという。住井は小川芋銭から教わった老子について書くよう夫に勧める。その結果が「世界の史乗に拾う農民文学思想」の連載となった。住井は自分では思い切って、戦後の混乱した世相を描いてみたいと思ったのだと北条はいう。

甲府版「農民文学」に住井は三回にわたって小説を発表した。「カラカンダ」（創刊号）、「生きていた男（カラカンダ続）」（2号）、「匙　カラカンダ─終篇」（3号）。

住井すゑではなく、住井すゑ子、すえ子というように「子」を付けた名前になっている。「カラカンダ」の3回のストーリーを辿ってみる。出征した石畑健一は戦死したとして、遺骨もかえらないまま葬式が行われた。子供のいない妻・みえは、実家に帰るのを義父・文三に止められる。家を絶やさないために子供が必要と文三に迫られて妊娠し、光夫を産む。文三の妻や母親らとの間が波立つ。そこに健一からロシアのカラカンダという所に生きているというはがきが届く。

健一が帰国し、みえは子連れで上野駅まで迎えに行く。健一はだんだんに事情がのみこめ、抗えないことを知る。みえは健一の帰国後も義父と別れない。世間体や道徳に縛られずたくましく生きていく。健一はみえの妹のきぬを嫁に迎えることになる。光夫は健一がカラカンダから大切に持ち帰った匙をおもちゃにしている。

3回目の末尾では「これは長篇の一部であるが一応ここで打切っておく」と書かれている。

水稲直播農法で知られる農学博士・吉岡金市が誌上で作品批評をしている。4号では住井の「カラカンダ」を次のように強く批判した。登場人物は戦争犠牲者なのに、住井はそれを自覚させようとしない。それどころか、家のため、君国のためという至上命令で一切を割り切って諦念の霧の中に追いやっている。文学は読む人々を、なぐさめ、はげまし、きよめるものでなければならない。

これは吉岡なりのとらえ方だ。私は、文学は多様であっていいと思うし、住井の人物造形の巧みさ、特にみえという女性のたくましさに引き込まれた。

この作品はのちに登場人物の名前を変えて再構成され、書き下ろし長篇『向い風』として1958年に講談社から出版された。1982年には新潮文庫となっている。そこでは義父の急死も加わって展開していく。文庫本を読んで作品の深みを再認識した。

山田の「耕土」続編

山田多賀市の小説『耕土』は1940年、大観堂から刊行された。山梨県の村を舞台にした物語で、貧しい小作農の次男・勝太郎が主人公だ。恋人登美との関係がうまくいかず、今後どうなるのか読者に気を持たせたまま、（未完）と記して終わっている。

続編はこの本が出版された時、すでに書かれていたが、戦争中は日の目を見なかった。山田自身が雑誌・甲府版農民文学を創刊し、その誌上で初めて活字化された。第1章から6章まで6回にわたって掲載され、合わせると原稿用紙600枚に及ぶ大作である。勝太郎は登美と結婚し子供もできるが、生活は苦しい。ストーリーの概略は本書の「序」で紹介した。

本稿では最終章の第6章を取り上げて、戦争の重圧や自然の猛威を考えてみたい。

勝太郎は、八ケ岳山麓で県が行っている開墾に泊まり込みで働き、賃金をもらっている。

家を継いでいる兄の信吉のところに召集令状が届く。建前では出征を名誉としなければならない時世。本音ではうろたえる信吉。召集令状を届けに来た村役場の兵事係とのやり取りが読ませる。１９４３年、死亡診断書を偽造し兵役拒否の行動に出る山田ならではの描写だと思う。（新仮名遣いに直して引用）

信吉は不思議なものを見るように兵事係の顔を眺めていたが、「いよ〳〵来たか…うん、よしきた。」とようやく、落ち着きを取り戻したらしくうなずいた。

「生きて帰ると思ってくれるな、立派に死んでくろ。後のことは心配しるにゃあたらねえ。村中がついている、なあオタネさん（注　信吉の妻）や、心配しることはねえ、路頭にまよわせるようなことは断じてしねぞい。」兵事係はまたこれだけ云った。


間もなく大雨がこの地方を襲う。開墾地では勝太郎たちが土を流失させないように作業に懸命だった。自宅にも帰れない。心配した登美が子どもを背負って勝太郎の宿舎までたどり着く。勝太郎らは疲れ果てて宿舎に倒れ込んでいた。登美は火を焚いて暖め、炊事場にあった酒を人々に一杯ずつ飲ませ、雨水で薄い粥をつくってすすらせた。

大雨に襲われた村では、ダムが泥流で埋まる。堤防も壊れて耕地一面は砂原と化した。

この嵐の日から中一日を置いて、信吉はバンザーイの声に送られて出征する。

山田は第6回の付記で、話の筋はようやく「日支事変」（1937年に始まった日中戦争の日本側の呼称）まで来たところだという。戦争中の日本農村、戦後の農地改革へと物語を進めこの「農民文学」へ発表したいと述べている。9号止まりで終わったため、別の形で書かれることになる。

多様な書き手と価値観

「農民文学」と名付けた雑誌だけに、日本の農民、農業、農村をベースにしているのは当然だ。だが、日本だけでなく広く世界に目を向けている。ジャンルは小説のほか評論、随筆が充実し、詩、短歌、俳句も取り入れている。書き手は既に名を成した農民作家や農家の人にとどまらない。政治家、農業・経済の研究家、マスコミ関係者、農林技官、医師などと多彩だ。新人の発掘にも力を入れている。総合雑誌並みの迫力がある。

◇政治家

風見章（1886〜1961）は、茨城県豊田郡水海道町（現常総市）出身で、信濃毎日新聞社（ここに私も40年以上勤めた）では大正末期から昭和初期にかけて主筆を務めた。女工の争議を支援しマルクスを紙面で紹介するという革新ぶりだった。政治家に転じ、近衛文麿内閣の書記官長などを務めたが、1942年の翼賛選挙には出馬しなかった。

寄稿は「ふでにまかせて―農民は今こそ自分自身を見直す時だ」「おぼえがき―革命と群衆・人間の世の中というものは」「陸放翁の田園詩」（南宋前期の詩人・陸游の詩を紹介）「田家爺のくり

ごと」「アジアへのみち」と数多い。原稿末尾のいくつかには、（元司法大臣、茨城県水海道町）と記されている。

風見は１９５１年公職追放を解除され、翌年政界に復帰し、社会党で活躍していく。

社民党委員長で元農林大臣の平野力三は「今後の農民運動」と題し「農民運動と云うよりは国民運動として、日本農業の盲点である零細農制を克服するという一点え（ママ）、強力な団結と自覚に進まなくてはならない」と書いた。

赤城宗徳は元代議士として「農民とミリタリズム」で「再軍備を論ずる前に、その前提としての、農民生活の安定、向上、ということが、先決問題ではないか」と説く。赤城も１９５２年の総選挙では自由党公認で当選し政界復帰を果たす。

◇新聞・出版関係

読売新聞副主筆の松尾邦之助はフランス通で、その知識の深さに驚かされる。例えば農民文学としてのアン・リネルの「赤いスフィンクス」を紹介。「政治の反逆者として見たフランス農民」も寄稿。このほかには「こんな百姓になりたい」の表題で「農民が自由人として救われる為にはただ彼等が封建的因習、ウソの歴史、個人を奴隷化する一切の社会的重圧、崇拝物、偏見などから脱却して自分の自分を発見すること以外に何もない」と主張している。

日本交通公社「旅」編集長の戸塚文子《あやこ》は「消える地方色」を書き、問題を提起した。都会育ちの筆者には農山村は憧れの地だ。だが最近では地方の町に行ってもダンスホールやパチンコ、ビンゴ屋、ストリップ劇場まである。旅館の食べ物もどこに行っても同じようなものとなり、地方色を失っている、と嘆く。一品でもよいからその土地ならではのものを食べさせてくれたら、という。今でも農山村が観光客の心をつかむためには、欠かせぬ心配りだ。

小学館編集局長・浅野次郎は「社会の窓」を書いた。北海道新聞論説委員・須田禎一（住所は東京）は「北海道見聞記」を寄せている。

評論や翻訳で活躍した山室静（長野県出身）の翻訳が載っているのにも、目を見張った。ビョルンソンの短編「誠実」である。イプセンと並ぶノルウェーの作家で、明るい農民物の小説で傑作を残した。1903年にノーベル文学賞を受賞している。

◇ベテラン

既に知られている作家や運動家の小説や評論を数多く載せている。石川三四郎、伊藤永之介、鶴田知也、石原文雄、丸山義二、鑓田研一らである。和田伝は短い随筆「進歩」を発表している。

伊藤永之介は小説「ある家出娘の手記」「警察日記」（後に映画化）のほか、評論「農民文学は誰が書くか」「農民文学とは何か」「自然描写ほか二三のこと」「農民文学とは特殊な文学であるか」を発表した。農民文学の方向を示している。伊藤は実際に農業をやっている人だけにしか農民文学は書けないという一部の考え方に反対し、非農耕の農民文学作家存在の意義も説いている。

たしかに、当時の農家では重労働で疲れてしまい、新聞を読み、ラジオを聴くのがやっとだった。多くの農民には文芸を書こうという余力がなかった。非農民でも農業・農村のことを書いてこそ、農民文学は広がりを持てる。

近年、機械化で重労働から解放され、農業従事者が自分で書こうと思えば書けるはずだが、農民文学の書き手はそれほど多くない。なぜなのかを考え続けていきたい。

◇新人発掘

第5号と8号を新人特輯（集）号とし、7作ずつ計14編を新人創作として掲載している。採用された書き手には農業のほか教員、農協勤務などもいる。「千枚田」の石橋武彦は静岡大学教育学部助教授。「炭焼きの子」の田端重治（金沢市）は工場、農業、土木作業、炭焼き、国税局を転々、と略歴にある。「祖国の丘」の北耕太郎（岩手県）は満州開拓から帰国した。

復刻版末尾にある南雲道雄の解説によると、「白い鴨」の千葉治平（秋田県）は後に『虜愁記』で直木賞作家となる。「義父」の新山新太郎（秋田県）は後年『農民私史』を著して注目される。「金の大黒様」の西村琢（岡山県）は第2次「農民文学」（日本農民文学会）創刊後の有力な書き手となる。

詩部門では松永伍一さん（福岡県）らが選ばれた。松永は後に『日本農民詩史』の大著を著す。真下章（群馬県）は『神サマの夜』でH氏賞を受けることになる。松永に信濃毎日新聞用原稿を書いてもらったことを私は懐かしく思い出す。

短歌、俳句の部門でも作品が選ばれた。心打たれる作品を拾ってみる。

〈弟が曳き兄われが後を押す老いし父乗るこの空車〉渋谷直治（高知県）

〈俺たちが選んだ議員の演説会農業対策の話はあらず〉石川幾太郎（横浜市）
〈本読まで直に眠れと云う父の心哀しみ灯を消しにけり〉荒沢宏雄（山形県）
〈こゝをいま故郷と定め幾年を耐えて拓地の土を打ちおり〉佐藤健人（岡山県）
〈観光バス稗抜く果を遠く去る〉高久作太郎（栃木県）
〈走り穂を見にゆくばつた跳ばしては〉すずきゆきひと（山形県）
〈露霜の乾かんとして藁青し〉大熊輝一（浦和市）
〈生松葉燃し始めたる山仕事〉斎藤諭吉（福岡県）

読むと、かつての農村の光景が私の胸にもまざまざとよみがえった。

1〜9号通じて作品には、筆者の肩書や住所が入っている。全国に分散する書き手がどんな人かを知る手掛かりになり、ありがたかった。

次世代「農民文学」へ

山田多賀市編集発行の「農民文学」は1951年9月に創刊号が出て、6号まで月刊だった。7号から隔月刊になり、52年8月に9号を出した。後が続かなかった。

その間の事情はどうだったのか。日本農民文学会が1955年5月に発行した「農民文学」（第2次）創刊号に山田が寄せた「詫証文の記」によって分かる。野中進・農民文学会会長から、コピーをいただいた。

それによると、雑誌は毎号1万冊ずつ刷って全国の書店へ流し、3千から3千500冊は消化していた。しかし、9冊発行している間に100万円近い赤字が出た。そればかりでなく当時経営していた別の農業技術関係の刊行物（「農業と文化」など）もその後、いろいろな問題を起こし、大きな赤字を出し廃止せざるを得なかった。出版企業全部がダメになったのは1953年3月だったという。

山田の愛弟子といえる備仲臣道さんによると、社内の労働争議などがあったという。

「詫証文の記」の一部を新仮名遣いにして引用する。

鍵山博史さんと、丸山義二さんからのお便りで、今度は、農民文学者の人達みんなが集まって力を合せ、『農民文学』という雑誌を新しく発行するからもう一ペン勇気を出せと云う話がありました。

私が『農民文学』で腰をくだいて二年余り、坊主になったつもりで世を捨てていましたが、この便りを見ると、久々に心に灯がともされたように情熱をおぼえました。

まだ老いるには早い四十六才と三ヶ月と云う年齢である。若い頃からの悲願も、これから死ぬ迄には達成を見ることが出来るに違いないと思ったのです。

「詫証文」という言葉にはいさぎよさが感じられる。山田はその後も雑誌「中央線」「作家」

「中部文学」「新山梨」などに拠って小説や評論、随筆を書き続けた。単行本『雑草』『農民』『実録小説・北富士物語』『終焉の記』も出した。経済成長下の社会変貌や老いの心境をしっかりととらえている。

「農民文学」は山田から日本農民文学会にひきつがれた。木村芳夫前会長から「農民文学」260号（2002年）に掲載の堀江泰紹「戦後日本農民文学史構想のための覚書メモ」のコピーをいただいた。雑誌は幾多の苦難を克服して現在に至っていることが分かる。

農民文学を辿ることで日本の精神史が見えてくるように私には思える。山田多賀市を通してそのほんの一端をかじったに過ぎない。私の「山田多賀市への旅」は、彼の雑誌の終幕のところまでたどり着いた。山田のその後の文学と人生への旅を続けたいと思う。

抱樸舎のたたずまい

牛久沼　遊歩道ができている

甲府版「農民文学」創刊号（1951年）

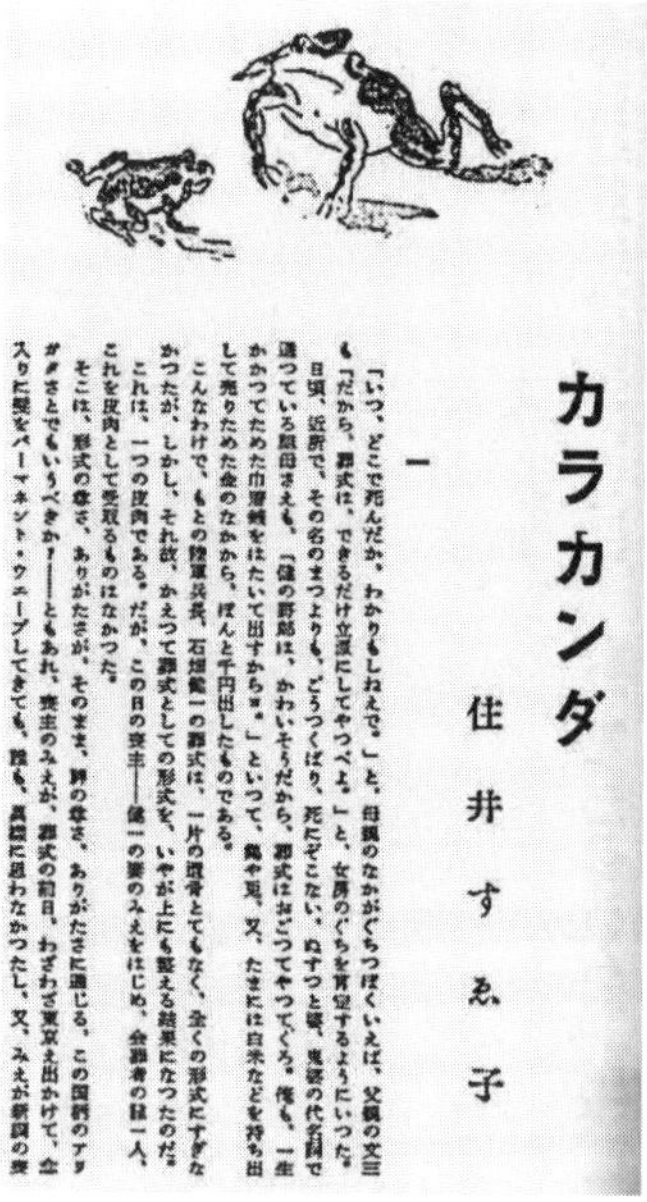

カラカンダ

住井すゑ子

一

「いつ、どこで死んだか、わかりもしねえで。」と、母親のながぐちつぽくいえば、父親の文三も「だから、葬式は、できるだけ立派にしてやつぺよ。」と、女房のぐちを肯定するようにいつた。

日頃、近所で、その名のまつよりも、どうつくばり、死にぞこない、ぬすつと婆、鬼婆の代名詞で通つている殿田まえも、「俺の野郎は、かわいそうだから、葬式はおごつてやつてくろ。俺も、一生かかつてためた巾着銭をはたいて出すから。」といつて、鶏や豆、又、たまには白米などを持ち出して売りためた金のなかから、ぽんと千円出したものである。

こんなわけで、もとの陸軍兵長、石垣儀一の葬式は、一片の遺骨とてもなく、全くの形式にすぎなかつたが、しかし、それ故、かえつて葬式としての形式を、いやが上にも整える結果になつたのだ。

これは、一つの皮肉である。だが、この日の喪主――儀一の妻のみえをはじめ、会葬者の誰一人、これを皮肉として受取るものはなかつた。

そこは、形式の尊さ、ありがたさが、そのまま、葬の尊さ、ありがたさに通じる、この国柄のアタタさとでもいうべきか？――ともあれ、喪主のみえが、葬式の前日、わざわざ東京え出かけて、念入りに髪をパーマネント・ウエーブしてきても、誰も、異様に思わなかつたし、又、みえが新調の喪

住井の「カラカンダ」冒頭

（甲府版「農民文学」創刊号）

犬田卯（甲府版「農民文学」創刊号に掲載）

甲府版「農民文学」５号・新人特集の写真

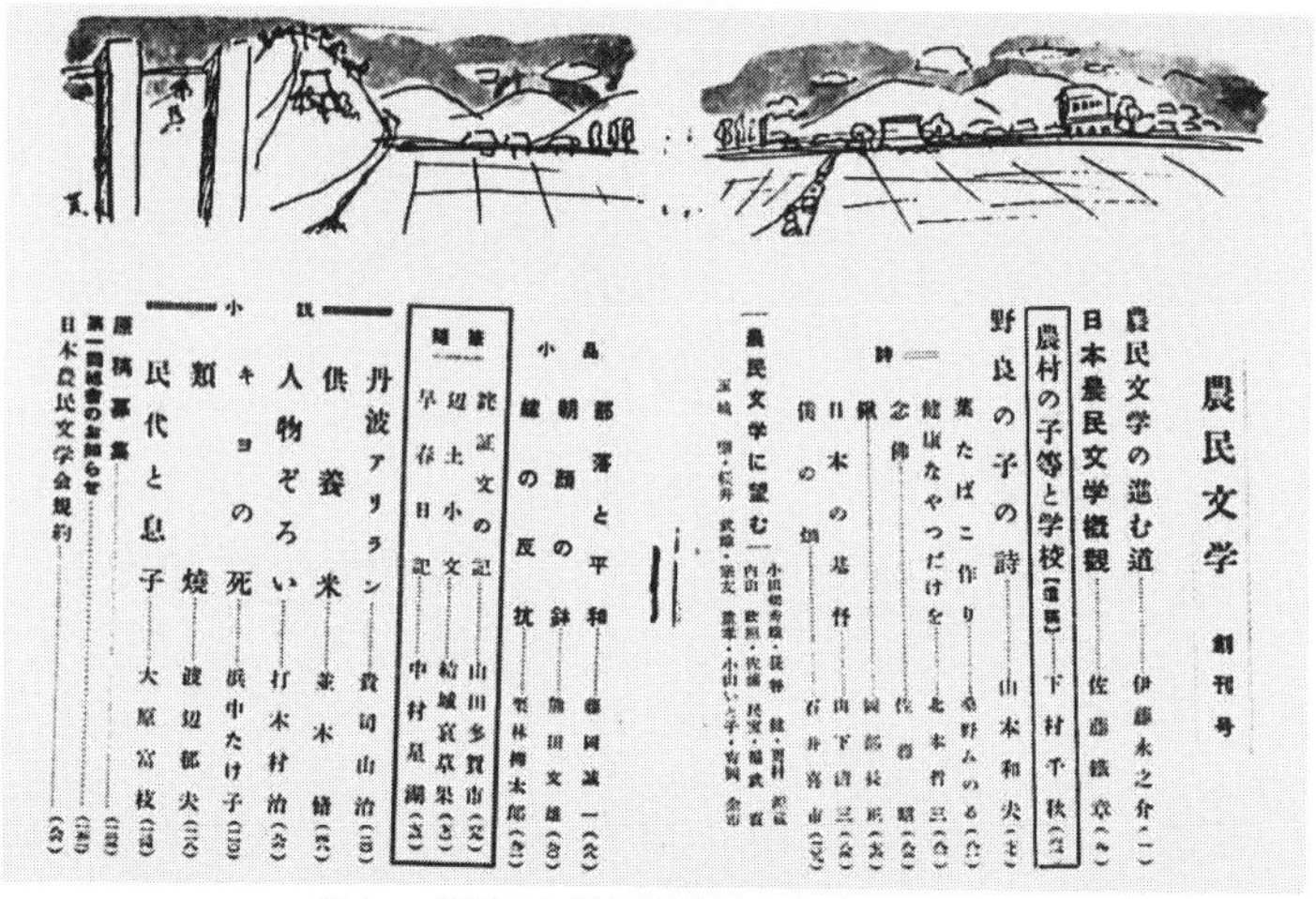

農民文学　創刊号

農民文学の進む道……伊藤永之介
日本農民文学概観……佐藤鐵章
農村の子等と学校〔座談〕……下村千秋
野良の子の詩……山本和夫

詩
葉たばこ作り……桑野みのる
健康なやつだけを……北本哲三
念佛……[illegible]
鎖……[illegible]
日本の基督……[illegible]
僕の畑……石井喜由

農民文学に望む……小田切秀雄・[illegible]

部落と平和……藤岡誠一

小品
朝顔の鉢……鶴田文雄
縄の反抗……[illegible]

随筆
詐証文の記……山田多賀市
郷土小文……結城哀草果
早春日記……中村星湖

丹波アリラン……貴司山治
供養米……妻木新平
人物ぞろい……打木村治
キヨの死……浜中たけ子
類焼……渡辺郁夫
民代と息子……大原富枝

原稿募集
第一回総会のお知らせ
日本農民文学会規約

新しい「農民文学」創刊号目次（1955年）

第二部　山田多賀市の新境地

——経済成長と農民文学

はじめに

長い旅では、ちょっと立ち止まって今どこまで来ているのかを振り返ってみると、満足感もわき、これから訪ねたいところも明確になってくる。農民文学者山田多賀市《やまだたかいち》（本名多嘉市）を訪ねる私の旅も、第二部を始めるにあたってそんな振り返りから始めたい。

山田は１９０７（明治40）年、信州安曇野の三田村（現安曇野市堀金）に生まれ、１９９０（平成2）年、山梨県甲府市で亡くなった。

戦前、地主・小作制度のもとにあえぐ小作農家のため農民組合運動に参加した。小学校は４年までしか行けなかったが、作家・本庄陸男《ほんじょうむつお》（１９０５～39）らによって文学に開眼し、農民文学作品『耕土』を書いた。戦況が悪化し徴兵の年齢が上がってきた１９４３（昭和18）年には、徴兵拒否の行動に出た。戦後は雑誌出版の仕事を興し、甲府版「農民文学」を全国に向けて発行した。

そんな生き方にひかれて私は、彼の足跡を追う旅に出た。山田を慕い評価する安曇野の元高校長・橋渡良知さんらに共感したのが出発点だった。山田に関する資料を多数所蔵する山梨県立文学館をしばしば訪れている。山田文学の研究者、ご家族、行動を共にした人たちからご教示をいただいての旅である。故郷の安曇野から愛知県に出て、伊那谷を経て山梨に行き着くまでの山田の経路、山梨での活躍ぶりが分かってきた。２０１４年に私は、山田の文学の師本庄陸男の故郷・北海道当別町にある本庄の『石狩川』文学碑を見に行ってきた。

徴兵拒否の行動が山田の人生を際立たせている。かわいい妻子のため戦死はできないと、にせの死亡診断書を生まれ故郷の長野県三田村に提出したものの、埋葬証明がないため最初は受理されなかった。しかし1945（昭和20）年、甲府の大空襲の際、死んだとみなされ除籍されたのだった。

そして戦後、雑誌発行で成功した。そこまでの旅の記録を私は現在の季刊「農民文学」に8回にわたり「農民解放と文学　山田多賀市への旅」を連載させてもらった。それが本書の第一部である。

8回の連載を終えてから、コンパクトにまとまった50歳代までの山田の歩みを見ることができた。『随筆さんしょう魚』に載っている。山梨時事新聞社編、甲陽書房刊、1961年の本である。16人の随筆集で、山田の作品は「高利貸退治を！」「豚と農民」などを収録。経歴は次のようになっている。

出生　明治四十年長野県南安曇郡三田村に貧農の子に生まる。
少年時代　労働者見習（大工・陶芸画工・商店の小僧・瓦焼・日雇その他重労働）として成長す。
二十歳代　弁護士の書生・新聞広告取り・新聞編集記者・農民組合常任書記。

三十歳代　農民組合オルグ・三十三歳長編小説「耕土」（大観堂）を発表して作家生活に入る。三十七歳反戦的作家との理由で特高警察により執筆禁止・入獄。出獄後は労働者として生活。四十歳代　戦争終焉《しゅうえん》、共産党山梨県委員会組織に同志と共に努力、約一カ年で共産党を脱党して山梨文化団体協議会を組織して書記長となる。次いで文化山梨社創立社長となり、出版を業とする。更に農業技術普及会及農村文化協会創立、会長となり農業技術雑誌及雑誌「農民文学」刊行、日本全国にその組織と運動を拡げる。

五十歳代　過去の一切と絶縁《ぜつえん》、再び作家生活に入る。現在は日本農民文学会常任理事、短篇及長篇小説執筆、発表し初む。

現住所　山梨県甲府市富士見町一八番地。

厳密にいうと、戦争が終わった1945年8月、山田はまだ満40歳にはなっていないが、大づかみにして示したものと思われる。

経歴が示す人生模様は私も「農民解放と文学　山田多賀市への旅」の連載でおおむねたどった。甲府版「農民文学」の刊行で山田は、茨城県牛久在住の作家、農民解放運動家の犬田卯《しげる》・住井すゑ夫妻の協力を得た。夫妻の作品や自らの作品「耕土」（続編）を掲載したほか、数多くの著名人やベテラン作家、新人の作品を載せ、雑誌を輝かせたことも見てきた。

戦後の雑誌発行は、山田が切り開いた新たな道だ。それがなぜ行き詰まったのか、その間の事情を詳しく知りたくなった。その挫折からどうやって立ち直り、どんな新境地を切り開いていったのか。それが第二部のテーマである。時は戦後復興から高度経済成長期（１９５５～73年）。国民それぞれが大きな変動を体験した。この時期、山田はどう生き、作品をどう紡いだのか。この旅を深めれば、農村と都会の変貌がくっきりと見えてくるはずだ。（作家、芸術家等については全章とも敬称略）

第1章　事業の成功と挫折

ふたたびのこの世――「続・雑草―幽霊この世に生きて」

山田多賀市には『雑草』（東邦出版社、1971年）という自伝的小説がある。生い立ちから戦中までを、主人公・並木健助に託して山田自身の歩みを語っている。これには続編があった。「続・雑草―幽霊この世に生きて」は雑誌「作家」に1977年、5回にわたり掲載された。村上林造・山口大学教授が作成した「山田多賀市著作目録」で知り、山梨県立文学館で見ることができた。主人公は『雑草』と同じ並木健助。山田の戦後を描いた自伝的小説だ。

文学館の収蔵品は、山田自身が連載を切り取って合本にし、書き込みをしたものだった。書き込みを見て驚いた。表題の「続・雑草―幽霊この世に生きて」の部分にバツ印を付けて「幽霊の回答」と書き直してある。単行本にするときはこの表題にしようと思ったのに違いない。「幽霊の回答」という章名を本の表題にして、その意義を強調しようとしたと考えられる。単行本にはならなかった。

章編成は、一章 すたれない職人芸　二章 アクトク資本家　三章 トウイン　四章 人事流動　五章 夢を追う人々　六章 農民と文学　七章 幽霊の回答。

発表された時、山田は70歳目前だったが、書かれている内容はそれよりずっと前、おおむね40歳代のことだ。

第一章では、農業技術雑誌発刊のいきさつを述べる。戦後、農民の多くは農地改革で土地を所有した喜びから、農業技術の改良に関心を向ける。その時代的要請に応えて主人公・健助は農業技術雑誌を発行した。最初は月刊5千部だったが1年足らずで15万部に達する勢いだった。この雑誌「農業と文化」の創刊は、1948年12月とみられる。

この章は「すたれない職人芸」と名付け、作者の文章についての心構えと美意識を表明している。農業技術者らに原稿を書いてもらい「農業と文化」に載せているが、偉い技官ほど文章が難しくて面白くない。作家として修練を積んだ主人公の身についている芸は、できるだけ平易な言葉を選び出してそれで綴るというものだ。一計を案じた健助は、自分で肥料について勉強し、ペンネームで書いてみた。これが当たった。以後いくつかのペンネームを使い分けて病害虫や農薬についても勉強して書く。ルポ記事に力を入れる。

文芸誌や同人誌にも批判の目を向ける。「編集者や、芸術家たちが、そして偉大なる評論家たちが、得々として、見せてくれる作品の多くが、あの農学博士や、技官たちのように、民衆の要望と別のところに居る、といったら、言いすぎだろうか」。

成功までの道のり

健助は農業技術雑誌に先立ち、ローカル月刊誌を刊行した。ふるさとの信州安曇野には年の離れた弟たち3人がいるが、就職口がなくて困っている。弟たちに月刊誌販売をやってもらえれば実家のためにもなると考えて引き取り、彼の事業はスタートした。「文化山梨」と名付けた。でき上がった雑誌を有力者たちに送り、弟たちがそこを訪ねて料金をもらい、契約も取る。これが成功する。創刊は1946（昭和21）年2月だった。

これをベースに出版事業を拡大させる。東京にあって「農村文化」という雑誌を出している農山漁村文化協会と接点ができ、その経営の仕事を引き受けることになる。雑誌を先に送っておき、外務員が集金をして契約を取るという「文化山梨」と同じ方式である。だが、この協会との連携はやがて破綻する。協会側から健助は「悪徳資本家」として批判される。「続・雑草」の中では、この農山漁村文化協会の指導者を名指しで批判しつつ、健助が手を引くまでのいきさつが述べられる。一方『農文協五十年史』には、「山田一派の協会奪取陰謀と闘って追放」と書かれている。

転んでもただでは起きないところが主人公・健助らしい。農村文化協会という、よく似た新たな組織を自分で作り、「農業と文化」の発行を始める。それが、既に述べたように時代の要請にマッチし、大いに売れた。登場人物は山田のことを「健助」とするなど架空だが、雑誌は実際の名称にしている。

その一方で、山梨県内には新たな新聞2紙ができ、別の月刊誌も出るようになってくる。山田が最初に手掛けた「文化山梨」は衰退していく。

金持ちになってみると

山田は出版事業に成功して、大金が入るようになる。その様子は「続・雑草」第五章「夢を追う人々」と、雑誌「中央線」第1次1号（1958年）所収の山田の小説「春日遅々として―村に電話がある家の風景」によく描かれている。

まず第五章を見よう。自分の大きな家を建てる。大工とのトラブルでたくさん金を払うことになる。出来上がった邸宅は立派で、御殿と呼ばれるようになる。小説に地名は書かれていないが、実際の場所は中巨摩郡豊村東吉田（現在は合併して南アルプス市吉田）である。子息の繁彦さんから、その屋敷の前に立つ多賀市の写真と家の図面を見せていただいた。

金があると見込まれると、いろいろ人がやって来る。アルプス山麓にある故郷の村からは中学校建設や消防団の自動車ポンプの寄付金依頼。それに応えた中学校建設への寄付では多額者の筆頭だったという。昔世話になった瓦焼屋の娘も金を借りにやってくる。

このほかにミニ新聞を出している「ゴロツキ」もよくやってくる。銭をやらないと、あることないこと、何を書くか分からないのだという。よく来る選挙ブローカーは、山梨県内に交通網を持っているバス会社買収の話を持ち込んできた。健助は応じない。

「春日遅々として」の記述を見よう。こちらも自伝的な小説だが、主人公は健助ではなく伝六である。親戚の人が「息子の就職にわいろが要る」と言って金を借りに来る。伝六は3万円の小切手を切ってやった。

金ばかりではなく、電話を借りにやって来る人も多い。集落では主人公・伝六の所にしか電話が入っていないからだ。「東郷の婆さん」が川にはまったという電話が入り、関係の家まで知らせに行ってやる。息子が警察に検挙されているらしいから警察に聞いてみてほしいという「後家さん」もやって来る。

携帯電話、とりわけスマホが普及した今では、都市と農村では情報を得るのに格差はあまりない。しかし、昭和の20〜30年代には電話機の普及は少なかった。私の育った信州の山間地でも、電話の入っているのは小学校の分校や商店、裕福な家に限られ、そこへ電話を借りに行ったことを思い出す。

労働争議と「幽霊の回答」

山田は農業技術雑誌「農業と文化」の成功で得た金をつぎ込んで、甲府版の「農民文学」を全国に向けて1951年に発刊した。充実した内容だったが、技術雑誌ほどは売れない。東京に出向き、書籍取次店にも頼むが、期待したほど多くの冊数は引き受けてもらえない。結局、赤字がこれ以上かさまないために翌年、9号を出して終刊となった。

山田は「続・雑草」の第六章「農民と文学」の中でその経過を語り、評論界や出版界への憤慨を次のように述べる。

無責任な文芸評論家という人種は、ふところ手をして冷やかに、プロレタリアとか、農民、庶民などという冠を付けることは、間違いだ、と言った。そしてこの国の文学は、その頃から、エロチシズムが文学芸術？　の主流にすわり（中略）、役者や歌唄いが、ケダモノのようにくっついたりはなれたりし、それを大きく取上げて飯の種にする週刊誌が書店の店頭に山積されるようになったのも、この頃からである。

第七章「幽霊の回答」が物語のヤマ場だ。本体の農業技術雑誌にも陰りが見えてくる。事業は弟たちの協力で立ち上げたが、主人公・健助（山田がモデル）のワンマン経営である。しかも、そこで働く外務員は雑誌代金を回収し購読をとって来てはじめて収入を得られる。出来高払いだった。健助は全国各地を回り指導し、甲府の本拠地に帰って、ビシビシと厳しく指示を出す。そんな中、組合が結成され、６項目の要求書が提出された。①組織を社団法人か株式会社化する。②登録の際は健助を代表に、役職員は労組選出の者で構成。③経営は合議制。④健助の資産は法人の資産として登録する。⑤全職員に固定給。⑥固定給査定は全体協議で決める。これを突き付けられた健助は回答を保留して職場に行かず家にこもり、思案を巡らす。農地解

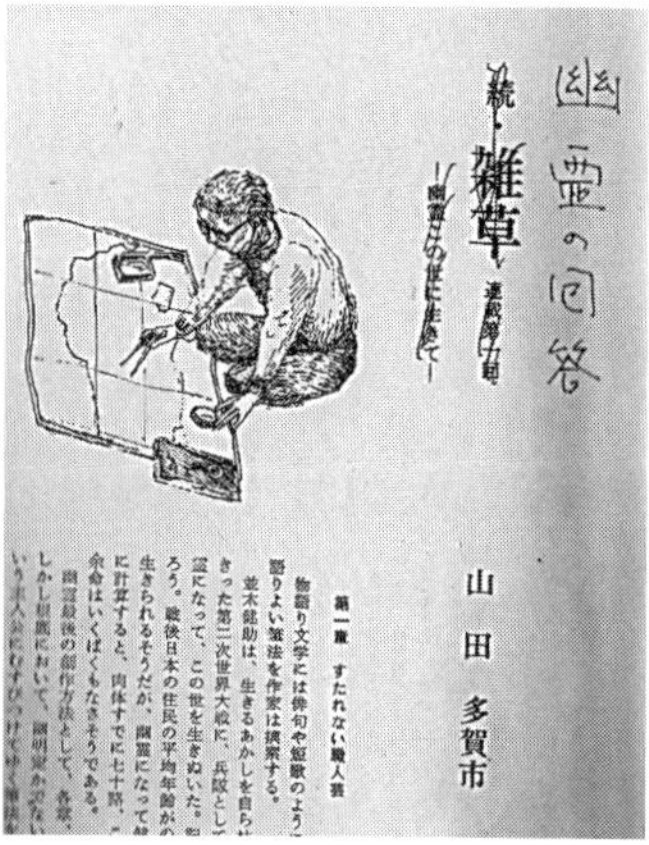

雑誌「作家」340号　山田自身の筆で「続・雑草」を消して「幽霊の回答」と直してある（山梨県立文学館所蔵）

放後、農民は農業改良に意欲をもち、そのための技術雑誌もよく売れた。しかし、その後、工業化が進み工場労働者に転身して行くにつれ、雑誌も不振になりつつある。その中で、今後どうするべきか…。

そして組合側に出したのが「幽霊の回答」だった。法人化したいが自分は戸籍を消した幽霊なので、法律的に公的な代表にはなれない、との内容だ。健助は兵役拒否、戸籍抹消のいきさつを雄弁に語る。引用しよう。

戦争こそ大きな犯罪だと、確信したのだ、だから戦争に反対したのだ。だからといっても正面切って反対すれば、その社会情勢の中では非国民だと言われて殺される。殺されるのはイヤだったから、戸籍をマッ殺して、兵隊にされないようにしたのだ。それがせめて、その時期の最大極限の反対運動だったのだよ。（中略）戦争に命をかけた人間は、日本中には数えきれない程いる。しかし戦争に反対して命をかけた人間はそうたくさんいないはずだ。

実際の争議で山田がこれほどの大演説をしたかどうかは分からないが、兵役を拒否し戸籍なしで生きてきたことを誇りとしていることが鮮明だ。

健助は、従業員組合に対し、自分一人だけこの企業から消えたいと告げる。ここまでで「続・雑草」は終わる。

「続・雑草」が発表される以前、1970年の「作家」257号には、「文学と健康」と題したノンフィクションが載っていて、争議のことが出てくる。

それによると、争議で15万の読者は7万に減った。経営は職員の手に移り、東北方面へ手を伸ばすがうまくゆかず廃刊となる。山田自身は、屋敷内に印刷工場をつくり、農業雑誌を自家生産して売るが、これも赤字となる。数年で土地も「御殿」も売って、家族だけ連れて甲府の町に出て来た。今（1970年）より10年余り前のことと記している。その年は子息の繁彦さんによると昭和1958（昭和33）年だった。

使われる側から使う側へ。山田の地位上昇と成功は10年ほどの年月で終わった。こうした浮き沈みを体験したからこそ、作家としての視野が広がった。

良くならない農民の暮らし

山田は、農村に押し寄せる機械化や開発の大波を批判的にとらえている。「農民文学」の6号（1956年）に短文の評論「農村の機械化の問題」を寄せた。農耕用の牛馬が追放され代わって耕運機が入った。農家は購入のため金を巻き上げられたが、耕運機では深く耕せない。牛馬による堆肥がなくなり、土地も瘦せてきた――と批判する。その後、耕運機は性能が向上するが、山田のいう機械化による経費増は農家について回る。

別の雑誌「中央線」第1次2号（1958年）には、小説「女運☆男運―狸伝六禁治産の巻」が載る。伝六は山田の分身と考えられる。経営する農業雑誌の九州での経営が苦しくなり、熊本支局を閉鎖しに行く。読者である農家から代金の未回収が増えてきた。戦後間もなく伝六の技術雑誌が売れたのは、新技術紹介が農業改良に役立ったからだ。しかし、食事情が安定すると麦をつくっても手間賃もでない。乳牛を飼っても飼料代に追われ、野菜や果物は生産過剰気味。甘藷も値下がりして、わずかな収入にしかならない。

これでは農業に希望が持てず、雑誌を買うゆとりもなくなる。「時勢は伝六の仕事を必要としなくなってゐた」と山田は書く。労働争議だけでなく、農業そのものの衰退が伝六の農業雑誌の息の根を止めようとしていた。

九州阿蘇山の育牛と観光開発を描いた小説「阿蘇山系（長編第1回）」が載ったのは「中央線」（第2次）1号（1958年）だった。草地に牛を放して飼う若い男女の姿を、恋愛模様を含めて描く。大雨による鉄砲水が谷筋の集落を襲う。家は流され、人々は命からがら逃げるが、行方不明者も出る。大雨は牛飼い集落の下流全域、熊本市にも大きな被害を与える。

災害復興のため、国の金が注ぎこまれ、阿蘇への観光道路は予定より早く進む。これを仕切っているのは九州交通界の王者で国務大臣。観光道路にバスを走らせ、温泉ホテルをつくる計画が進んでいる。溶岩を使って建築ブロックをつくる話も持ち上がる。「観光事業は、戦争に敗れた日本の保守政治が取り上げた、重大政策の一つである」。だが、農民自身が豊かになれるわけではない。

山田多賀市さんと自分の大きな邸宅

甲府市の小さな印刷店の前で
左から夫人の暉子さん、長男繁彦さん、多賀市さん

第2章　親友で好敵手の熊王徳平と共に

熊王に励まされ文学再出発

山田多賀市は自分が経営していた農業雑誌がダメになると、文学どころではなくなった。山口大学教授の村上林造さんが作成した「山田多賀市著作目録」を見ても、1953（昭和28）年から1957（昭和32）年までに山田が発表した作品は「腰抜け」（「文化人」17号、1954年）くらいしかない。

そんな山田に、作家としての再起を促したのは、同じ山梨県内の増穂（現在は富士川町）に住む作家の熊王徳平《くまおうとくへい》（1906〜91）だった。山田が生きたのは、1907〜90年。生まれたのも亡くなったのも、1年ずつしか違わない。親友にしてライバルでもあった二人の人生や文学をたどると、20世紀の価値観や美意識の変遷がステレオで曲を聞くかのように心に響いてくる。

山田は「文学と健康」（「作家」257号、1970年）で、再出発のころのことを回想している。作品を書き続けた熊王には原稿料が入るようになっている。「おまえも書け。おまえは字は下手だが文章はうまい、金になるぞ」と熊王は言う。名古屋を本拠にしている文芸雑誌「作家」の同人に山田を推薦し、ハッパを掛ける。山田は「作家」より前に、甲府で発行された「中央線」などに書いていたが、「作家」が再起のための一番大きな発表の場となった。

熊王と山田は農民組合運動と文学を通じて知りあった。熊王は「『耕土』と山田多賀市」という一文を『土とふるさとの文学全集』第4巻「土に生きる」（『耕土』を収録、家の光協会、1976年）の月報に書いている。二人が出会ったのは、彼が22歳、自分が23歳の昭和5年の春だったと振り返る。小学校を4年までしか行けず、漢字も十分に書けない山田が小説を書くと言い出したのでびっくりしたが、10年後には見事に『耕土』を書いて出版され、人々の度肝を抜いた。出版事業を閉じてからの山田に熊王はしつこく執筆を勧める。山田は「仕方のねえ野郎だなあ。もう一度やり直すとするか」と言って書く。本になったのが『雑草』や『農民』だという。

富士川町の熊王文学碑

山梨県南巨摩郡富士川町は増穂町と鰍沢町が2010（平成22）年に合併してできた。熊王の文学碑があるのは増穂の山間地、戸川レジャーセンター内である。富士川町文化協会会長の澤登昭文さんが車で案内してくださった。

碑には「米と繭」と大きな字で彫られている。右側には「家の光　昭和五十年七月号」とある。「米と繭」は作品名。左側に作品の終わりの部分がある。次のような文だ。

信太郎の繭作りも、米作りも、こんな算盤に合わぬ日ばかりは続くまい。

そうだ、この前私が信太郎を訪ねた日の紫陽花は白一色だった。それが今日は紫一色に変っている。その中にはもう、紅を含んだ花片さえ見える。

この短編小説「米と繭」は『甲府盆地』（家の光協会、1977年）の冒頭にも収録されていて、全文を読むことができる。主人公・信太郎は小作農で、農民組合運動に加わっていた。戦後の農地解放で自作農となり、骨身を惜しまず働いている。繭の輸入が増えて国内産繭の価格低下が深刻だ。土地を売る者も出てきた。信太郎は土地を守り、農業で頑張ろうとしている。碑に刻まれた文は今後への希望を綴っている。

碑の除幕は1975（昭和50）年。この年に出た「鵺《ぬえ》」という雑誌のコピーを澤登さんからいただいた。山田多賀市の「熊王徳平の文学碑」が載っている。熊王の文学碑が彼の生前にできたことへの感動を記した。その2年後の1977年、山田の『耕土』の文学碑が現在の甲斐市にできた。山田の『耕土』が収められた『土とふるさとの文学全集』第4巻が1976年に出たことがきっかけだが、熊王の文学碑も刺激になった。やはりライバルなのだ。

碑ができてから40年がたった今、熊王が小説に託した淡い願いは空しく、養蚕は、甲州でも信州でも大方すたれた。信太郎のように養蚕に励んでいたわが父母や祖父、親類、隣人たちのその頃の様子を懐かしく切なく思い出す。

碑への往復に沢沿いの細い道を車で走ると、ふるさと信州・豊丘村の生家への道をたどっているような錯覚に陥る。東京で雑誌の編集者として活躍した片桐義和くんがこの町を気に入って移住していて、同行してくれた。中学、高校の同級生で、10年以上の空白を置いての再会だった。

彼は、碑のある所とは別の谷筋の山間地・平林に住む。富士山の眺めがいい。家の近くにある「増穂登り窯」を案内してくれた。信州が生んだ芸術家・池田満寿夫《いけだますお》（1934～97）が陶芸に使った窯がここにあることを初めて知った。意外なところでつながっている。登り窯では陶芸の仲間たちが仕事に励んでいた。中山間地はどこも人口減少が続く。窯がこれからも地域を活性化する力になってほしい。

熊王文学をもっと世に

澤登さんは中学校の美術の先生だった。校長や増穂町教育委員長を務めた。10年ほど前から熊王の資料を集めている。熊王が生まれ、暮らした地元富士川町の人でも、近年彼のことを知る人は少なくなった。もっと知ってもらう価値のある作家だと澤登さんは言う。

町の図書館が数年後に新築されるが、その目玉に、町出身の石橋湛山《いしばしたんざん》、（1884～1973）と熊王を据えたいという。湛山は戦前、小日本主義を唱えるなど自由主義的論陣を張り、戦後は首相を務めた。

なぜ、澤登さんは熊王にひかれたのだろうか。きっかけの一つは、熊王の作品が映画化され、その印象が強いからという。1954年公開の東宝作品「狐と狸」で、原作は熊王の『甲州商人』。菊島隆三脚色、千葉泰樹監督で、しぶとい甲州商人の生活を描く風刺ドラマだ。出演は加東大介、小林桂樹ら豪華顔ぶれで評判を呼んだ。一方で、化繊を純毛とだまして売るなどあまりにえげつなく描かれている、実際の姿とは違うといった批判、抗議も出たという。

図書館に熊王の多くの本や資料が並び、映画ポスターも展示され、映画上映もされれば、人気を呼ぶだろう。時代の苦楽とユーモアを体感する拠り所になる。ただし、小説については実名が出てきても、一定部分は虚構であること、それを踏まえた映画も同様であることをしっかり説明し、現実との食い違いを明らかにしておくべきだろう。

澤登さんは「酒　趣味の雑誌」も多数収集した。そこに熊王が「山峡の町の酒豪たち」を長く書き継いでいて、この地域の暮らしぶりがよく分かる。

望月信子、井上たか子、深沢明子、深沢フジミ、澤登由紀子さんの地元5人による研究「熊王徳平の世界」のプリントを澤登さんからいただいた。熊王が借家住まいをし、着流しで銭湯に通っていたという増穂の青柳の通りにも案内してもらった。私が未見だった山田多賀市の長編小説「盆地の風雪」（「農業と文化」1950年に連載）のコピーもくださった。文学への旅は現場を踏むと、予期せぬ多くのことが飛び込んでくる。

山田と熊王の20世紀精神史

『日本近代文学大事典』（講談社、1977年）に、熊王徳平について次のように載っている。

小説家。山梨県生れ。小学校卒。作家同人。昭和六年日本プロレタリア作家同盟山梨支部結成。芥川賞候補になった『いろは歌留多』（「中部文学」昭一五・四）で宇野浩二に認められ、『山峡町議選誌』（「作家」昭三二・一二）が直木賞候補となる。『無名作家の手記』（昭三三・一二　講談社）『甲州商人』（昭三三）『赤い地図』（昭三四）『田舎文士の生活と意見』（昭三六・一二　未来社）などがあり、山梨県在住の作家として豊かな庶民性、郷土性を特色とする。（笠井秋生）

山田の長男繁彦さんから、原田重三著『「作家」に関わった山梨の文人たち』（季刊作家社、2005年）をいただいた。この本で原田重三は山田、熊王、中村鬼十郎ら「作家」の仲間たちを取り上げ、熊王については、山下遊作成の年譜を引用している。文学大事典にない項目を拾ってみる。

昭和五年四月、全国農民組合山梨総連合に加盟。

昭和十八年、治安維持法容疑により、検挙され、執筆禁止を受ける。

昭和十八年、床屋廃業、これより行商人となり、日本全国、津々浦々を歩く。
昭和二十三年一月、「作家」創刊号へ「甲府盆地」を書く。

山田と熊王には共通点が多い。学校は小学校までしか行っていないこと、農民組合運動に参加したこと、弾圧を受けたことなどである。農民組合運動が目指した小作人救済は、戦後の農地改革によって実現した。戦後も社会変革を志すがやがて政党活動からは離れる。

原田の本によると、山田と熊王は無二の親友と言われた仲だが、文学のこととなると競争意識が強かった。何かあるとすぐ「絶交」を口にする。山田夫人の暉子《てるこ》さんに言わせると、幼すぎて話にならない。熊王は山田の息子夫婦の仲人であり、山田も熊王の甥夫婦の仲人をしている。さらに山田の異母弟と熊王の姪が夫婦――そんな深い付き合いだと原田は記している。

名古屋の同人誌「作家」を主宰したのは、医師で芥川賞受賞作家の小谷剛《こたにつよし》（1924～91）だった。「蒸留水のような文章を書け」が口癖だったという。その価値観からいうと、熊王の文学はエンターテインメント（娯楽）だと手厳しい。熊王作品が映画化されても喜ばない。熊王の原稿に小谷が朱を入れて送り返してきたことに熊王は腹を立て、山梨の同人5人が集団で「作家」を辞めてしまった、と原田はいう。

原田は「私が知る熊王徳平は天衣無縫、雲のようにつかみどころのない人だった。いうことが大きく、どこまでが真実か分からなかった」とも書いている。

高い評価をする人も多い。『土とふるさとの文学全集』第1巻　土俗の魂（家の光協会、1976年）には、熊王の短編「甲府盆地より　貧乏禿」が収められた。その解説として作家の水上《みずかみ》勉《つとむ》（1919～2004）は次のように記す。

（前略）その頑固さと、土俗的な資質は、とぼけたようなその文体にも出ており、出世作『いろは歌留多』から、今日まで一貫した作風を変えていない。地味な土着の志向は流行目まぐるしい都会人の表皮をはいで、常に飄々として温かい。

明治、大正、昭和、そして平成のごく初期まで二人は20世紀を筆と共に生き抜いた。小作人など弱い者の立場に立つ視線を忘れなかった。義侠心みたいなものを感じさせられる。庶民の泣き笑いを大切にした。農村から都会への人口流出も見つめ、大都会にはない地方の良さも描いている。二人の精神の営みの結晶である作品は、もっと読まれてもいいと思う。

熊王徳平さん（澤登昭文さん提供）

熊王文学碑　案内してくれた澤登昭文さんと片桐義和さん
（富士川町）

第3章　歴史もの・説話ものを開拓

出版事業を閉じた山田多賀市は、親友熊王徳平の勧めもあって、執筆を再開した。歴史や説話を題材に、イメージを膨らませて小説に仕上げていくジャンルに新境地を開いた。

昭和30年代の3作

三作とも舞台は、山田が生まれ育った信州安曇野である。落ち込んでいる時、ふるさとに思いを寄せる。そこから生き抜く力を得ているように思われる。

「人間寄進」（「農民文学」17号、昭和34＝1959年）

奈良時代、所は犀川沿いの安曇野。人さらいの手で安曇野の長者の所に奴婢《ぬひ》として売られてきた少年・竹長と少女・茶久女の物語だ。奴婢は酷使される。女の奴婢を家人《けにん》は自由に抱いて子を産ませる。その子を生かすも殺すも所有者の自由だ。

二人は逃げ出すが捕まってムチ打ちに遭い、茶久女は片目が失明する。二人は恋仲になる。やがて長者が死に、跡継ぎは父の供養のため、竹長を近くの寺に寄進し、二人は切り離される。長者の跡継ぎが何者かに襲われ殺される。10日後、長者一族はみな殺しにされる。竹長と茶久女は再会するが、追っ手につかまった茶久女は焼き殺される。竹長は谷底に身を投げて死に、体は野犬に食いちぎられるままにされた。

　奈良では東大寺に大仏が完成し、多くの奴婢が全国の長者から寄進された――と小説は結ばれている。支配する者と支配される者との大きな落差だ。

　暴力や殺人が横行した時代の不条理を突くために物語は作られた。これらの描写を私は、先の大戦の殺戮とダブらせながら読んだ。

安曇野を流れる犀川　明科から上流と常念岳などを望む

「山の伝説―山の幸」（「農民文学」21号、昭和35＝1960年）
　時代は大戦前後、舞台はアルプス山麓。「山女魚《やまめ》地蔵」としてまつられた「大菓堂保正」の伝説である。山育ちの保正は学校には行かず、町の菓子屋で徒弟として働き、山のふもとに菓子店を出す。谷川で釣る山女魚が高く売れるようになり、釣りで生計を立てる。

山の木はどんどん切られ、ガソリン代わりに松根油を採るため根っこまで掘り返された。弱くなった山肌は大雨で崩れて土石流となり、保正は屋敷と子供を失う。召集令状が来るが、足の傷のため、戦場には行かずに済む。兵役を嫌う心がよく描かれている。

保正は不自由な足で山女魚釣りをするが、1日に10〜13尾しか釣り上げない。資源保護に徹している。警察幹部が来てたくさん釣ってくれるように頼むが、応じなかった。後日、その幹部らが白い粉を流れに撒き、仮死状態になった山女魚を捕っていくのを目撃する。残っていた瓶の中の白い粉を保正はなめてみてその毒で死んだ。彼を偲んで、釣り天狗たちが石の地蔵を建てた。

権力者にゴマをすらない保正の生き方は山田と共通している。

「草角力」（『農民文学代表作集（第一集）』、昭和36＝1961年、甲陽書房）

時代は草角力《くさずもう》が盛んで、米を運ぶのに馬を使っていたころ。主舞台は安曇野・穂高神社の奉納角力。飛び抜けて強い二人が登場する。

まずは双抱《ふたつだき》源治郎。農家の日雇人足をしているが、土俵に上がれば過去10年間負けなしの常勝将軍だ。ある日、馬の背に2俵を積み、自分でも米2俵を背負った。馬が野良路を踏み違えて転倒、仕方なく自分で4俵背負い、馬の手綱を引いて歩いた。

そんな剛腕の彼が、穂高神社の御遷宮祭の奉納角力で敗れる。勝ったのは、松本の在の百姓の子、甘粕伝伍だった。

伝伍は17歳で上京し14年間角力の修業をするが、上にはのぼれず空しく故郷に帰ってきた。故郷では強すぎるため、やがて取組には声がかからなくなる。大関にも横綱にもしてもらえない。各地の土俵で彼が出る幕は、四十八手の角力の型を見せることだけだった。「伝伍の勝れた体格は次第に肉が落ちて、つぶれた鼻と耳が、骨ばった体に奇妙に目立っている」という文章で終わる。寂しさを感じさせる。末尾に1960年作とある。

代表作集の編纂者は『沃土』や『大日向村』で知られる和田伝（敬称略、わだ・つとう、でんとも。1900〜85）だった。

昭和40年代の3作

「人間家畜―本朝奴隷物語（一）」（「作家」194号、昭和40＝1965年）

「人間寄進」と同じように、長者のもとで酷使・虐待される奴婢を描く。5回続きのうち、初回だけを山梨県立文学館で見ることができた。

主人公は道長という奴婢の少年だ。平安時代の権力者藤原道長とは違う。奴婢の道長は甲斐の国で長者の息子と同じ日に生まれた。長者の息子に平手打ちを食らわせたことから、道長と母は長者からムチを打たれ、その結果母は死ぬ。「長者さまの子に、手出しはならぬぞよ」と息子を諭しながら。

母は、いろいろな男の相手をさせられたので、道長の父が誰かははっきりしない。人さらいから買われた少女が入って来る。「人間家畜」として奴婢制度にがんじがらめになっている姿が痛々しい。

「押しかけ女房—ばか噺・お伽草紙」（「作家」253号、昭和45＝1970年）

この作品が一番心和む。嫁が欲しくてならなかった33歳の百姓、孫三郎のもとに、美女が押し掛けるようにやって来て、女房になる。名は艶波《エンバ》。粟とゴマしか食べないので米は減らない。しかも働き者で蚕を飼い、その絹糸を織る。それを国司の庁に持っていくとたくさんの銭をもらえる。

田畑に出るときはエンバに絵姿を書いてもらって持参し、一緒に居る気分になる。絵をたこにするが、糸が切れて飛んで行く。それを見た国司からエンバを自分の女房にするといって取られてしまう。権力者には逆らえない。エンバは孫三郎に桃の種を渡し、蒔いて3年たてば桃がなる。それを国司の庁に売りに来るよう言い残して行く。

桃が実り、桃売りとして国司の庁に行く。エンバは初めて笑い顔を国司に見せ、桃をおいしいと言って食べる。輿に乗った国司は孫三郎と衣装を交換する。桃売り姿になった国司は門番から「無礼な桃売り」として追い出され、孫三郎が国司となる。孫三郎の小屋は取り払われて蔵が建ち、莫大な財宝が運びこまれる。国司の任期が終わると孫三郎はエンバとともに帰って来る。

同工異曲の昔話は世界的に分布する。山田は日本の話に脚色したのだろう。図書館には、別の作者による子供用の民話絵本『絵すがた女房』がある。

「役人かたぎ―支配者は今も昔も」（「中部文学」第4次5号、昭和46＝1971年）

この雑誌を出した中部文学社は編集所が甲府市と長野県下諏訪町の両方にあり、発行所は下諏訪町の甲陽書房。この号には熊王徳平が山田のことを書いた「続・悪友―粘土焼の頃」も載っている。

山田の作品は国司の貪欲さを描いている。主人公は信濃の国司として赴任してきた藤原の陳忠《のぶただ》。寒国信濃の任に着くのは気が進まなかったが、迎えてくれた介（次官）の大伴真澄と気が合い、協力して私腹を肥やす。池・用水に決壊が生じたと朝廷にうそを言い、租税を免じてもらおうとする。租の免除はならなかったが、池・用水の修理代として少なからぬ稲束を自分たちの物にできた。このほか、質の悪い絹糸を混ぜて献上するとか、ウルシに増税をするとかで財を蓄える。

その財を400頭もの馬に積んで都に帰る途中、御坂の峠を過ぎるとき、陳忠は馬もろとも谷に転落する。奇跡的に助かり、籠をおろして救出する。最初に陳忠が籠で上げてよこしたのは、そこで採れた平茸《ひらたけ》だった。「国司というものは、転んでもただでは起きぬ。起きる時には土をもつかめ。そういうことを知っているか」と陳忠は重々しく言うのだった。

谷への転落の話は今昔物語の「信濃守藤原陳忠、落入御坂語（みさかにおちいること）第三十八」に見え、教科書にも載っていて、よく知られている。

山田はその後も歴史・説話ものを数多く書いた。自伝的小説は彼の人生を辿るのに好都合だ。その一方、歴史・説話ものは、時代は変わっても変わらぬ支配されるものの苦しみ、悲しみをえぐり出している。こちらも読むに値する。

穂高神社（上）とその土俵
（使わないときはシートで保護している）

第4章　日差し再び

山田多賀市が文芸雑誌「全線」の第6回全線文学賞を受賞したのは、1972（昭和47）年のことだった。64歳になっていた。

対象は『雑草』（東邦出版社、1971年）である。戦争末期までの自伝的小説で、1967年「作家」に連載したものだ。

受賞者が発表されたのは「全線」の1972年4月号。小説賞は、山田のほかに二反長半《にたんおさなかば》の『あすなろの星』が受賞。児童小説賞は島田ばくの『なぎさの天使』だった。「全線」の発行・編集人は作家の桜井増雄で、全線社は東京都内にあった。

藤森成吉《ふじもりせいきち》（今の長野県諏訪市生まれ、1892〜1977）が選評を書いている。山田は古くからの知り合いだが、そのために推薦したのではなく、推薦に値する自伝的小説だとして、次のように述べる。

作者は工場労働者こそしたことはないがその他の雑草的労働を転々と移り生きている。雑草のたくましさと云ったものをこれほどに書いた小説をぼくは知らない。文章も、内容にふさわしく、まことに素朴で端的である。

山田が寄せた感想は、喜びに満ちあふれている。白昼夢ではないのかと思っているとした後、次のように書く。

小学校一年生の時、優等生になって両親や部落の人達から、大変ほめられて以後は、今日まで誉められたことは、なんにもありません。（中略＝二年生の時ケンカして相手の腕を折って優等生候補から落とされたという内容）

青年期は、農民運動をやって、ブタ箱にばかり入れられましたし、小説を書いて芥川賞候補になったのはよいが、そのために長野の警察まで連行されて叱られ、「耕土」を書いて三年も後になって反戦的だと、これも甲府のブタ箱に叩きこまれました。

戦後、（中略）私は食糧増産運動をしました。少しは世の中の役に立った、と自負していますと、食糧など増産しては、いけない国になってしまいました。（中略）

しかし「雑草」が授賞（ママ）したということは、叱られどうしの一生だったが、「私の生きかたも、けっして無駄ではなかったのだ」そういう確証を得たのです。

全線文学賞の賞状

ここに出てくる「芥川賞候補」について、インターネットで調べてみた。公開されている「芥川賞のすべてのようなもの」というサイトによると、第16回（昭和17、1942年下半期）の予選候補の一つに山田の「生活の仁義」（16年の「文芸復興」所収）が挙がった。選考委員から高くは評価されなかった。この時の受賞は倉光俊夫（1908〜85）の「連絡員」だった。

それから30年を経ての全線文学賞受賞だった。

山田が戦後大きく輝いたのは、農業技術雑誌と甲府版「農民文学」を発行した時だった。だが、その事業も行き詰まり、閉鎖した。「全線」に載った山田略歴の末尾には「五十二才、朝鮮戦争を機に、工業国に変貌する国内情勢に農村文化協会解散、壮年期を終る。以来、鳴かずとばず、甲府市の片隅で、日本一小さいと自称する印刷の店を営み、今日に至る」とある。

山田は挫折の中から、熊王徳平の勧めもあって書き継いできた。その『雑草』が賞を受けた。再び山田に日が差してきたといえる。

気をよくした山田は翌年から「作家」に『農民』を8回にわたって書き、1974年に単行本として東邦出版社から刊行した。甲府近郊の村を舞台にした戦中戦後の農民群像である。徴兵を表面では進んで受け入れながら、本音では困り果てる姿を描いている。「戦争は嫌だ」の精神を生涯貫き通した山田ならではの一作だ。最終章は「農民の崩壊」として、戦後追いつめられた農民の姿を活写した。

1976年には、山田の若き日の代表作『耕土』が『土とふるさとの文学全集』第4巻（家の光協会）に収められた。山田への脚光は強さを増した。

1977年、「続・雑草」を「作家」に5回にわたり連載した。それを基に今回、私は第1章で、彼の人生模様と思索をたどってみた。この年、『実録小説・北富士物語』が、たいまつ社から刊行された。演習場問題を描いた作品で、6年前の1971年から翌年にかけ「作家」に連載されたものだ。

この1977年、山田は70歳となる。これで筆をおいたわけではない。「作家」や、1982年創刊の「月刊新山梨」に小説や評論・随筆を発表し続けた。歴史ものも多い。1987年に『終焉の記』を山梨ふるさと文庫から出版。3年後の1990（平成2）年、82歳で亡くなった。

高度成長が終わってからも、社会は目まぐるしく変わっていく。その波にもまれる人々の姿や、自分自身の老いの心境を山田はどんな作品にして残したのだろうか。山田多賀市への私の旅は「老いと文学」を次のテーマにして、さらに続けたいと思う。

第三部　信念の筆を最期まで

——老いと文学

はじめに——生き抜いて

70歳は人生の大きな節目の一つだ。古希と呼ばれている。山田多賀市《たかいち》（戸籍上は多嘉市。1907〜90）も齢を重ねて1977年に70歳となった。この年の大きな事件といえば、日航機のハイジャックだった。揺れる社会の象徴に思える。そんな中でも山田は筆を執り続け、82歳で亡くなるまで小説や評論を数多く残した。第3部では70代以後の作品と生き方を追ってみる。日本社会、とりわけ農村の経済や家族の著しい変貌が浮かび上がってくるだろう。

近現代の日本文学では、彗星のように現れて名作を残し、夭折した才能あふれる書き手は少なくない。思い出すままに樋口一葉、石川啄木、長塚節、梶井基次郎、小林多喜二（拷問死）、立原道造、本庄陸男《むつお》、中島敦《あつし》…。これとは別に芥川龍之介、太宰治、三島由紀夫、川端康成ら自死・自裁した著名作家もまぶたに浮かぶ。一時は注目されたが老いては見るべき作品を残さなかった人もいる。山田はそのどれとも違った。農民運動や出版事業などでたくましく生き抜いた。老境に入っても反骨精神は衰えず、文筆に専念して自己の思いを表現し、社会のために役立とうとする。それを見事にやりきった。間もなく70歳になろうとしている私にとっても、大いに刺激となる。老いても、泣き言など言っておらずに書く。その精神こそが大切だと思う。

第1章　「老人日記」

さよならがあるだけに

「老人日記」は山田の短編小説である。名古屋で発行の文芸雑誌「作家」の367号・1979年に載った。この年12月の誕生日で山田は72歳となる。名古屋市舞鶴中央図書館に所蔵されていて、同館からコピーを郵送していただき、読むことができた。このサービスはありがたい。

「老人日記」と聞いてまず連想するのは谷崎潤一郎（1886～1965）の『瘋癲《ふうてん》老人日記』だ。瘋癲とは、精神状態が正常でないこと。この作品が書かれなければ、私はこの難しい言葉には出会わなかったろう。「中央公論」に発表され始めた1961年、谷崎は75歳。息子の嫁の魅力に耽溺する老人の性を描いた作品だ。

山田の作品を閲覧するため利用させてもらっている甲府市の山梨県立文学館は2014年に「谷崎潤一郎展―文豪に出会う」を開いた。その図録には谷崎の数多くの写真が載っている。豊かだなあと思う。「瘋癲老人日記」の口述筆記原稿もある。見ていると山田の人生との違いの大きさを感じる。谷崎の耽美の世界に対して、山田は勤労を旨とする農民的価値観の世界である。谷崎の世界にも魅力がある。みんなが豊かになって、耽美にひたれればと思ったりもする。

老いは、若死にしない限りやって来る。老いが進むと、死を見つめることが多くなる。毎夏を信州軽井沢で過ごした作家中村真一郎（1918〜97）のことを私は忘れられない。氏の軽井沢の別荘や熱海のお宅を訪問させていただいた。その著作から多くのことを学んでいる。中村から師の堀辰雄（1904〜53。季刊の文芸誌「四季」を1933年に創刊）や同輩の福永武彦、山崎剛太郎、加藤周一らにつながる文学世界は、農民文学とも耽美な文芸とも違う。高原のさわやかさがある。

八ヶ岳山麓のサナトリウムを舞台にした堀辰雄の小説「風立ちぬ」には、フランスの詩人で思想家バレリー（1871〜1945）の詩の一節〈風立ちぬ、いざ生きめやも〉が引かれている。思い出しては、生きなくてはと思うことが私にもある。

中村の随筆集『死という未知なもの』（死後1998年刊、筑摩書房）も一つの「老人日記」といえるだろう。「一老人の夢」という短編が収まっている。中村は戦中には臆病な非国民で「平安朝」の世界に遊学（逃避）していたとした上で、次のように書いている。

そう言えば、自他共に認める、政治嫌いの臆病者の私も、少年時代以来、密かにヘルダーリンと共に、人類の魂の改革を通しての社会主義への夢を抱き続けてきて（後略）

もとより詩人の夢であるから、マルクスの経済学説の破綻によって、慌てふためくようなことではない。

中村には信濃毎日新聞の文化欄に連載を書いてもらい、私は担当デスクだった。連載は筑摩書房の平賀孝男さんのお骨折りで『火の山の物語―わが回想の軽井沢』として同社から１９８８年に刊行された。

この中で中村は、軽井沢での戦中の疎開暮らしの辛苦を語っている。近日中に米軍の上陸とそれに対抗する陸軍の作戦に巻き込まれることによって、死が迫ってくるかもしれない。その中、一日伸ばしで生を長らえ、もっぱら古典の中へ精神をひたしている。そして次のように述べる。

私の心は絶望の行きつく先の、冥府のなかでの一刻の平和を味わっていた。死ぬまで生きてやろうと、臆病者の私は、度胸を決めていた。

今は戦時ではないけれど、私のスタンスは中村に最も近い。同じように「臆病者」でもある。それなのに臆病とは真逆で勇敢な山田の人生を晩年までたどろうとしている。今なぜなのか、旅の終わりまでにはもっと整理して、分かってもらえるようにしたい。今言えることは、戦争による殺戮と抑圧をはねのけたい、ということだ。多くの勇猛者も臆病者もどちらも本音では、そう思っていることだろう。そうした本音が言えない時代を再来させないことが大切だ。

今もお元気な山崎剛太郎さん（1917年生まれ）は2013年に詩集『薔薇の柩　付・異国拾遺』（水声社）を出版した。「今は亡き畏友中村真一郎に捧ぐ」とある。

「夕暮れの豆腐屋」を引用させていただく。


夕暮れどきだ／つと胸を衝くラッパの音が／人通りの少ない露地に／なぜか哀しくひびいた／何かの物売りだろうか／年老いて視力の衰えた私には／すぐには分からない／近づくと手押し車の豆腐屋だった／擦れ違いざま「こんにちは」と若い女の声／そのそばに小さな女の子がいた／彼女はまじめな顔をして私を見た／もちろん親子であろう／私は踵を返して二人の後を追った／豆腐一丁買ってやりたかった／しかし家内は言うだろう／「今夜のおかずはもうきまっているのよ」／今度出会ったら必ず買うぞ／豆腐屋はどんどん遠ざかっていく／人生の一瞬の交錯点……／さよならがあるだけに／夕暮れのなかを私は家に帰るしかなかった／冷たい風が吹いた

心境がしみじみと伝わってくる。詩の形をした老いの日記として私は親しんでいる。

老いと衰え

山田多賀市への旅の途中で大きく寄り道をしてしまった。山田以外の人たちの老いとの向き合い方が、山田の老いの生き方とどこかで響きあってくれればと思いつつ、本題の山田の「老人日記」（文芸雑誌「作家」に掲載）に入ろう。

主人公は健助で、『雑草』（1971年刊）の主人公と同じだ。この小説も自伝的小説である。山田の人生記録の面がある。だが、創作された部分もあると考えねばなるまい。

体力の衰えの嘆きからこの小説は始まる。日記とうたっているが、日を追って記述するスタイルではない。現時点に過去の回想を織り込んでいる。農民解放運動に走り回っていた主人公だったが、今では血圧が高くて薬をのんで安定させている。心臓が肥大して不整脈が出て、坂を上るのに息が切れる。時に痛風が出て医者に行き注射をしてもらい薬をのんで痛みをおさえることもある。

物忘れが激しい。道で出会って丁寧にお辞儀をしても誰だったのか思い出せない。2、3日してひょっと思い出す。出版事業をしていたころの女子事務員だった。その一方で、農民運動をしていた戦前のことは、知り合った農家の家族の行動まではっきりと思い出せる。今の私もだんだん似てきつつある。苦笑しながら読んだ。山田はこのほかに、数年前目の病気にもなり、右目は失明、若い時から右の耳は聞こえない。自転車にもうまく乗れない。

土地への愛着

主人公は親思いの子供たちを持った。長男が家を建て、老夫婦の部屋も作って同居するよう呼んでくれる。後に老夫婦でこの家からは離れて暮らすことになるが、この作品ではまだ一緒に暮らし始めたばかりだ。

次男は住宅用土地を取得したが、建築まで土地は空いている。放っておけば草だらけになる。その土地を健助が開墾して野菜を作ってやることにし、奮闘する。造成地には石やブロック破片があって難航する。原始人が石器で処女地を開墾したときだってこんなバカげた土地はなかったはずだ、と憤慨する。そして次のように書く。

現代の原始返りという奴だ。第三次世界大戦では、名古屋、東京など、強力な近代兵器の一発で消滅するだろうから、山の中で生残った人が来て耕す時には、こんな目にあうに違いない。

東西冷戦と核兵器の恐怖がこの文ににじみ出ている。

開墾の苦戦を見かねた同年輩の友人が畑を貸してくれることになった。友人の子供は教員になったり、商事会社の勤め人になったりで、親の農業は継がないから、年をとるにつれて農作業が大変になっているので貸してくれるのだ。健助がおかみさんに畑を借りたことを話すと「大きな財産が転げ込んだようで胸が温かになった」という。主人公・健助ら老いた世代には土への思い入れが大きいのだ。子や孫の世代との大きな違いである。

親の仕事・子の仕事

農村部にも近代化、金社会の波が以前より激しく押しよせてくる。多くの若い世代は農業を継がず勤め人になる。農民は次第に姿を消しつつある。多くのきしみが生じてきている。

健助の家では長男が墓石用の石材会社を知人と共同経営していた。次男は信用組合に勤務、娘は運送会社の経営者の息子と結婚した。誰も父親のような社会活動とか文筆の道は選ばなかった。あるとき長男の石材会社の共同経営がうまくいかなくなる。共同経営者が集金し、それが長男のところに入らないというトラブルだ。後始末に健助が乗り出すくだりもある。金で結びつく関係は壊れやすい。

高速道の建設に伴い、巨額の土地代金が入った農家も出てくる。その一軒では遺産相続で、農業を継いだ者と継がずに町に出た兄弟間で争いとなった。まだ裁判の片が付いていない。金の力がこれまで以上に優先する社会になっている。

「消され行く農民」

「老人日記」より1年前の1978年、同じ「作家」に「消され行く農民」という共通のサブタイトルを付けた山田の5回の連載が載った。小説風の回もあれば、評論やルポ風の回もある。どちらにしても農民の変化が具体的に描かれている。メインタイトルを見よう。丸かっこ内は内容の概略。

1「過疎村の議員さん」（選挙のため住民票の転入）

2「鼻帯をかけた組合長」（農協組合長が担保を取らず融資をして、相手が倒産。組合長は自分の土地を農協に提供）

3「曲った道」（新左翼運動批判）

4「村のカギッ子たち」（町場に働きに出て荒れる農地。子供の暮らしや遊びの変化）

5「村の多額納税者」（高速道路の用地代金として巨額の金が入った農家の騒動）

これらのテーマは山田の「老人日記」の中でも一部扱われている。その後の山田の別の作品の中でより詳細に取り上げられる事柄も多い。ここでは深入りせずに、第5章の「農村の町化」で、つぶさに見ていきたい。

山田の「老人日記」にはこんな文がある。

「作家」と名のつく者の中にはミステリー作家のように、罪悪と人間失格の空想をデッチ上げ、生活に追い立てられて白痴化された民衆の感情をくすぐって、億万長者になる者もなくはないけれど、現実を見すえて書残した農民作家のものに、ケレンはない。

彼の農民文学の基本姿勢であり、老いてもその線で書き続けると宣言した。ケレンとは、はったり、ごまかしの意味だ。農民文学にはそれがない、と高らかに述べたのだった。

「ム、中丈夫」

私の書いた「破天荒作家　山田多賀市と農民文学」（本書第二部にタイトルを変えて収載）が第59回農民文学賞を受賞し、2016年4月に東京で受賞式があった。5月、ドイツ文学の小塩《おしお》節《たかし》中央大学名誉教授（1931年生まれ）に報告した。旧制松本高校のご出身なので安曇野をよく知っている。祝いに著書『樅と欅の木の下で』（青娥書房、2015年）をくださった。老いの心境の巧みなエッセイ集である。北杜夫や辻邦生との交友のほかに、こんな描写がある。

> 　そういえば百歳と三か月まで朗らかに生きた私の母は、少々からだが参ったときなどに、「おふくろ、大丈夫かい」と訊くと「ム、中丈夫」と返事をしてこちらをギャフンと言わせたものであった。生涯の最期まで朗らかで、すべてを主なる神におまかせして生きていった。

読み返すほどに希望がわいてくる。苦しい時にもこんな言葉を発して老いを重ねていきたい。山田多賀市は安曇野を去った男である。小塩さんが師事した望月市恵（1901～91）は反対に安曇野の穂高に生き、旧制松本高校や信州大学で教えた。望月と小塩の共訳でトーマス・マンの分厚い『ヨセフとその兄弟』（全3巻、筑摩書房、1985〜88年）が出ている。

山田が老いてからも筆を握り続けてくれたおかげで、そのほかの文人たちが老いをどう生き、何を書き記しているかにも少し分け入ることができた。もっと知りたくなってきた。

中村真一郎著
『火の山の物語』

中村真一郎・佐岐えりぬさん夫妻
（軽井沢で）

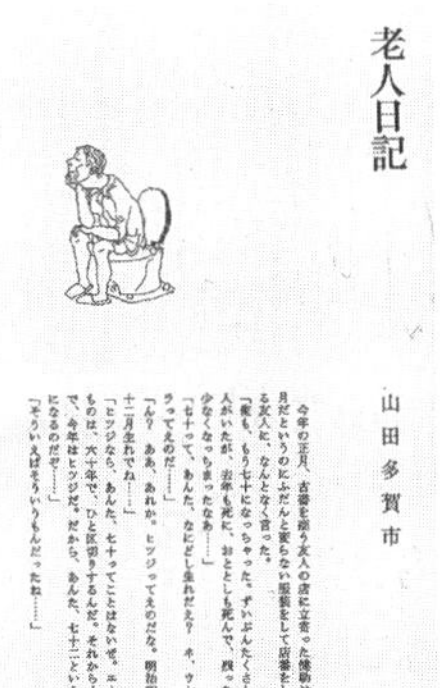

老人日記

山田多賀市

今年の正月、古書を扱う友人の店に立寄った憶助は、正月だというのにふだんと変らない服装をして店番をしている友人に、なんとなく言った。

「俺も、もう七十になっちゃった。ずいぶんたくさんの友人がいたが、去年も死に、おととしも死んで、残ったのは少なくなっちまったなあ……」

「七十って、あんた、なにどし生れだえ？　ネ、ウシ、トラってえのだ……」

「ん？　ああ、あれか。ヒツジってえのだな。明治四十年十二月生れでね……」

「ヒツジなら、あんた、七十ってことはないぜ。エトってものは、六十年で、ひと区切りするんだ。それから十二年で、今年はヒツジだ。だから、あんた、七十二ということになるのだぜ……」

「そういえばそういうもんだったね……」

— 63 —

山田多賀市
「老人日記」の最初

山崎剛太郎さん（軽井沢で）

第2章　愛弟子・備仲臣道

物書きの人として

山田多賀市への文学の旅を続けるにあたって、備仲臣道《びんなかしげみち》さんは欠かせぬ存在だった。山田の文学上の愛弟子である。作家として今も元気に書いておられるので、以後本文では「作家は敬称略」で呼ばせていただく。

著書の『内田百閒文学散歩』（皓星社、2013年）に略歴が載っている。

1941年朝鮮に在朝日本人2世として生まれる。敗戦で帰国し、尾道を経て山梨へ。甲府一高卒業後、山梨時事新聞の記者になる。同労働組合書記長。1969年同紙の廃刊に伴い失職。2年の空白の後、いろんな雑業に従事。

1982年、「月刊新山梨」を創刊、編集発行人となる。1993年、134号まで発行して、資金難のため休刊。

1998年から2006年まで財団法人高麗美術館（京都）の館報（季刊）に高麗・李朝美術

に関するエッセーを連載。２００９年山梨から東京国立市へ転居（現在は小平市在住）。

著書は『蘇る朝鮮文化』（明石書店、１９９３年）、『高句麗残照―積石塚古墳の謎』（批評社、２００２年）、『美は乱調にあり、生は無頼にあり　幻の画家竹中英太郎の生涯』（批評社、２００７年）、『司馬遼太郎と朝鮮』（批評社、２００８年）、『坂本龍馬と朝鮮』（かもがわ出版、２０１０年）など数多い。

近寄りがたい方かなと思っていたが、山田関係のことをよく教えてくれ、資料もたくさんくださった。２０１６年1月9日には、東京立川の駅でお目にかかることができた。

備仲と山田との出会い

備仲は山田の著作活動の愛弟子といえる。備仲が山田について言及したものは『輝いて生きた人々』（山梨ふるさと文庫、１９９６年）の該当項目、「『耕土』の丘―山田多賀市の生涯」（「山梨の文学20号」所収、山梨県立文学館、２００４年）などである。

『輝いて生きた人々』の中では次のように書いている。

先生と知り合ったのは一九六九年の春、山梨時事新聞がつぶれる大騒動の時であった。先生は山梨時事労組を支援するため、竹中英太郎先生らと「郷土の言論を守る会」を組織されたが、そのため準備一切から通知文やビラの印刷までなにもかもお一人でされた。

そのころの先生は甲府市朝日町のガード上で小さな印刷屋をしておられた。ご自身で活字を拾って版を組まれ、はがきや名刺、伝票の類を作っていたのである。

一時期「御殿」住まいだった山田は出版業の経営に行きづまり、身上じまいをして甲府に出てきていた。第二部で詳しく見た通りである。

この争議以後、山田は備仲の面倒をよく見る。備仲もよく応えた。年齢を重ねてからもコツコツと作品を紡ぐ姿は師匠の山田譲りといえそうだ。

山梨時事新聞廃刊

春原昭彦著『日本新聞通史　四訂版　1861年―2000年』(新泉社、2003年)で山梨時事新聞のことを調べてみる。創刊と廃刊についての記述がある。

創刊は1946年3月1日。記述を引用する。

新聞界ではこの年、新興紙の創刊、復刊が続出した。これはGHQの一連の民主化の一連の方針に沿うもので、GHQは旧体制の破壊と言論の自由化の措置を、地方紙の助成と新興紙の育成によって達成しようとした。そこでこのようなGHQの新聞政策を体して、用紙割当委員会も、新興紙に対して優先的に用紙の割り当てを行なったのである。

そして、この年の創刊紙として山梨時事新聞のほか、大阪日日新聞、新大阪、日刊スポーツ、富山新聞、石巻新聞、新北海（後の北海タイムス）、中部経済新聞など数多くが列挙されている。廃刊は１９６９年だった。次の記述がある。

戦後の新興紙ながら二十三年の歴史を持って、独自の地歩を固めてきた「山梨時事新聞」が四月二日に解散した。この解散は、同社の主要株主である富士急行が、その所有株を対立紙である「山梨日日新聞」に譲渡したため、山梨時事系の販売店が動揺し、ついに三月三十一日を以て休刊せざるを得なくなった、という特殊な事情で廃刊に追い込まれただけに業界の注目を集めた。

組合員の多くは退職金をもらって新聞社を去る。備仲らごく少数が最後まで抵抗した。備仲が書いた「火花は消えた―山梨時事新聞の終焉」という95ページに及ぶプリントを筆者本人から頂いた。目次を見る。「はじめに」「退路なし」「創刊の精神」「前ぶれ」「冷たい世論」「新重役着任」「取り引き」「七〇年へ」「往年の闘士」「社長襲撃未遂」「醜態」「裏切り」「全員退職勧奨」「圧殺」「機関紙『ほのお』」「羽仁五郎氏の来甲」「甲府市議会委員会占拠」「貧苦の中」「県職労組突入」「敗北」。最後まで信念を貫いて敗北した一本気な備仲の記録である。このうち「往年の闘士」では備仲の運動を支援してくれた山田のことを書いている。

激しい闘争だったことが分かる。1969年は、学生運動の激化した年だった。東大安田講堂封鎖解除に機動隊が投入された。備仲らの闘争に大学生らも加わった。歴史家羽仁五郎氏は学生運動を支援。同氏の『都市の論理』（勁草書房、1966年）が彼らのバイブルだった。羽仁も甲府に来て講演している。

山田は文芸誌「作家」に1971年、この廃刊反対運動のことを小説「七〇年代」として発表している。戦前、農民解放運動に携わった山田としては、新聞廃刊を黙って見過ごすことはできなかったのだろう。

山梨時事新聞の争議を含め、この時代の反体制運動をどう位置づけたらいいのだろうか。「義を見てせざるは勇なきなり」と「長い物には巻かれよ」という相反する二つのことわざ・価値観が私の中でもせめぎ合っている。今、私も含めて大方の人は「巻かれよ」の生き方をしている。ただ私は「武より文」を重んじたいという信念は持ち続けている。ここでは、備仲が言論＝文で生きようとして発刊した月刊誌について掘り下げてみたい。

「月刊新山梨」を創刊

備仲は闘争で、親や兄弟との関係が悪化、古くからの友人とも疎遠になり、運動も内部対立が生じた。「私は失うべくしてすべてを失い」と「火花は消えた」の末尾に書いている。2年ほど遊んだのち、先輩がやっていたPR雑誌を手伝うなどした。このままでは終われないと一念発起し、山田や竹中英太郎（労働運動家、挿絵画家）に相談し「月刊新山梨」を創刊した。第1号が出たのは1982年9月だった。一冊200円。編集発行人が備仲だった。

「私的な私的な編集後記」にはこうある。

いまは亡き我が父玉太郎は、山梨時事新聞の編集局長であった。その長男で「こまりもん」の私もまた同紙の記者であった。その時事新聞がつぶれたのは一九六九年のことであったが、その時、最後まで抵抗したのはこの「こまりもん」の息子と、その三人の仲間であった。そのうち一人はすでにこの世にない。一人は女性で恋人を追って遠くへ行ってしまった。もう一人は記者でなかったから、いま私は山時の記者のたった一人の生き残りなのだ。そのことが、私が活字媒体にこだわる原点である。

実際に売れたのは毎号600部ほどだったと備仲は語ってくれた。経営は厳しい。家を売りローンを支払ったあとの残金を経営に回すなどの苦労をした。1993年10月に134号まで出し、休刊となった。

この月刊誌が山田の晩年の作品の発表の場となる。この月刊誌があったから、山田はのびのびと自由に書けた。1号から最後の134号までの総目次を備仲が作り、私にも分けてくれた。それを見ると、山田の作品は亡くなる年の1990年までに50回以上が載っている。山梨県立文学館でコピーしてもらい、自分で4分冊にして読み込んだ。第三部第3章から第6章までで、その内容と山田の考え方の特色を紹介したい。

長男の死と内田百閒

備仲には、小説家で随筆家の内田百閒《ひゃっけん》（1889～1971）についての著作が3冊ある。『内田百閒我樂多箱』（皓星社、2012年）、『内田百閒文学散歩』（同社、2013年）、『内田百閒 百鬼園伝説』（同社、2015年）。百閒は岡山に生まれ東大卒で夏目漱石の門下。夢幻的な心象を描き、また人生の諧謔と悲愁を綴った、代表作は『冥途』『百鬼園随筆』『阿房列車』などだ。そんな百閒に、かつて闘士だった備仲がなぜほれ込むことになったのか。

備仲は亡くなった長男の影響だと教えてくれた。2002年、備仲の作品「メロンとお好み焼き」が内田百閒文学賞随筆部門の優秀賞を受賞した。作品集を岡山県文化財団から取り寄せて読んでみた。そこによく描かれている。

備仲の長男は大阪の大学に行っていたが病気になり、長野県松本の信州大学附属病院に入院。見舞いに行き息子と本を交換し、百閒の本を手にする。百閒も長男を若くして亡くした。「メロンを食べたい」と言ったのに、与えないまま亡くなったのだと書かれていた。

備仲の長男は、マンゴーを食べたいと言い、これは探して届けた。大阪のお好み焼きも食べたいという。大阪のデパートの地下で買って松本まで持って行ったが、長男は一口食べただけでまずいと言ってやめた。彼が求めているのはデパートの地下で売っているものではなく、もっとおいしいものだった。備仲はこれでは大阪のお好み焼きを食べさせたことにならない、と唇をかんだと記している。

やがて長男は亡くなる。彼の下宿に残されていた内田百閒の全集などを読み、息子の思考の後を辿ることにした。読み込むほどに、百閒の文体にひかれてゆく。「サラサーテの盤」が内田百閒の最高傑作である、と書いている。さらに続けて次のようにある。

生意気なようだが、自分の文体がくずれたように思え、心が澄むのを待つような時、私は決まって百閒をひっぱり出す。前に読んだものでもかまわず、うなづいたり、うふっと笑ったりしながら読み進むうち、自分を取りもどして行く。

作家阿川弘之の推薦のことばを紹介しよう。

「内田百閒に打ち込んでゐるだけあって、文章の骨格がしっかりしてをり、センチメンタルな甘い筆致にならないやう配慮してゐる点を評価したい。」

闘争の敗北など苦労が多かった備仲だが、作品で評価されたことをよろこびたい。山田は『雑草』で「全線文学賞」をもらった。山田も備仲も書き続けていたからこそ、光が当たったのだった。

備仲作品を収めた内田百閒文学賞の随筆部門入賞作品集

備仲臣道さん（2016年１月）

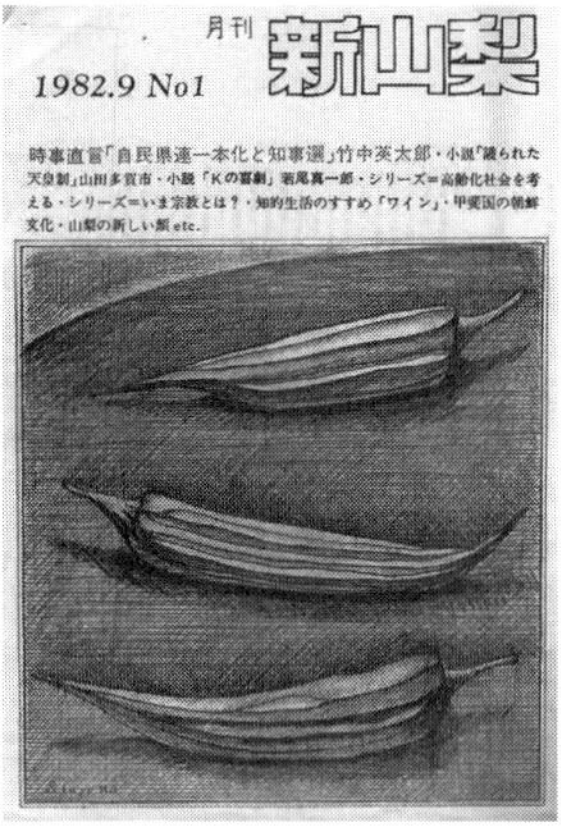

「月刊 新山梨」創刊号

第3章　神話批判と古代史考察

問いとしての「ムカシの話いまの話」

神話、英語ではmyth。神をはじめとする超自然的存在や文化英雄による原初の創造的な出来事・行為によって展開され、社会の価値・規範とそれとの葛藤を主題とする。——以上は広辞苑の説明である。

神話や伝説はどの民族、地域にもあると考えてよいだろう。たとえば信州・諏訪湖の「御神渡り」は諏訪大社上社の男神が下社の女神のところに通う道と考えられている。厳しい寒さで湖面の結氷が盛り上がって起きる現象だが、神の通う道と言われると夢が広がる。

だが、神話が社会をがんじがらめにすると、悲劇が起きる。先の大戦で「日本は神国だから神風が吹いて戦争に勝てる」という神話がそうだった。本当に信じていた、あるいは心の拠り所にした人もいた。山田はそうした神話を拒否するために、古事記や日本書紀にも批判の目を向けた。「月刊新山梨」の第2号から8号（1982～83年）まで7回にわたって掲載された評論「ムカシの話いまの話」がそれだ（タイトルは「いま」と「今」の両方が使われ、「いま」の方が多い）。第1回が「神風が吹くという話」で、その後「うつり変りゆく男女の位置」「福の神の戸籍しらべ」「天皇制の確立と民衆」「ああ落陽、弱小民族」「小荒間《こあらま》の裸男と耶馬台国《やまたいこく》の女王」「娘の読んだ昔の話」と続く。神話だけでなく、実際の古代史にも分け入っている。

神風が吹くという話

連載初回「神風が吹くという話」を見よう。山田らが戦前、神話や古代のことを研究していると、特高刑事がやってきて、研究資料は没収され、留置所にほうりこまれた。次のように書く。

「（前略）神様を研究するというバチ当りがあるか、今に日本には神風が吹くのだ…」とどなりつけられた。

神風は特高刑事が言ったようには、ついに一度も吹かなかった。

神風《かみかぜ》について山田の文章には、これ以上の言及はないが、言うまでもなく、鎌倉時代の文永・弘安の役で二度にわたり元軍に大被害を与えた暴風雨のことである。調べてみると、「日本書紀」には「神風《かむかぜ》の伊勢の国」という表現がある。

山田の批判は、日本神話の大本である「古事記」と「日本書紀」に向けられる。古代史や神話の研究は戦後急速に進んだ。山田は執筆に当たっては、それらを読み勉強したのだろう。研究者によって見解が異なることも多い。山田が評論を書くにあたって依拠した書名を載せていないのが残念だ。

広辞苑で二つの書物について要点を整理しておこう。

「古事記」現存する日本最古の歴史書。三巻。稗田阿礼《ひえだのあれ》が天武天皇の勅で誦習した帝紀および先代の旧辞を、太安万侶《おおのやすまろ》が元明天皇の勅により撰録して七一二年（和銅五）献上。天地開闢から推古天皇までの記事を収め、神話・伝説と多数の歌謡とを含みながら、天皇を中心とする日本の統一の由来を物語る。

「日本書紀」六国史《りっこくし》の一。奈良時代に完成した日本最古の勅撰の正史。神代から持統天皇までの朝廷に伝わった神話・伝説・記録などを修飾の多い漢文で記述した編年体の史書。三〇巻。七二〇年（養老四）舎人《とねり》親王らの撰。

書き写してみて、似ているところや違いがようやく分かった。

山田は、記紀の天孫降臨神話を厳しく批判する。「雲に乗って天下ったなどと言うことは、真っ赤なウソだ。人間にしろ神様にしろ、宇宙からなど来たものはない」と。そして彼らが来たのは文化の進んだ先進国からの集団移住者に過ぎないとし「これとても定説ではないが現在のところ有力な説だ」と述べる。批判の論調は「ウソ」「大ボラ」の言葉を交えて激越だ。戦前、戦中、神話にがんじがらめにされたことに対する憤りが感じられる。

神武天皇の即位を元年とする「皇紀」が1872年に定められた。1940年が皇紀2600年とされ、祝典行事が行われた。当時のどの新聞にも、その模様が大きな見出しで躍っている。「栄ゆく聖代の歓喜に　山河ゆする万歳奉唱　二千六百年世紀の祭典」（信濃毎日）といった具合である。政府、教育、マスコミが一体となって、本当の歴史とは違う神話に基づいて国家の求心力を高めていった。ゆきついたのは太平洋戦争開戦と敗戦だった。

ムカシの話今の話
山田多賀市

「ムカシの話今の話」第1回
「神風が吹くという話」

大黒様の置物
（長野市の蟻川寛さん所蔵）

福の神大国主に共感

山田は同じ神話でも、荒々しく統治する神ではなく、福の神に目を向ける。第3回「福の神の戸籍しらべ」がそれだ。この人らしい発想である。

七福神の一柱が大黒天だ。ほかの六柱は、蛭子《えびす》、毘沙門天、弁財天、福禄寿、寿老人、布袋。大黒天は頭巾をかぶり、左肩に大きな袋を負い、右手に打出の小槌を持ち、米俵を踏まえる。大国主命と習合して民間信仰に浸透している。「大黒さまは　たれだろう　おおくにぬしの　みこととて　国をひらきて　世の人を　たすけなされた　神さまよ」という童謡を私も思い出す。

山田の解釈では次のようになる。

出雲の国の住人は、大和の国の住民と、ひと山越せば隣同志（ママ）だ。彼等は何百年、いや何千年、交流していた。その実情の上にたった外交交渉で、大和の天皇政府の野望をさけ、大国主命の英断で、民衆を戦争に引きずりこむことなく合体し、他の諸国もそれに従って争うことなくこの国の国造りが行なわれた。

（中略）

福の神というのは、広い知識を持って、社会の進歩に功績のあった、心おだやかな大国主命のような平和主義者が、二千年を越える現代までも、福の神として、忘れられていないということだ。

これに対して、貧乏神は日本の天皇制政府のような、独善的、支配欲を持つ覇権主義者だとする。終戦までの軍国日本に対する批判がここにも表れている。強権的な覇権主義よりも平和主義をこれからも指導理念にしたい。それには私もうなずける。だが過去の現実はどうだったのか、それをしっかり踏まえてこれからのことも考えていくことが大切だ。国造り、国譲り神話と実際の歴史について研究は進化している。吉村武彦著『ヤマト王権』（岩波新書、２０１０年）などが手元にある。勉強していきたい。

古代天皇制と民衆

第４回「天皇制の確立と民衆」に書かれた山田の見方を整理してみる。母系氏族共同体が崩れ、支配者の権力が確立されて奴隷が出てくる。やがて古代天皇制国家ができる。奈良時代の律令制のもとでの階級を説明し、被支配層の苦しみを述べる。

階級としては、①支配階級（王族、貴族、大富豪、土豪、富農＝長者）、②良民（おおむね農民）、③奴婢（奴隷）、④浮浪人。

奴隷は牛、馬、豚と同じように酷使される。良民は、今でいえば倒産におびえる中小企業者、中小商店、サラリーマン、農民などに当たるのではないかとする。

良民からの税の取り立ての厳しさを具体的に描く。里長、郡司、国司という制度を通して税は吸い上げられる。国司は赴任してくると私腹も肥やす。税の重さに耐えかねて逃げ出す者もいる。

こうした階級分類や支配制度、税制がすべて山田が言う通りなのかどうか、私には不勉強で分かりかねる。

ただ確実に言えることは山田が、支配されてあえぐ貧しい民衆の立場に立っているということだ。信州安曇野の貧しい小作農家に生まれ、苦労して作家になった山田ならでは、である。

〈あをによし奈良の都は咲く花の薫《にほ》ふがごとく今盛りなり〉（小野老、万葉集）。

奈良時代といえば、私などはまずこちらの華やかな世界を思い浮かべてしまう。しかし、あえぐ民衆にも目を向けなければいけない。山田の評論から思い知らされる。

第5回「ああ落陽、弱小民族」は、古代の天皇政権による九州の「隼人族」や北方の「エゾ」征服についての考察である。720年、隼人が反して大隅国守を殺す、これに対して朝廷は征討軍を出し隼人側が敗れた。これらの史実などを紹介している。山田は、征服される側に立っている。

征服で活躍する「英雄」に対する崇拝にも疑問を投げかける。「我国民衆は、幼児期民主主義の今日に至っても、テレビ、ラジオ、大衆文芸まで、英雄?…とというものを、お好きのようである」。そして、民主主義が青年期に成長した時には、英雄?…を見直すと暴力団の親分や兄貴分に忠実な若い衆と同じに見えてくるのではあるまいか、との趣旨を述べている。

言い方は上品ではない。だが、この立場は山田が小説の筆を執るにあたって実践してきたことだ。彼の歴史物は英雄の成功の話ではない。支配者や英雄を崇めるのではなく、反対に支配者や英雄によって苦しめられる民衆のことを書いている。山田の歴史観がこの評論から鮮明に浮かび上がる。

第6回「小荒間の裸男と耶馬台国の女王」では中国の史書「魏志倭人伝」を通じて、耶馬台国の卑弥呼のことや、当時の服装に思いをはせる。第7回「娘の読んだ昔の話」では出雲を「デグモ」、命《みこと》を「メイ」と読む子どもなどユーモラスな話も入っている。

農民文学作家の山田が70歳代になって、神話や古代史の勉強を深め、一連の評論を発表したことに私は驚嘆した。半世紀ほど前の学生時代に私は、日本古代史の内藤晃、原秀三郎、中国古代史の五井直弘、イギリス近代史の森修二各先生の講義を聞いたことがある。その後学業は進んでいないが、山田の評論に励まされてもう少し、歴史の勉強をしてみたくなった。

第4章　古代小説「天平群盗伝」

創作の筆をより深める

「天平」と聞いて私がまず思い出すのは井上靖の歴史小説『天平の甍《いらか》』（初版は1957年）だ。鑑真の来朝という古代史の事実を、彼を招くために海を渡った留学僧を配して描いている。信州安曇野出身の熊井啓監督の手で映画化された（出演は中村嘉葎雄、田村高廣ら）。

そして奈良東大寺の大仏開眼（752年）もよく知られている。修学旅行で行った人も多いだろう。

天平は聖武天皇朝の年号（729～749年）であり、天平時代は奈良時代後期、平城に都があった710～794年までを指す。中国・唐の文化を取り入れて文化の華が開くというイメージが私には強かった。

山田多賀市の小説「天平群盗伝」は、そんなイメージとは違う。情け容赦のない支配層の下で苦しむ人々、特に奴婢《ぬひ》（律令制で下層に置かれた人々）に光を当てた小説である。大仏も民衆の犠牲によってできたとする。

出版事業に失敗した後、山田は作家・熊王徳平らの勧めで昭和30年代から再び創作の筆を執った。その再出発の際、歴史ものや説話ものを開拓した。このことは第二部第3章で見た通りだ。「天平群盗伝」はそうした歴史小説を、より深めた作品である。

この小説は、備仲臣道編集発行の「月刊新山梨」の9号から18号（1983～84年）にかけて、10回連載された。物語は「ヤブから棒」「接客婦」「馬を調教する若者」「奴隷の青春」「思想から信仰へ」「豊後の群盗」「塩釜のけむり」「春の淡雪」「ケモノ道」「秘境の民」といったサブタイトルがついて展開する。

売られてきた奴婢

小説の主な舞台は九州・肥後の国の山鹿《やまが》だ。地図で確かめると熊本県北部にある。ここの長者・奈良麿は80数名に及ぶ奴婢をかかえた、この国指折りの分限者《ぶげん》（富豪）である。そこに売られて奴婢となった二人を中心に物語は展開する。男は富長、女は少し年上の柴美《しばみ》である。

富長は肥前の国の長者の子供だったが12歳の時、父に使われている家人《けにん》（奴婢よりは位がやや高い）に誘拐され、遠くへ連れて行かれる。その途中、家人は盗賊に棒で殴り殺される。富長は、盗賊の手で奈良麿に売り渡され、奴婢としてこき使われる。

柴美は4歳の時、奈良麿に買われた。売っていった男の話だと柴美は、皇女なのだという。双子として生まれ、双子に対する偏見からそれを隠すため一人だけを残し、この娘は貴族に預けられた。この貴族が失脚し流刑となったため、奈良麿のところに売られ奴婢になった。柴美は皇族である父や母の名を知らないという設定になっている。小説だからこんな大胆なことを書けたのだろう。

柴美は成長して美しくなる。奈良麿のところに来客があると奴婢の仕事として柴美は客席に侍らされ、夜は客に添い寝をさせられた。「同じ母から生まれた一人は、内親王としてかしずかれ、一人は奴隷女として、接客婦となっている」と書くことで、身分の差の厳しさ、人生の悲劇を浮き立たせている。

柴美は客と寝て子供ができる。奈良麿がしかりつけ、家人に命じてぶちのめすが、柴美は流産せず男の子を産み落とす。それを取り上げたのが、前の年に売られてきて、同じく奴婢とさせられている富長だった。富長は柴美を「姉ちゃん」と慕う。彼のアイデアで、生まれた子は蝉丸と名付けられた。

馬を連れて逃亡

富長はたくましく成長していく。同じ年頃の者に比べると労働は不得手だが、馬を飼わせると、不思議に馬がよくなつき、馬は彼の自由になった。それを見て奈良麿は富長に馬飼いを任せた。

富長は郡司のもとでの夫役に出されることがある。そこで、よそから来た奴婢から情報を仕入れる。その一人・真鳥は逃亡を企て、仲間の首謀者は殺され、彼は片目をつぶされたのだという。真鳥は熱っぽく語る。役人や長者を引きずり下ろす、つまり殺すのがよいと。富長には共感するものがある。その次の夫役に真鳥の姿はない。反抗が見破られ殺されたのだろう。

愛の物語も織り込まれる。柴美はある夜、富長の体を抱く。二人は激しく燃え上がる。

ゆるやかに流れる柴美の、ひそめた声は幼児の時、母に抱かれて聞いた寝物語りと同じに富長の耳に快い。来客から聞いてきて、語ってくれる話は、今の富長には唯一の情報源だった。

富長を抱いて、彼の喜ぶ寝物語りをする柴美には、接客婦でない、母もしくは姉と女の感情を綯《な》い合せた、奇妙なものが一つになって、燃えあがっていった。

虐げられた同士が愛し合い、信頼を寄せあう。暗い物語の中で、読者がほっとできる場面である。

富長は逃亡を決行する。一人だけで奈良麿の馬52頭を引き連れて行った。客として来ていた国司の役人の着衣と武装、馬の鞍も奪ってであった。

残された奴婢たちは、口々に富長を称賛する。「俺にはこう言った。長者や役人、国司や郡司が世の中から居なくなれば、俺等の作った米は俺等が食える。織った布は俺等が着られるとなあ……」。蝉丸も口を出す。「富長は必ず、俺たちを連れに来るから待って居ろと、馬を連れて行く時に、みなの衆にそう言っておけと、俺に言ったぞ」。

富長が逃亡した後、柴美は富長の子を産み落とす。女児だった。

騎馬群盗

逃走した富長は、隣の国豊後（今の大分県）の山中に馬を連れて分け入っていく。かつて隼人族が朝廷に滅ぼされたとき、その一部がこの山中の秘境に隠れ住んでいると、柴美から聞いて知っていたからだ。その逃亡民と富長は合流する。

豊後の国では、馬に乗った群盗が里長の倉を襲い、積み込まれていた米、アワ、ヒエを奪うようになる。この段階では穀物は奪うが人は傷つけてはいない。首領は若い端正な顔立ちだという。柴美は、この首領がまちがいなく富長だと思う。

私財を蓄える郡司を襲うとき、群盗の攻撃はエスカレートした。倉庫増築現場で役人は矢で射殺される。集められていた農兵は殺さない。群盗は死んだ役人から太刀を取り上げ、倉からは武具、調の税で集めてある布などを持ち出して馬の背に付けて引きあげていく。冷徹・非情なタッチである。

やがて群盗は肥後の国にも姿を見せる。最初に狙われたのは評判の悪い郡司で、正月の祝賀中だった。郡司や役人は矢で射殺される。群盗は倉庫から物資や武具を持ち出し30頭の駄馬に積み込み奪ってゆく。郡司側も応戦するが、盗賊方の被害は軽い。

肥後の国司の庁からは、群盗の追討令が出される。しかし、群盗の所在を知っているものはいない。群盗には馬づかいに卓越した首領がいることは確かだ。何年か前、馬を大量に連れて山鹿から逃走した馬づかいの名手・富長の身上や所在調べが始まる。

その後も肥後の里長が次々とおそわれる。狙われるのは、きまって里人の戸数をごまかし、自分の私墾田でただ働きさせ、私腹を肥やしている里長だった。懲悪の思想が見て取れる。

搾取のないみんなの国

いよいよ、富長率いる群盗が山鹿の奈良麿を攻めてくる。「連れに来る」と蝉丸らに言った言葉を守ったのだ。まず奈良麿を射殺す。蝉丸らが歓迎、呼応して立ち、奴婢いじめをしてきた家人も殺す。山鹿の奴婢にとって群盗は言ってみれば、解放軍なのだ。ただ、私はどんな悪人に対しても殺すことは好きになれない。もっと奴婢らに優しくしていたら奈良麿もこんな結末にはならなかったろうに、とも思う。

富長が馬を連れて逃走したあと、奈良麿のところでは新たに馬が集められていた。それに群盗の馬30頭を加えて計60頭。さらに赤牛にも多くの荷を負わせ、一行は群盗だけが知っている山の道へと入っていく。移住である。一行は山ではなく、有明の海に行ったと事実とは反対のことを「証言」してくれる人々も描かれる。そして物語は次のように続く。

山鹿の奴婢は、もう奴隷ではない。奴隷の羈絆《きはん》をぬけ出して来た、自由の民だ。（ルビは筆者、つなぎとめるもの）

更に山鹿の人々が驚いて目を見張った。煙を吐く山とは反対方向の、外輪山の麓から、男や女、子供をまじえて百人余りの人が、こちらに向って近づいて来る。

狩猟で生きのびてきた隼人族が出迎えてくれたのだ。二つのグループは一緒になって山中に生活の基盤を築いていく。傾斜地の立木を切り、焼畑を作る。湿地には稲をまく。南国の暖地だ。秘境の原野も耕せば何でも実る。牛馬の糞尿がよい肥料になる。食糧が確保されればもう盗賊をする必要はない。富長は群盗のとき濃いひげに包まれていたが、きれいに剃り落とす。鋭かった目も、群盗をやめひげがなくなるとやわらいできた。富長の女房として落ち着いた柴美はもう一人女の子を産む。読んでいてほっとする。作者の山田も戦闘よりも自由と平和を尊んでいるのだ。

物語の終わりの方では、平穏な暮らしのうちに歳月がたち、富長も白髪になる。そして富長はおてんばになった上の娘と世間を見に旅に出たまま帰って来ない。ちょっと尻切れトンボの感じがする。それに続けて、それから二世紀も後に平将門の乱、藤原純友の乱があり「肥後の国、阿蘇の山麓に蝉丸族という、皇威にしたがわぬ（鬼）の一族が居た」ことも小さく記録されているとした。山中の集団が蝉丸の名を族名とし最後まで朝廷に従わなかった、ということを言いたか

天平群盗伝

山田多賀市

「天平群盗伝」の最終回

ったのだろうか。日本の古来の記録を厳しく批判するこの小説の最末尾の文で山田が訴えたかったことは分かる。これは日本に限らず、どの国の王朝にも多かれ少なかれ共通することだろうけれど。

　都合の良い事は、この世にいたはずもない神様が登場し、都合の悪い場合に鬼の出るのは、天皇制歴史の記録である。

　この小説を読み終えてみて、主要テーマである奴婢とはどんな存在だったのか、実際の歴史を知りたくなった。「国史大辞典」第11巻（吉川弘文館、１９９０年）の奴婢の項目（神野清一執筆）から、必要なところを抜き書きしてみる。

　律令制下の賤身分であり、公私の奴婢、寺奴婢、神奴婢などに区分される。奴婢は人口の五％以下と推定されるが、家人・奴婢の所有者は一握りの貴族と地域の族長層に限定されていた。奴婢制は、奴婢の逃亡や訴良などにより次第につきくずされてゆき、延暦八年（七八九）に良賤通婚による子の身分を良とする法制が出されたのを画期に、衰退の度を強め、平安時代中期には解体されていた。

淡雪の平城京《ならのみやこ》し思ほゆる旅を

同様に小説に出てくる国司や郡司の役所（国衙《こくが》、郡衙《ぐんが》）とはどんなものだったのだろうか。山中敏史《としじ》・佐藤興治さん著『古代の役所』（岩波書店、1985年）を共著者の一人山中さんからいただき、大切に持っている。彼は学生時代からの知友で私より少し若い。奈良国立文化財研究所の主任研究官のとき、この本を出した。国衙、郡衙の発掘を踏まえて、古代の役所の全体像に迫り、国衙、郡衙と寺院とが対になって民衆を支配していたとする。後に『古代地方官衙遺跡の研究』（塙書房）を著している。

『古代の役所』には、九州・筑前の国の長官だった山上憶良《やまのうえのおくら》の万葉歌が引かれている。

〈天《あま》ざかる　鄙《ひな》に五年《いつとせ》　住《す》まひつつ　都の手習《てぶり》　忘らえにけり〉

同じ筑前には太宰府の長官として大伴旅人《おおとものたびと》がいた。

〈淡雪《あわゆき》の　ほどろほどろに　降り敷けば　平城《なら》の京《みやこ》し　思ほゆるかも〉

万葉といえば、信州出身の伊藤博《はく》さんの著書『萬葉集釋注』（全10巻、集英社文庫）も書架にある。さらに読み進めなければと思う。農民文学の山田が古代史や古代小説にも分け入ったことで私も新たな刺激を受け、友人の古代史研究が懐かしくなり、いろいろな本に触れる機会も増えた。万葉の歌にもゆき着いた。これも作家の足跡を訪ねる旅の面白さである。

第5章　農村の町化

「ベッドタウンにサクランボの熟す丘」から

山田多賀市の農民小説「ベッドタウンにサクランボの熟す丘」は1986年から87年にかけて「月刊新山梨」に12回にわたり連載された。1907年生まれの山田が満80歳になる手前での発表である。古代小説ではなく現代の農村を題材にしている。

回ごとのタイトルは、「軍鶏と犬の糞」「町の文化祭」「圭作・ヒサエと良子」「春雨けむる日」「爺ちゃんと孫」「結婚ということ」「減反政策」「閣議決定」「圭作の花嫁さん」「女それぞれに」「曼珠沙華《まんじゅしゃげ》」「大地だけは残る」。

この小タイトルから分かるように、農業の環境や政策の変化、家族関係の変容の中で生きる農村部の人生模様を描く。特に若者の生き方や結婚観の変化に目を向けている。

第1回を見よう。旧地主の息子で友人の諸岡哲朗と「私」（作者）との会話が村の変貌を語っていて興味深い。部分的に引用する。

（友人の哲朗）「文壇から、とうに忘れられた農民文学を、十年、いや半世紀一日の如くに追いかける、おまんて男はバカか、片意地か、ゆうずうがきかんのか。……で……今度は何を書こうてのだ」

（私）「うむ。その通りさ、俺は不器用で、マスコミにあおられて、心にもないことは創作できないのだよ。農民解放運動家、作家として、農村、農民の変貌は、不充分ながら書きとどめてある。最早、村は農村とは言わない。農民も百姓と言われると、嫌な顔をする。彼等は、文化国家の新しい町の文化人だと自負して居るようだ。（中略）中流意識に酔っぱらっている我が国民の全貌を明らかにする。そんな事は老いの冷水だがね、生きてるからやらなきゃならんのだ」

文化国家の住民たち

哲朗は地主の長男だったが、名門意識の高い母親に結婚を反対されて東京に出て「自由結婚」をし、教員となった。戦後の農地解放で農地を失って両親は亡くなり、生家に帰ってくる。旧家のしがらみから解放されたのだった。

残された広大な屋敷の土地にあるケヤキの大木を伐採し、今はその土地を水田、ブドウ畑などにしてある。軍鶏を飼っている。かつて年貢米を運び込んだ屋敷への道は元小作人の子孫らの散歩道となり、犬の糞が転がっている。

町の文化祭では、書道、生け花などが展示され、にぎやかだ。哲朗の親戚で若い諸岡圭作の書が見える。大正琴の演奏やカラオケもある。圭作と同じ年の大沢ヒサエは柔道一代の踊りを見せる。やはり同じ年の村上良子は剣詩舞を披露した。「私」は「圭作、ヒサエ、良子、その他多勢を主体にして、描写して行けば、文化国家の文化人たちの生態は描ける」と考える。

サクランボ作りの若者

圭作青年は農家の三男だが、学校の成績は良くなく、就職口はない。上の兄たちは工業高校をいい成績で卒業し東京の大工場で働いている。圭作が農家を継いだ。

父親が死ぬと、経営の大転換を図る。父が育てた桑を全部引き抜き、ブドウ、桃、サクランボなどの苗を植え付けた。サクランボは近村ではまだ誰も作っていない。母親らは先行きを危ぶむ。借金返済に追われるものの、何年かすると、果実が実る。圭作と母だけでは手に負えず、日雇いを入れる。サクランボは思いもかけない高値で取引されるようになる。

そんな折、幼なじみのヒサエが離婚して村に帰って来る。良子と一緒に圭作のところへ相談に来る。圭作は桃の摘花など農作業をこの二人の女性に頼む。日給七千円という高額アルバイトである。

ある日、良子が働きに来ない。夫婦げんかの挙句、熱湯でやけどしたのだった。夫はつい最近再就職した勤務先で先輩社員と口論し、むしゃくしゃし、帰る途中に車をこすってしまう。相手の不良っぽい若者から修理代金などを請求される。家に帰りつき、良子とちょっとした言葉の行き違いからけんかになり、ものを投げつけたため、良子がポットに移そうとしていた湯がかかった。彼は都会育ちで、試験から試験に追われてようやく大学を出て、就職したのだった。だが会社勤めがうまくいくとは限らない。夫についての次の描写がこの時代をよく切り取っている。

高度経済成長も下降線に向き、倒産、失業が長くつづき、失業保険、妻の働きが唯一の収入源という生活がつづくと、イライラしても来ようと言うものだ。

ヒサエは離婚して娘を連れて実家に帰って来ている。兄・藤吾は土木建設請負業をしていて景気がいい。国内大手5社の1つが元請で、その下請に県内の大手業者、そのまた下請に中小業者、そこへ働き手を集めて供給するのが藤吾の小さな会社の仕事である。実際に働く村の労働者労務者は元請から数えれば何段階も下なのだ。

父東一郎はかつて2ヘクタールを小作していたが、農地解放により、その土地を取得。そこから自家用米と自家用野菜を作る分を残し、あとは全部売り払った。その金で東一郎は貸長屋を建て、藤吾はトラックや重機を買い、会社を設立した。

東一郎は、以前には地主か自作農しかなれなかった町会議員に立候補し、金を使って買収し、当選したという設定になっている。彼の言葉には当時の村を基盤とした政権への限りない信頼が込められている。

「自民党の政治が好いからだぞ。昔の関係で俺ン処には、今でも革新党から色々と連絡があるが、今の世の中は情勢がちがう。俺は自民党だぞ」

世代間の溝

観光開発で渓谷に自動車道路ができる。県都を取り巻く小集落が県都に合併し、県都は広がった。小説に県都名は出てこないが当然甲府市のことと推察できる。近郷の村々も合併し、道路や大小の住宅が立ち並び、開発はとどまるところを知らない。日本全国に共通する光景だ。

県都だけにしかない水道を盆地の町々にくまなく供給するため、ダム建設工事が始まる。この作業のために藤吾が集めてきた町内の人たちの身の上話が読ませる。

徳太やんは、孫のピアノと、農業機械の月賦支払いのため「土方働き」に来ている。孫の弾くピアノの音が大好きで、家族関係はうまくいっている。

鎌吉っあんは、村一番の御殿を建てたが、かみさんは完成を待たずに亡くなった。鎌吉っあんは息子夫婦との仲がうまくいっていない。息抜きのためもあって働きに来ている。「今の若い者には、年寄りを立てておくなんて気は、ちっとでもねぇな」と嘆く。

息子は県庁の役人。その嫁さんは学校の先生で結婚後2年後に退職、今は自分の息子の教育に熱を上げている。塾通いをさせ、自分でも学習指導をする。東大に入れるのが狙いだ。学歴社会だから、いい大学を出ていなくては出世できないという観念に固まっている。

鎌吉っあんは、煙草をたくさん吸う。息子の嫁さんは「吸いすぎると肺ガンになる。子の勉強の妨げにもなる。煙草はやめられないものか」と言い続ける。舅の身の回りの世話はいっさいしない。たばこくさいので孫にも近寄らせてもらえず、抱いたことが一度もない。

今では鎌吉っあんは御殿のような邸宅近くの小屋を整理して、倅たちと別居している。天気の良い限り彼は、ぷかぷかたばこの煙を吐きながら、小屋の外に出て体を動かしている。

「肺ガンなんてものは、俺のように煙草を吸う人間には、よりつきゃしねえよ。ビクビクしている奴に、取りつくものだ」。これが鎌吉っあんの哲学だ。作者・山田多賀市自身がヘビースモーカーだった。私は煙草の煙は苦手だ。この煙草論議は鎌吉っあんや山田の側には立てないな、と苦笑しながら読んだ。

減反と高速道建設

圭作が父の桑園を果樹園に転換してから早くも12年がたった。東京の生果市場に出荷したサクランボは本場の東北より1カ月早いため高値で取引された。農協と町とが乗り気になって町の奨励果樹となり、4年ほど前から桑や桃の周辺にサクランボが植え付けはじめられた。今の圭作は町の英雄視されている。

そんな圭作にも気分の重い日が続く。中央高速自動車道ができれば、圭作の畑のサクランボは、根こそぎ掘りかえされ枯れてしまうのだ。

そして減反も加わる。町役場からの減反の割当に従うと、家族3人(自分、母、祖母)の分は十分あるが、ヒサエと良子の昼食分にはすこし足りないかもしれない。2人の兄に白米にして3俵ずつ送ってやる分はない。

割り当て以上に苗を植えたのが見つかり、町役場の担当職員がやって来る。「国賊野郎、盗人野郎」とののしられる。圭作はプラスチックの籠を職員に投げつけ、職員は泥田に転げ落ちた。

圭作は警察に呼ばれ、調べを受ける。そのやり取りは次のようだ。


「君は定められた事を守らなかったのだね」

「そうです。百姓が自分の土地で、家族の食う米を作るなという、町役場ですか政府ですかの方針が、間違っていると考えたから」

「そういう風に今も考えて居るのかね」

「考えています。減反政策は間違いだと…」

「ふむ、君は正太(職員)に暴力をふるった事を全面的に認めるのかね…」

「それは認めます」

この事件がローカル紙に大きく報じられる。見出しは「減反政策に反抗する悪質農民」。新聞記者特有の扇情的な筆法で、とある。私の経験ではこの頃のローカル紙は「悪質農民」などという一方的な言葉は使わなくなっている気がする。だが小説の中での描写である。山田のマスコミに対する不信が感じられる。

高速道の用地買収交渉が始まる。該当地域では自分の土地にかからないように計画路線を曲げてくれとの意見も出るが、通るはずもない。圭作のサクランボ畑は50アールがつぶれる。苦心して挑戦し成功したサクランボ作りだ。仲間たちが桃畑より高い価格で買い上げてくれるよう働きかけてくれる。専門家の農学博士の調査結果を踏まえて決着することになった。

仲良し3人の結婚問題

圭作は結婚できないままだ。農家後継者の結婚難が描かれている。同時に、圭作と、彼の幼なじみで農作業を手伝うヒサエ、良了の男女3人の友情物語でもある。すがすがしさも感じさせられる。

連載では第6回「結婚ということ」、第9回「圭作の花嫁さん」、第10回「女それぞれに」を中心に3人の結婚問題が語られる。

圭作の嫁さんには、一緒に農業をし、その母や祖母と同居することが求められる。彼と結婚してくれる人を探すと張り切る人もいるが、ことはうまく運ばない。圭作は、陶器にサクランボ色を出す研究を深めたいという陶芸家と見合いするが、自分から断る。陶芸とサクランボ作りは両立できないとの判断が一因だ。

男女3人は呼吸がぴったり合って農作業を進めている。

良子は夫との関係がよくなく、暴力を振るわれ、やけどをした。圭作のところで恵まれたアルバイト料を貰っていることに対する嫉妬もあることが分かってくる。良子は離婚を考えるが、夫は思い直してくれるよう懇願する。

ヒサエは離婚して実家にいる。圭作を好きだし、再婚できる条件にはある。2人に高額のアルバイト料を出していることに対し、圭作がヒサエに説明するくだりがある。自分の収益として税務署にたくさんもっていかれるより、2人に多く上げた方がいいと考えてのことだという。

地域内には、3人は男女の関係になっているとの評判が立つ。そんなことにはなっていないので、懸命に否定する。圭作は言う。「ヒサエでも良子でも一人だけだったら、俺が（結婚を）持ちかけていたかも知れんな。三人というやつは三すくみと言う奴だろ」。

山田の自伝的小説には、浮気とそれにまつわる騒動の話も少なくない。古代小説の中では、性的にも隷属させられる奴婢が描かれている。それに比べると、この小説は純情小説の感がある。

大地だけは残る

サクランボ畑の買い取り価格は、農学博士の意見を基に桃畑の4倍と決まった。それなのに、耕作主の圭作のところにその金が入らない。その騒動と結末を第11回「曼珠沙華」と最終第12回「大地だけは残る」で描いている。

圭作ら3兄弟の父親が亡くなったとき、土地すべては書類上長男の相続となっているので、サクランボ畑の50アール土地代は東京の長男が受け取る。ただしその金は次男と分け、つぶされなかった農地は農業を営む末弟の圭作に無償贈与するのだという。法律に詳しくない私には、圭作の知らないうちの相続、つまり小説の筋立てとしていることが実際に起きうるものなのか分からない。

長崎原爆資料館に展示されている「現代の核兵器」

この問題はさておき、最終回のタイトル「大地だけは残る」という言葉から、山田の土地や戦争に対する考え方を見ておきたい。

わずかの間に大変な世相に変革したものだ。農地解放で、思いがけなく土地を所有した小作人も、必死の努力で土地を維持してきた自作農も、早い者だと代のかわり目、二代目三代目には土地の所有権は、細かに分散され税金に取り上げられて雲散霧消する。

この叙述を読むと、戦前に農地解放運動に打ち込んだ山田が現状を嘆く気持ちが伝わってくる。戦後の農地改革で地主・小作制は解消されたものの、農地は都市化の波にのみ込まれ、所有権も分散してしまう。農業、農地の重みがなくなってきた。

山田は、現代はすべてが金融資本のひも付きだとし、次のように述べる。

　更に利潤を生むのには、自動車、コンピューター、ロボット産業等、有利な工業に投資して、過剰輸出で世界各国から、総スカンを食う内はまだよい。帝国主義が等しく成長すると、縄張り争いで核の飛び交う戦争になる。その時人類は絶滅。人間の縄張りから解放された大地だけが残るのだ。

くだものたちが実る大地こそ

引用文は必ずしも論理的な文章とはいえないが「大地だけが残る」とは核戦争後のことを指しているのだと理解できた。

日本は広島、長崎に原爆が投下され、多くの犠牲者を出した。核廃絶が私たちの願いだ。山田がこの小説を発表し終えた2年後の1989年、米ソ両首脳は東西冷戦の終結を確認している。それでも核戦争の危機が完全に去ったわけではない。核保有5カ国の核削減をもっと進めねばならない。5か国以外に保有国が増えてきたのも脅威だ。

2016年1月6日、私は長崎市の平和記念公園と原爆資料館を訪れ、原爆の恐ろしさをより深く心に刻んだ。資料館に展示されている現代の核兵器の模型にも身震いがした。ちょうどその日、北朝鮮が核実験をしたとのニュースが伝わってきた。

「大地だけは残る」状態にさせてはならない。戦争を避け、豊かな農作物が実る大地こそが人類にとっては大切なのだ。山田が小説で訴え続けたこともそのことだ。

インターネットでJA山梨中央会のサイトを見る。生産量日本一のブドウ、モモ、スモモをはじめサクランボ、カキ、リンゴ、ウメなど多種多様な果実が生産され「くだもの王国山梨」の名を全国に広めている——とある。近年ブドウでは巨峰、ピオーネなどの大房系、モモでは日川白鳳、浅間白桃などの優良品種への植え替えが進んでいるともいう。サクランボもくだもの王国の一角を占めていることが分かり、うれしくなった。農民小説「ベッドタウンにサクランボの熟す丘」の主作のように頑張っている人たちがいるのだ。

第6章　日本の米のメシ物語

サテ、コメをどうする!

山田多賀市の農民小説「天下の美食、日本の米のメシ物語」が「月刊新山梨」に連載され始めたのは、昭和から平成になって最初の年1989年のことだった。この小説は翌1990年6月5日発行の第94号に掲載の第11回で完結した。山田が82歳の生涯を閉じるのはその年の9月だった。

初回では小説の題名の直後、作者名や初回タイトルよりも前に、次のような文章が入っている。

アメリカは日本に植民地政策を押しつけていることくらい諸君もきづいているだろう。日本を家来にしたつもりだ。その尻馬にのってなんでも、かんでもアメリカのまねをし、米のメシの味まで、わすれてしまった日本人諸君よ。コシヒカリ、ササニシキ、その他数種の味のよい米が作りだされて来たが、アメリカの粗放農業で作っている米を、どうでも日本人に食わせたいというのだ。サテ、どうする日本人諸君！

アメリカに厳しい文言だ。山田が日本の米の将来を真剣に心配していることが分かる。戦前、戦中、戦後の米と人間社会の変化を物語ることで、米の大切さを訴えようとしている。

小説の本文はアジテーション調とならず、場面設定や人物の描き方も巧みだ。各回のタイトル「越後美人」「甲州武川村」「良太と捨子」「ステコ変身」「清行入獄」「ヤミ米時代」「農地解放」「占領軍」「ペッサリー」「清達の憂鬱」「安保条約」に沿って物語は展開していく。

越後と甲州のつながり

越後の農家と甲州の農家の結婚による結びつきから始まり、両家の人間模様を通して日本社会を照らし出す。

越後は小作人七造の家である。妻が屋根仕事中に職人に尻を触られたはずみで転落して重傷を負う。もともと心臓が悪いこともあって、寝込んでしまう。困った七造は長女オスイを大地主の若旦那の「お付女中」にする。娘2人が母親似で美人なのが幸いした。

甲州は武川《むかわ》村の自作農・清達の家だ。清達は越後に行商に行って七造の家に泊まり、次女オツヤと意気投合する。オツヤは武川村に嫁いで来る。

物語の始まる戦前は地主小作制度ががっちりとしていた時代である。地主・自作農・小作の生活の違いを山田は綿密に描く。小作人たちはクズ米を粉にひいてダンゴを作って食べる。クズ米は籾の皮ごと粉にひく。籾の毛針が混ざった粉で作るだんごを食べるとむずむずして咳が出る。政府が払い下げる黄変した古米はパサパサしているがクズ米の粉と違って咳は出ない。小作人たちは古米のメシでもうまいと思って食べた。

支配される小作人らの立場に立って次のように書く。（送り仮名は現代表記に改めて引用）

ただ筆者に明言できるのは、安定した民衆の生活に割りこんで来るタチの悪い、支配者という者が（中略）今に至るも、つづいているという事だ。

時代が進んで現代では、知識がひらけて民衆も、支配者、王道、天皇制などというものは、民衆の歴史を必ず逆にしているという事に、気づいていることと思うが、民衆は支配者を養ってきたが、支配者は民衆を養ったことはない。まだそれに気づかぬ「浮かれバカ」もいるかも知れない。

私が山田多賀市の文学への旅を続けているのは、国家が民衆を弾圧するのではなく、しっかり養うべきだという考え方に共鳴しているからである。

武州村は実在の村だ。現在は北杜市になっている。武川米はこの近辺の釜無川右岸で栽培される米を指すことが多い。ブランド米として人気があるという。

清達は働き者だ。米を作るほかに、近村を回ってウサギの買い出しをし、自分でも飼う。毛皮用に売り、金を蓄えていく。肉は食べられる。私も信州下伊那郡の生家でウサギを飼っていた。おとなしく、人に抗わない。ウサギは平和主義者だ、という叙述に懐かしさがこみ上げる。

越後の家族

越後の大地主の若旦那は肺結核だった。オスイはその子を宿していた。若旦那の死後、七造のところに帰される。地主家は大金を与え、その利息で七造たちが暮らしていけるようにした。七造は幸せ者と評判になる。そんな中で生まれたのが良太だ。この子は病弱で学校にもなじめない。マルクスやエンゲルスなどの本を読みふけるようになっていく。

オスイは養女を持つことになる。地主家のサハイ（差配。番頭のような者）が行きつけの酒場で子連れで働く女性からその子を貰ってくれるよう頼まれ、オスイのところに話が持ち込まれた。オスイはそれを受け入れて、その子をステコと呼んで育てる。

良太は成長し、農民組合の活動家になり、特高刑事につきまとわれる。父親と同じ肺結核を患う。山田はかつて農民組合運動の活動家で、肺結核にもなった。良太の姿に重なるところがある。七造がやがて亡くなる。

越後のオスイの家へ、甲州武川村の清達・オツヤ夫婦の三男の清行が農作業の手伝いに来る。清行とステコは男女の関係になり、結婚しようと考え始める。二人は越後で農作業に励む。

特高警察に反抗し入獄

清行は農学校を出たら兵隊になるつもりだった。だが、長兄の清春が戦死し次兄の清信が行方不明になっていることから、母親は清行が兵隊になることを止める。越後に来た理由を次のように述べる。

「俺も兵隊になって殺されちゃイヤだから、おふくろの言うこと聞いて、兵隊になるのをやめたら、村役場やら学校やら、在郷軍人分会やら、警察やら、色々言って来るから、おら、おふくろから銭もらって、逃げて来た」

越後にいる清行のところに特高刑事がやってくる。入隊手続きをしながら守っていないことを責め立てる。手錠をかけようとする特高を清行は木刀で殴る。病院に運ばれた特高は意識が戻らないまま、亡くなった。

裁判の結果、清行には懲役5年が言い渡された。浦和の拘置所に収容された清行にオツヤとステコは面会することができた。「お母ちゃん泣くな。ステコも泣くな。兵隊に行きゃ、清春兄貴のように、殺される時もあるが、メシがまずくても、ここなら殺される事もあるまい。なあに三年や五年訳ないよ……」と清行はいう。彼の身柄はやがて北海道の「アバシリ監獄」に移された。

徴兵を逃れるために、偽の死亡届を出したことのある山田ならではの創作だと思って読んだ。戦争は日ごとに激しくなる。武川村やステコのいる村には毎日のように都会から人が疎開してくる。そして昭和20（1945）年8月15日、終戦となった。

ヤミ米時代と農地解放

ステコは一時期、越後のオスイの家から姿を消す。甲州の清達一家もそのことを心配するが、ステコは農村から米を買い都会で売ってもうける闇屋となり、金をためていたのだった。その金で北海道の清長のいる刑務所に行ったが会わせてもらえない。甲府の塚原弁護士のところに相談に来る。弁護士の指導で清行との婚姻届を出し、晴れて面会できた。弁護士の娘で東大法科に学ぶ奈美江とも仲良しになり、北海道旅行も一緒にした。この奈美江は弁護士となり評論家としても知られるようになるという設定だ。

北海道旅行の後、ステコは越後には帰らず甲州の清達の家で暮らし、清行の出所を待つ。オスイの家には肺結核の息子良太がいる。ステコに感染させたくないとの清達の思惑もあってのことだ。

米国の指導で農地解放が行われ、小作人は安い価格で農地を買い取った。この第2次農地改革が成立したのは1946年のことだった。小説の中では「それまで小作農民に君臨していた地主は、わずかの地代で地上から消え去ったのである」と書かれている。

ステコは、戦争未亡人となった若い女性グループと一緒にヤミ米商売を続ける。東北や北海道からコメを買ってきて都会で売る。ばれないように肌につけて運ぶのだという。

儲けた金を越後の「オスイおっ母さま」に送る相談を清達にする。彼の助言で、その金でオスイの家の小作地をステコ名義にする。ヤミ米売買と農地解放がステコを土地所有者に押し上げたことになる。

占領軍

山田は米国の占領政策を厳しく批判するが、駐留の米兵には意外な優しさがあることも描いている。

清達の家では、なめしたウサギの皮がたまっている。それをオツヤやステコは手袋にしたい。甲府に行って占領軍が使っている手袋を見せてもらおうとステコがオツヤを誘う。

占領軍の駐屯地の前で若い兵士に会う。最初は言葉が通じなかったが通訳のできる日本人二世が出てきて話が通じる。隊長にも会えて、ウサギを飼っていることや、手袋作りを目指していること、さらには特高刑事を殴り、刑務所に入っている清行のことも話す。

アメリカ兵と通訳がステコらを武川村まで送ってくれる。ウサギたちを見てもらい、ご馳走する。その礼にウイスキーやワイン、チューインガム、たばこなどがたくさん入ったボール箱をもらう。

実際に使っている手袋ももらう。それを参考に手袋を作り、清達が売りさばき、よく売れるようになった。

ただし、いいことばかりではない。家まで送ってきた米兵はステコにとっさにキスをした。誰も見ていなかったことにステコは安堵しつつも「人をばかにしていやがる」と腹を立てる。

減反政策

清行が刑務所を出て家に帰って来る。父清達の指導の下で農業に励み、ステコの運転するトラックで越後のステコ所有の農地にも２人で出向いて耕している。平和な歳月が流れてステコは女の子、続いて男の子を産んだ。

そんな中、清達にとって憂鬱なことの一つは、うまい米を作るのに苦心しているのに、米の需要が減ってきていることだ。「日本人の体の小さいのも、早死にするのもコメを主食にして、塩からい漬物を食っているから血圧が上って長生きできないのだ、コメを食うのをやめて、パンを食えとはやし立てたのも、新しがりやの社会評論家とマスコミだ」と憤る。

ついに減反政策が実施される。米は１９６０年代に需要が減り、その一方で生産技術が向上し収穫量が安定したため、米は過剰をきたした。１９７１年から本格的に他の農作物への転換や休耕などによってバランスを図ろうとした。これが減反政策だ。減反には補助金が出る。清達は怒り出す。次のような言葉で。

「補助金とはなんだ。誰が補助金をくれと言った。どこに出してもヒケを取らない、熟した土地を明けておいて、雑草をはびこらせ、補助金などもらっては、先祖にどう申しひらきをするのだッ！　土地にはずかしくないのか！」

以前にステコと一緒にヤミ米を扱っていた女性たちは今では製粉会社を営んでいる。塚原弁護士の娘も弁護士となり、その会社を支援している。女性弁護士がやって来て減反を避ける知恵を授ける。清達の水田を都市に住む製粉会社と女性弁護士の計13人に分けて貸し付ける。それぞれの農地では自分が食べる米しか作らないので、減反しなくてもよい。実際に働くのは清達一家だという説明だ。本当にそんなことができるのかな、できたとしても焼け石に水だろうと思わせて小説は終わっている。

ＴＰＰと農業、わけても米

山田がこの小説「天下の美食　日本の米のメシ物語」を発表し終えてから２０１５年で4半世紀・25年がたった。この年、環太平洋連携協定（ＴＰＰ）の交渉が大筋合意し、２０１６年2月にはニュージーランドで署名式が行われた。

ＴＰＰが実施されれば、日本の農業への大きな影響は避けられない。とりわけ米については、食糧安保の面からみてこれ以上衰退させていいのだろうか。中山間地帯の耕作が放棄され、集落が消えると環境保全機能が失われる。その機能とは、保水や洪水防止、土壌浸食の防止、文化的な景観保持などである。金では買えないものだ。

山田が小説で訴えた土地や米のありがたさ、そして人のつながりの大切さは、いつまでも忘れてはならないと思う。

長野県豊丘村山間部にある著者所有の水田　移住してきた人が耕作してくれ、荒らさずに済んでいる

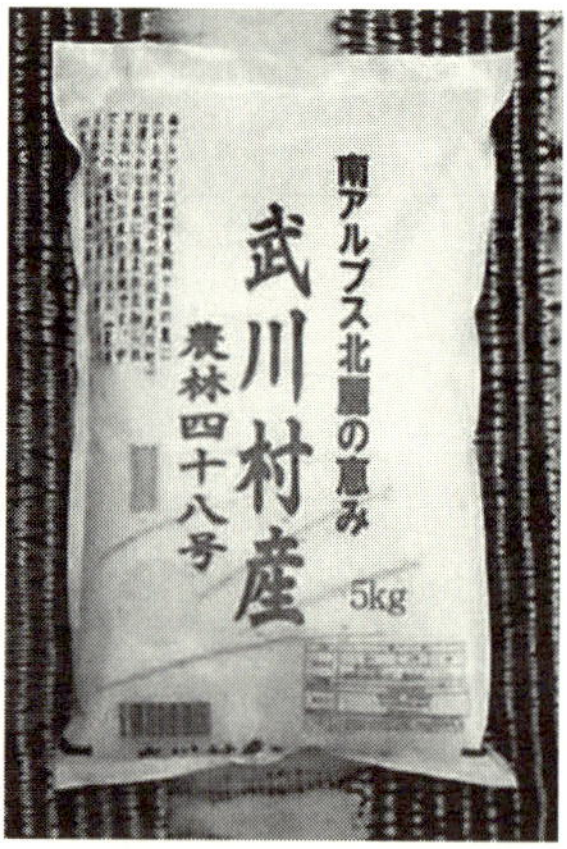

山梨県の武川米はネット販売もされている　小説にひかれて買ってみた

第7章　反骨をたどる

負けるものか

山田多賀市の資料を求めて甲府市の山梨県立文学館をしばしば訪れているおかげで、山田の直接の資料だけでなく関連する論文や図書なども読むことができた。今回は、それらを基に山田以外にも目を広げて、山梨関係者の反骨精神や質実剛健、さらには老いとの向かい合い方を追ってみたい。

ベースとするのは、次の4点である。

不二牧駿《ふじまきしゅん》「反骨を辿る―深沢七郎、熊王徳平、山田多賀市、古屋五郎」（「山梨の文学」14号所収、山梨県立文学館編集発行、1998年）

『企画展　深沢七郎の文学』（同文学館編集発行、2011年）

『特設展　山梨の農民文学』（同文学館編集発行、2003年）

『山梨の文学』（山梨日日新聞社編集発行、2001年）

「反骨を辿る」の中で作家・不二牧駿さんは、甲州文学とまとめて言ったとき、まず浮かぶのは「反骨」とか「反骨精神」という言葉だと述べる。そして反骨とは「自分の主張、考えというものをしっかり持って、むやみに人に従わない骨っぽさ」とか「政治や権力などに媚びへつらったり、主体性なく従ったりしない気骨」といったものと位置付ける。

それを生んだのはまずは甲州の自然環境の厳しさであり、続いて歴史的環境とみる。戦国時代戦好きな領主をいただき年貢を厳しくとりたてられ、兵力として駆り出される暮らしのなかで反抗心、抵抗心を養った。江戸時代には代官による厳しい支配に対して根深い反抗心を育てた。近代以降甲州の文学者たちはそう遠くない東京の文化から疎外されるなかで「なんの、負けるものか」という反骨精神を育てていったと不二牧はみる。

武田信玄ら武将の活躍ぶりや軍事的・政治駆け引きを中心に描くことも文学や歴史学の一つの役目だろう。しかしそれがすべてではない。庶民を中心に描かれることこそ、もっと大切だと私は思う。そのキーワードとして「反骨」を掲げる不二牧の考え方に深く共感する。

不二牧が取り上げて論じている4人の作家のうち、山田多賀市は私がずっと追いかけている対象であり、熊王徳平については第二部で見てきたところである。今回は深沢七郎に焦点を当て、古屋五郎にも目を向けたい。

深沢七郎の「楢山節考」

１９８１年、私は取材で埼玉県菖蒲町（現在は久喜市）にある「ラブミー農場」に深沢七郎（１９１４～87）を訪ねた。エルビス・プレスリーの「ラブミーテンダー」にちなんで名付けたこの農場で、農業を楽しみながら作品を書き続けていた。お目にかかり、代表作の『楢山節考』の文庫本（新潮文庫、１９８０年28刷）をいただいた。１９５６年、42歳のとき発表した作品だ。私は69歳になった今、読み返してみた。書き出しにひかれる。私の住む信州が舞台になっている。69歳という言葉も出てくる。

山と山とが連っていて、どこまでも山ばかりである。この信州の山々の間にある村―向う村のはずれにおりんの家はあった。（中略）嫁に来たのは五十年も前のことだった。（中略）おりんは今年六十九だが亭主は二十年も前に死んで、一人息子の辰平の嫁は去年栗拾いに行った時、谷底へ転げ落ちて死んでしまった。

この集落では70歳になれば「楢山まいり」に行くのだという。老女が捨てられることを、この言葉で表す。姥捨伝説を踏まえている。いったん捨てたが良心に苦しめられて迎えに行くといった物語が多い中で、深沢の作品は、おりんが自ら進んで捨てられに行く。それだけに読んでの衝撃は大きい。不気味さや恐怖心さえ感じさせる。

『企画展　深沢七郎の文学』は、「『楢山節考』ギターの調べとともに」をサブタイトルとしている。山梨県立文学館の充実した資料収集と分析が分かる一冊だ。それによると「楢山節考」は信州の姥捨伝説に題材を得ているが、実際には山梨県笛吹市境川町大黒坂の人情や地形をイメージして執筆されたという。

その後の話題作『笛吹川』は戦国時代、武田家の盛衰を背景に、笛吹川沿いに暮らす農民一家、6代の物語だ。この作品をめぐっては論争があったことを文学館の冊子が紹介している。それによると、作家・文芸評論家花田清輝は、戦争の悲劇が収斂され民話めいた素材の二十世紀的な性格付けが行われた、支配階級に対する大衆の日常的な憎悪が描かれていると評価した。文芸評論家平野謙は、全体としては退屈だった、六代にわたる一家の殺され方に、怨念のようなものが描かれていないと反駁した――という。

『楢山節考』も『笛吹川』も映画化され、話題を呼んだ。

深沢は1960年「中央公論」に「風流夢譚《ふうりゅうむたん》」を発表。夢の中のはなし（夢譚）という設定で暴動や皇居前広場における人民裁判などを描いた。この作品がもとで翌年、中央公論社長宅が右翼少年に襲われた。言論弾圧事件のひとつである。深沢は各地を放浪することとなり、1965年にラブミー農場を開いた。

不二牧は深沢の風流夢譚について、ここに反骨の骨頂が現れたように思うと書く。天衣無縫に怖い者知らずという筆致でいわゆる過激な話を作ってしまう深沢は、いわゆる良識ある文学者といった人々からかけ離れた存在になっているのではないかともしている。

深沢は山田多賀市より7年遅く生まれ、3年早く亡くなった。深沢と山田は直接の深い接点はなかったようだ。それでも山田は1980年の「月刊新山梨」第36号に寄せた評論「幻想を追って―ある三上弘論」（三上は甲府市出身の作家）の中で、深沢に言及している。「深沢七郎が出た時、深沢をマネた奴が、かなり居た。深沢文学は深沢文学だ。文学って物は、発明みたいな物さ。人マネしたってダメだよ。独自の世界を作り出さなくちゃね」と。深沢を意識していたことは間違いない。

深沢は現在の笛吹市石和《いさわ》町市部《いちべ》に生まれ、旧制中学を出て、ギタリストとして過ごしてからの作家生活だ。作家の嵐山光三郎は深沢を「アクマのように素敵な人だった」と評している。一方、山田は信州の小作農家に生まれ、小学校の途中から働き始める。山梨にやってきて農民解放運動から作家となった。

深沢には都会っぽさと夢物語風、ふざけっぽさといった感じがある。山田には田舎っぽさと着実さ、大人の風格といった風合いがある。同じ反骨精神といっても、差異はある。

深沢七郎自身の老い

１９８１年、67歳の深沢を私がラブミー農場に訪ねたのは健康問題を取材するためだった。深沢は心臓病を患い、長野県臼田町（現在は佐久市）の厚生連佐久総合病院に埼玉から時々やって来て治療を受けていた。担当の市川英彦医師は「心臓によくない過労やストレスを避ける点、さらにあまり症状が悪化しないうちに入院するのは立派」と深沢を評価していた。

深沢やそのほかの患者さんのケースを基に私は狭心症や心筋梗塞など心臓病対策を信濃毎日新聞に書いた。ほかの病気のことを含めたこの連載は『現代病の周辺』という表題で１９８２年、信濃毎日新聞社から出版された（デスクは麻場栄一郎、記者は北村博幸、渡辺重久と私）。

深沢は佐久病院に来るうちに病院の人や地域の人たちとも溶け合い、いい関係を築いていた。信濃毎日新聞には随筆「信濃の野の友たち」を書いてくださった。新聞掲載後、『ちょっと一服、冥土の道草。』（文芸春秋、１９８３年）に収録されている。随筆の冒頭はこんな文章である。

私は『楢山節考』という姥捨の小説を書いた。姥捨山の長楽寺にまつわる伝承をもとにしたもので、人を山へ捨てるという人殺し的のものだが、その私が、姥捨山のこちら側、Ｓ病院に入院して、何度も、生命を救われたのだから妙なめぐりあわせだと思う。

農場用の種を病院近くで調達したことや、千曲川上流で捕れるイワナをもらって感激したことなどを書いている。私も、ラブミー農場に植えるアンズやカリンの苗木の世話をした。もらったはがきや著書『秘戯』『みちのくの人形たち』を大切に持っている。

権力を持ち威張っている人には厳しい目を向けた深沢だが、仲間の庶民には温かさと優しさを持っている方だと私にも分かってきた。どの人にもある、老いと病気への悲しみを深沢も抱えていた。「ちょいと面白いものをお聞かせします」といって農場の自宅ディスコルームのステレオで私に聞かせてくれたのは、深沢自身が吹き込んで録音したお経だった。そのバックに流れるのはハンガリアンラプソディー（狂詩曲）2番。自分の葬式の時に聞いてもらおうと思って作ったのだという。

1987年、深沢は心不全で亡くなられた。戒名なしで、花輪・香典はいっさいお断りだった。斎場では、録音されてあったお経や音楽などが流された。

深沢の農家に対する考え方で、私が一番共感できるのは『ちょっと一服、冥土の道草。』の中にある。次のような言葉だ。

百姓の強さは人間たちを怖れない、唯我独尊でいられることだろう。大げさに言えば五反百姓でも一国一城のあるじという気モチかもしれない。

この作家は農業や農家の人を評価し、自身が農業に回帰することで生き抜いた。生粋の農民文学者とは違うが、深沢の価値観は農民文学と通底するものがあると私は思う。

深沢の生き方や人柄にひかれてラブミー農場を訪れたのは、作家・嵐山光三郎をはじめ編集者、ファンら数多くにのぼった。集まる連中を「夢屋一家」と呼んで特別に歓待してくれたと嵐山は書いている。

部隊長と対決した古屋五郎

不二牧駿によると、古屋五郎は山梨県の菅原村（後に合併で白州町となり、現在は北杜市）に1910年に生まれた。1941年補充兵として応召した。復員して村長、初代白州町長となり12年間町長を務めた地域の有力者だ。

軍隊時代、看護婦を次々と暴行し辱める部隊長に対し、決死の覚悟で「成敗」を決意する。直接部隊長に切腹するよう迫る。古屋には憲兵による取り調べが行われる。結局部隊長は悪事が問われて懲役3年、古屋には禁固1年7月の刑が言い渡された。

山田多賀市は、戸籍を抹消することによって徴兵を拒否した。古屋は日本国家への忠誠心が熱烈であるゆえに、それをゆがめる軍隊内の不正に対して命を投げ出して抵抗したのだった。

インターネットで調べると古屋の著書『慟哭・痛憤の戦時記録　南方第九陸軍病院―南十字星の下に』（ほるぷ出版、1989年）が今も流通している。古屋は作家ではないがしっかりと記録を残した。この本には、教科書裁判の家永三郎が解説を書いている。

山梨の農民文学者たち

山梨県立文学館は２００３年に「特設展　山梨の農民文学」を開いた。その図録が同名の冊子である。中村星湖《せいこ》、長塚節《たかし》、相田《そうだ》隆太郎、石原文雄、中村鬼十郎《きじゅうろう》、山田多賀市、加賀美実、熊王徳平の８人が載っている、長塚は山梨を探訪したにとどまっている。今回は中村星湖、相田、石原、中村鬼十郎、加賀美の５人を取り上げてみたい。

『山梨の文学』（山梨日日新聞社編刊）には、県立文学館の学芸員らの執筆で１４３人の作家のプロフィルが紹介されていて、今回対象の５人も含まれる。中村星湖は中野和子、相田は飯野正仁、石原・中村鬼十郎・加賀美は堀内万寿夫各氏が執筆している。図録と本を主な足がかりにして、５人の人生と作品を辿ってみたい。

☆中村星湖（１８８４～１９７４）

山梨県河口湖村（現富士河口湖町）に生まれる。早稲田大学に進んだ。「少年行」で文壇デビュー。１９２２年、小牧近江・山内義雄・吉江喬松らとともにシャルル・ルイ・フィリップ（フランスの作家）13回忌記念講演会を開き、これを契機に始まった会合は農民文芸研究会（後に農民文芸会）に発展した。農民文芸会の機関紙「農民」が創刊され、中村のほか相田隆太郎・石原文雄が参加した。

星湖の「少年行」には川口村を中心とする四季折々の風景、風物が織り込まれている。

星湖は1945年、郷里に疎開してからは、1951年山梨学院短期大学の教授になり、90歳で没するまで山梨県の文化振興に努めた。「文化は郷土より」の中で、「都市には文明があるが文化に乏しく、地方、田園は文明に遠ざかってゐるが、そこには文化がある」と述べている。

山田多賀市が編集発行した甲府版の「農民文学」第7号（1952年）に中村星湖は「小島の夢」という随筆を寄せた。郷里に疎開して開墾を始めた土地から、河口湖に浮かぶ小さな島を眺めて楽しむ。島の観光的活用に夢を抱く。「落莫《らくばく》たる農村に冬籠りしつつ、いよ〳〵老いこんでゆくわたしも、たまにはこんな夢をえがく折がある」とある。

☆相田隆太郎（1899〜1987）

明野村（現北杜市）に生まれる。生家は農家。山梨師範学校を結核で中退、療養後上京し、評論を発表し活躍した。図録によると相田は1927年、「農民」創刊号に「農民文学論」を発表。これらを収録した評論集『農民文学の諸問題』が1949年に甲陽書房から出版された。「農民文学論」の中で相田は「農民文学は農民の生活意識を探究し、それを文学的に表現してゆくものである」と述べている。

相田は農民文学を生み出すにあたって知識階級の役割が重要と考えていた——と飯野は解説する。農村の社会的現実に対する正確な認識と、健康な生産的精神と正義に対する情熱を持つなら知識人も「農民的な一切のもの」に含まれると相田は位置付ける。そこに農民文学評論を書く相田の自己実現の姿がある。私も共感し、見習いたいと思う。

☆**石原文雄**（1900～71）

市川大門町（現市川三郷町）に生まれる。「農民」創刊号に発表した「贅沢病」が第一作。「中部文学」に発表した「断崖の村」が1941年上半期芥川賞の予選候補となる。この作品は、急坂に張り付いている集落での大火事を題材に、家の建て直しで巻き起こる嫉妬、羨望、土地への強い執着を克明に描いている。

戦後石原は山田の甲府版「農民文学」6号（1952年）に評論「農民画家ゴッホ」を発表。続いて7号（同年）には小説「埋火」を掲載、石原の写真も巻頭に大きく載っている。山田はあとがきで自分が超多忙なことを述べた上で、県内在住で文学の先輩石原さんがこの間まで町会議長をやっていたのをやめたので、「農民文学」の編集を手伝ってもらうことにしたと記している。

石原は甲府版「農民文学」8号（同年）には評論「ズク無し」を書いた。「ズク」は信州でよく使われ、精を出すことを指す。ズクなしは、役に立たない者、怠け者、無精者のことになる。信州から来て山田の下で働いていた21歳の末弟が自殺した。その遺書が同人雑誌「無名作家」に載った。それを解説して山田は「とにかく自殺するような奴はズク無しだ」と書いた。肉親を失う苦しみの中で毅然とせざるを得ない山田の苦しい胸の内、それを思いやる石原の情が伝わり切なさが募った。

☆**中村鬼十郎**（1912〜90）

山梨市生まれで、本名は喜十郎。農業に従事しながら日本プロレタリア作家同盟に所属し、文学活動をする。『傾斜地の村』は1943年、アジア青年社から刊行された。農民たちが肥料叺《かます》をリヤカーに積み込む場面がある。「丁度、頭の真上にある太陽が、頭と肩先を焼きつける。汗をふこうにも、次々と間断なく持ち出して来る叺に追われ、どうするわけにもいかない」と表現した。ひと時の休養も許されない、この時代の労働の過酷さを克明に描いている。『傾斜地の村』の文学碑が山梨市の国道140号線沿いの一角にできている。

戦後は同人誌「作家」に作品を発表。それをまとめた『慟哭の川』を1976年、甲陽書房から刊行した。自伝的小説で、この中で亡き妻への尽きることのないレクイエム（鎮魂曲）を奏でた。1982年、山梨県文化功労者として表彰された時の中村の笑顔の写真が『山梨の文学』に載っている。この年70歳。良かったね、と声をかけたい気持ちになった。

☆**加賀美実**（1911〜99）

八代町（現笛吹市）に生まれる。抜群の成績だったが、小学校卒業後農業を継ぐ。若い時には農民運動に投じた。勉学の道を断たれた加賀美は文学に生きがいを求める。1933年から37年まで「青空」の同人となり、創刊号には「奉公人」を発表した。

「青空」同人の後、作家活動は休止した。だが農民文学賞作家・島一春の勧めで、初期作品集『昭和初年の青春』を1967年に福岡書房から刊行。これがきっかけで再びペンを執り、『恥辱の時代』（文化総合出版、1974年）、『畔《あぜ》』（同社、1984年）などを次々と出版した。『畔』所収の「小指損傷」について文芸評論家の久保田正文（1912〜2001）から「冒頭の農業のところが佳い」と評された。久保田は飯田市出身で、大正大学教授を務め、毎日新聞で同人雑誌評を長年担当した。

寡黙で謙虚な農家の人だったとされる加賀美は、晩年に文学の花を立派に開かせた。

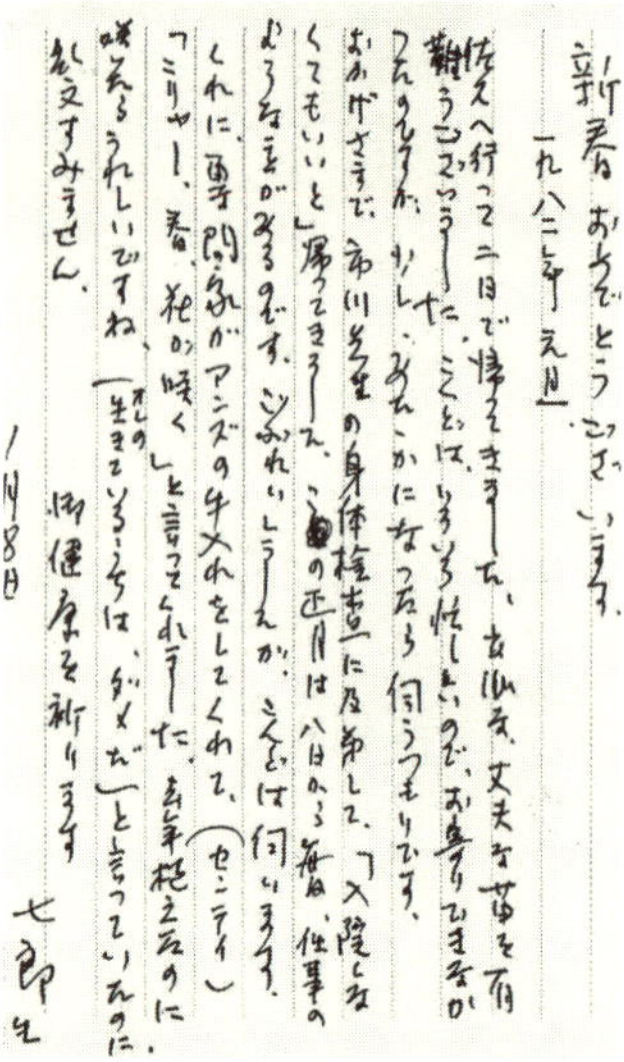
新春おめでとうございます。
一九八二年元旦
佐久へ行って二日で帰ってきました。お仏壇、丈夫な箪笥を有難うございました。こんどは、いろいろ忙しいので、お参りできるのがいつのことか、少し、あたたかになったら伺うつもりです。
おかげさまで、市川先生の身体検査に及第して、「入院しなくてもいいよ」と帰ってきました。こんどの正月は八日から毎晩、仕事のようなことがあるのです。ごぶれいしましたが、こんどは伺います。
くれに、[illegible]の家がアンズの手入れをしてくれて、（センテイ）「こりゃー、春、花が咲く」と言ってくれました。去年枯れたのに咲えるうれしいですね、（花の生きているうちは、だめだ）と言っていたのに。
乱文すみません。
御健康を祈ります
1月8日
七郎

深沢さんからいただいたはがき

『深沢七郎の文学』（山梨県立文学館編・編刊行）の表紙

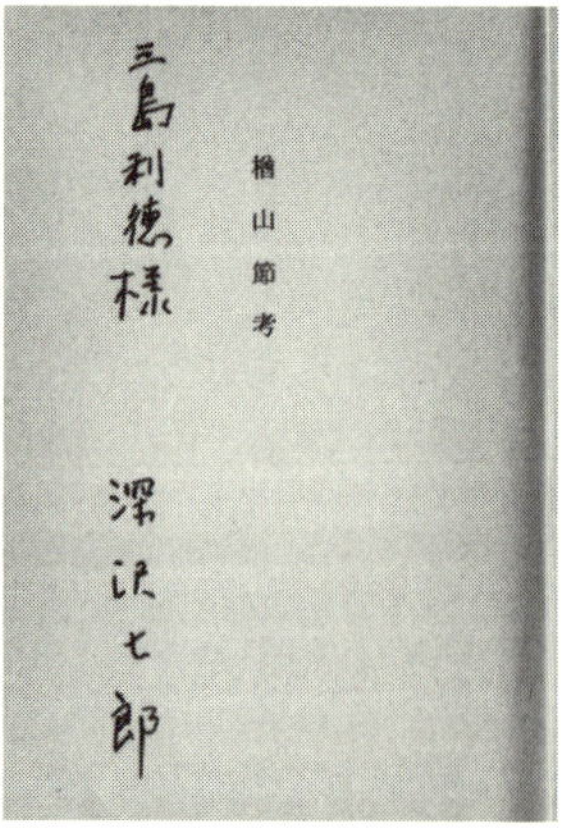

深沢さんからサイン入りでいただいた『楢山節考』

第8章　家族の絆、そして終焉

もう書けない——『終焉の記』

終焉《しゅうえん》は「焉《ここ》に終わる」の意で①死に臨むこと。いまわ。末期。臨終。②隠居して晩年を送ること。——広辞苑はこう説明している。山田多賀市は『終焉の記』という本を１９８７（昭和62）年に、山梨ふるさと文庫から出版した。人生の終わりを覚悟しての執筆だった。こんな書き出しである。

私の体力も、知能も終りに近づいたようだ。終焉の日も遠くないように思う。わずか一世紀にみたない生命だったが、この身についた能力と言うか、身勝手か、夢というべきか、残りなく出しつくした。心残りはない。一九八七年（昭和六十二）の現時点では八十歳だ。

私の三十三歳の時、むすばれたかみさん、長年月の半生の友として、私の身勝手に協力してくれたのに、心から感謝する。

この両親に生み育てられた子供三人。ゆがむこともなく、のびやかに成長し、若く健康で、人の世の定めを、つつがなく追い、平穏に美しく生きている。

こう書ける人は幸せだし、書かれた家族もうれしいことだろう。そう感じて、引用がつい長くなってしまった。

山田はこれを書いて3年後に亡くなった。その頃の様子について、長男繁彦さんから次のような文章をいただいた。


死亡する五年位前あたりからのどに違和感を訴えていました。死亡する一年前あたりから食事のおかずは細かくして食べていました。病院に行くようすすめましたが何としても嫌がり執筆を続けていました。後の母の話ですが俺には時間がないと言っていたそうです。喉の狭さの異変はただごとでは無いと感じていたと思います。父が母にもらした一つだけの弱みは、もう書けないと言った事でした。

山田の死亡を伝える当時の新聞記事では死因は脳虚血となっているが、喉の異変なども命を縮めたのかもしれない。

『終焉の記』の目次は「大正デモクラシー」「女房と子供たち」「長塚節《ぶし》ってどんな歌」など6項目でできている。この記述を基に山田の家族の暮らしや絆を見ておきたい。農民文学作品『土』で知られる小説家で歌人の長塚節《たかし》のことを「ナガツカブシ」という歌だと理解している若い経営者のことを書くなど、山田一流のユーモアも含まれている。

妻暉子さん

『終焉の記』には、33歳になった筆者（山田）が10歳も年下の「オテンバ娘」と一緒になったとある。暉子《てるこ》夫人のことである。山田は農民運動をしてきて生活は苦しい。彼女の実家は豊かなお寺なので一時期生活の援助を受けた。後に山田はその実家に援助のお返しをした、と繁彦さんが私に教えてくれた。

戦前のことは自伝長編小説『雑草』に書かれているのでここでは繰り返さない、とある。『雑草』を見る。暉子さんは、てる江という名で描かれている、主人公健助との間に子どもができ、実家に結婚を許してもらうまでの彼女の実行力とけなげさが際立つ。緊迫する国際情勢や出産の様子も詳しく描かれている。

夫人に支えられて山田は活動と執筆ができた。弾圧で山田が「ブタ箱」（警察の留置施設の俗称）に入れられると、夫人は兄と同級生だった特高へ怒鳴り込んで行った。「私の彼が何を悪いことをしたの。いつだって彼の言う通りじゃないの。戦争なんかしたって勝ち味はないからやめろ、と言ったのがナゼいけないのよ。返してよ」と。後に山田は浮気をして「かみさん」からこっぴどく、ひっぱたかれたことも書いている。作家の家族は、プライベートなことも書かれて大変な面があると思いながら読んだ。

そんな夫婦も年齢を重ねると、病との闘いとなる。暉子さんは腎臓結核と分かり、入院する。山田自身がかかっている肺気腫は、たばこや酒をやめ、静かにしていればいいと医師に言われる。長年続けてきたたばこや酒はやめられない。減らそうとは考える。自分の好みのものは変えないかたくなさがある。

長期間の入院の後、暉子さんが帰って来る。暉子さんは退院後、病院に通う都合もあって長男夫婦の家にいたが、一人暮らしで自炊している夫が心配になり、夫の家に帰ってくる。山田の文にも喜びがあふれる。その所を紹介しよう。

「うちの奥さん、たいした貞女だよ。田舎浪曲のスジ書みたいだ。見直したよ。俺からもお礼を言うよ。世話になったね」

と、私も嫁に言った。

そんなこと……と、言って嫁は、てれている。こうして、かみさんは、約一ヶ年半ぶりに帰ってきた。

息子と娘

山田夫妻には長男繁彦さん（1941［昭和16］年生まれ）、次男耕治さん（1945［昭和20］年生まれ）、長女真智子さん（1949［昭和24］年生まれ）の3人の子がいる。この3人の仕事、結婚、家庭のことが『終焉の記』のかなりの部分を占める。

出版事業をたたんだ山田は今の南アルプス市の「御殿」を処分して甲府市内で建物を借りて印刷店を始めた。長男も一緒である。店の2階が家族の住まいとなる。

やがて長男は印刷店をやめ、石材会社の仕事に就き、山田は職人を手伝い印刷店を続ける。66歳の時のことと記している。山田の文学碑建設もその石材会社の協力もあって実現した。その後、長男の勤める石材会社が倒産。長男は石材の仕事で独立をするが、そこでは仲間に金を持ち逃げされる。そんな危機に対して親子兄弟が助け合って生きる。

次男は信用金庫勤めで、実直な生活を送っている。ローンでこぢんまりした家を建て結婚する。だんだんに出世していく。波乱の人生だった父親とは異なる。山田は次男の生き方も尊重している。

長女はオテンバだというが、かわいくてたまらない。運送店の長男と結婚する。長女の問いかけに答えて自分の農民運動の経験を語って聞かせる。

印刷業界も技術革新と競争が激しい。山田は印刷店を閉じることにする。長女が探してくれた小さな貸家に移る。移転に当たり、農業技術関係の書物や資料を全部は持っていけない。500冊ばかりの書物を残して処分したと書いている。

貸家からさらに敷島町（現甲斐市）の町営住宅に老夫婦で移る。長男らが生活費を支援し、山田は作品を書き続けて最期を迎える。青壮年期に比べ筆力は衰えても、書き続ける精神力に目を見張らされる。世代間の価値観の違いや衝突も描いている。だが、山田の家族に対する温かみの方が強く印象に残った。

甦れ大地、そして耕土

『終焉の記』が出版される3年前、1984（昭和59）年4月のことである。山田多賀市の喜寿を記念して彼を励ます会が、山梨県双葉町龍地（現在は甲斐市）の『耕土』文学碑前で行われた。その模様が「月刊新山梨」21号（同年5月刊）に載っている（会の司会を務めた土屋要さんが執筆）。

『耕土』は山田の若い時の代表作だ。その文学碑が1977（昭和52）年にできるなど再脚光を浴びた山田だが、このところ肺気腫の再発など体力気力の衰えがみられる。心配した仲間たちが山田を励まそうと計画した。50人ほどが参加。文学仲間の中村鬼十郎、原田重三らが挨拶した。甲府市長、県議会副議長、国会議員らも顔を見せた。

暉子夫人とともに祝福され、励まされる山田に笑顔がこぼれる。

「月刊新山梨」の同じ21号には山田が書いた「ある農民作家の手記」が載っている。この喜寿の時点で何を考えていたのかが分かり、興味深い。

筆鋒は鋭い。戦後の改革により小作人は地主制度から解放されて、農地を自分のものにできた。だが、「公の下で節度ある管理を行うべき大地は『自由』という幻惑をまとわせ野ばなしに投げ出されてしまったのである」と書く。農地だけでなく大地全体のあり方を問う。永遠の生命を持つ土と空気と水は、私有、独占すべきものではなく公共のものだ。そうなっていない現実を次のように嘆く。

国土は虫に食いちらされた、病葉のように、ズタズタに細分されて商品化され、（中略）優良な農地には耕作の制限を加えて生産をおさえ、農地を遊休化して投げすて、支配大国の植民地政策に協力したのであった。

（中略）

若者は崩壊してゆく大地に安座して、自分だけは天才だと思い上り、支配者の限りもなく作り出す「核」にさえ無関心で、間の抜けたバカ笑いに明け暮れている。

老いて不治の宿痾《しゅくあ》を持つ私など、もはや、出る幕は終ったのだ――としながらも、最後まで農地、大地の行方を心配する山田である。

「月刊新山梨」が追悼

山田多賀市は1990（平成2）年9月30日、甲府市内の病院で亡くなった。「月刊新山梨」の99号（11月）と100号（12月）に追悼文が載っている。

作家今川徳三は100号に「山田多賀市さんの形見となった万年筆」を書いた。前号に「山田多賀市先生の思い出」を出した今川東さんはその夫人であり、夫妻の仲人は山田だった。『耕土』の文学碑除幕の記念にモンブランの万年筆が山田に贈られた。何年も後、今川徳三が山田家を訪れると、その万年筆を手文庫から取り出し、使ってくれという。「俺は昔から鉛筆かボールペンでしか書かんのだ」との説明だった。細字で書きよく、今川はそのモンブランで『孫子の旗武田信玄』『武田の軍略』『真説山本勘助』『夢は飽くなきものに候』『武田信玄』を書き下ろしたのだという。作家原田重三は「山田多賀市の哲学」と題して追悼文を寄せた。山田がとことん面倒見の良い人だったことを書いた後、作家に求められるものは、作家の哲学、あるいは思想ではないかという。

『雑草』は彼の人生記録だが、ドン底の生活の中にありながら、権力者や地主と立ち向かうすさまじさが、読む者の心を捉えて放さない。うまい文章表現ではないが、真実があるからだ。

そして次のようにも書く。

山田多賀市の死により、一つの時代は終った。彼が身命をささげて闘った農民開（ママ）放運動などの語は、やがて死語になるであろう。そして彼の生きざまを語る者もしだいにいなくなるのである。

いや、山田の足跡は農民運動史や文学史、思想史の中に残っていくと私は思う。

100号には山田の遺稿「私の死亡直前にあたり書き残しておきたい事」も載っている。入院の前まで向かっていた机の上から発見されたという。この文章の中で山田は、東京神田の古書店では『耕土』の初版本が6千円に、『雑草』が2千円になっていることを喜んでいる。

徴兵を逃れるために戸籍を消したことに、最後まで誇りを持っていることも書かれている。

（第一部第5章参照）

長男の山田繁彦・早美さん夫妻に2016年1月27日、甲斐市で再度お目にかかった。父親の活動で家族は苦労もしたけれど、尊敬していると語ってくれた。『耕土』の文学碑は工事に伴い、前年に少し場所が動かされていて、マイカーで案内してくださった。碑は塗料で汚されていた。心ないいたずらに心が痛む。時間を置いて落としやすくなってからきれいにするという。この文学碑をしっかり守り、山田の精神を長く伝える手掛かりにしたい。

場所が少し移った山田多賀市さんの文学碑と
繁彦さん夫妻（2016年１月）

山田多賀市著『終焉の記』

山田多賀市さん夫妻が最後に暮らした敷島町営住宅
（現在は甲斐市）

第四部　山田文学・農民文学を見つめる

はじめに

山田多賀市の文学と人生を訪ねる旅を続けてきた。そろそろ締めくくりのときである。山田を高く評価し、私の旅の手引きをしてくださった文芸評論家南雲道雄さん、研究家村上林造山口大学教授の業績をこの場でまとめておきたい。

その後、山田の足跡から学び取るべきことにも触れておかなければと思う。

第1章　文芸評論家・南雲道雄

農民文学の羅針盤

南雲道雄さん（1931＝昭和6年、新潟県生まれ）は2011（平成23）年12月に亡くなった。農民文学会の議長とし、編集長として長年手腕を発揮した。「さん」と呼び続けたいところだが、作家・評論家は敬称略とさせていただく。親しい農民文学作家も普段はさん付けで呼ばせていただいているが、本稿では同様に敬称略とする。

1995（平成7）年、お住まいのある東京・国分寺市をお訪ねし、当時私が勤めていた信濃毎日新聞の文化欄に執筆を依頼した。たばこをくゆらせながら快諾してくださり、連載されたのが「戦後50年　農村の変容と文学」（8月から9月にかけて5回）だった。後に『土の文学への招待』（創森社、2001年）の末尾に収録された。

その初回には第38回農民文学賞を受けた北原文雄（兵庫県淡路島の洲本市在住）の「田植え舞」を取り上げ、評価した。用水路や少女たちによる田植え舞の維持が困難になっていることを描く作品だ。「このわびしさは、こと淡路島だけにかぎるまい」と南雲は書き、農村共同体の危機をとらえている。

時は移る。北原は2012（平成24）年2月刊行の「農民文学」296号に「追悼　南雲道雄さんのこと」を書いた。南雲の業績は大きく分けて二つあるとする。一つには故郷の越後にこだわった作品で、『こころのふるさと 良寛』『百姓烈伝』『「山芋」の少年詩人・大関松三郎の四季』『少年たちの橋』『私の越後妻有郷地図』『三尺高い木の空で』という系統だ。

もう一つは、農民文学に関しての評論・批評活動である。先に挙げた『土の文学への招待』のほかに南雲の単著としては『現代文学の底流―日本農民文学入門』（オリジン出版センター、1983年）がある。小田切秀雄編、犬田卯《しげる》著『日本農民文学史』（農山漁村文化協会、1958年）に収められた「日本近代農民文学史年表（作品一覧表）」は若き日の南雲の基礎調査がもとになっている。

やはり農民文学賞を受賞した森當《あたる》（愛知県豊田市）も「農民文学」298号に「南雲さんを偲んで」を寄せた。南雲に勧められて作品を出版した思い出を書いている。農民文学会の組織を支え、書く仲間を励まし、向上させようと献身したのが南雲の人生だった。農民文学の世界の羅針盤的存在といっていいだろう。

山田への評価と後押し

山田多賀市が全国的に注目を浴びるようになったのは南雲による評価と後押しによるところが大きい。これまでにも見てきたが順を追って南雲の山田についての仕事の跡を整理してみる。

①1976年　『土とふるさとの文学全集』（家の光協会）第4巻刊行。この第4巻は南雲が編集実務を担った。そこに山田の『耕土』を収録、解説も南雲が書いた。一緒に収録された長塚節『土』、犬田卯『村に闘ふ』、和田伝『沃土』についても解説。それらの解説は前掲の『現代文学の底流』に「農民文学運動の回路」として収録されている。

②1980年　「農民文学」175号に「戦後の空白を埋めた第一次『農民文学』」を発表。これも『現代文学の底流』に収録。

③1991年　『農民文学』（昭和26～27年）の復刻版（緑蔭書房）に解説。

④2007年　信濃毎日新聞に連載した「『在所』の文学─農村文化の根を考える」の第21回に「戦後農民文学の礎　山田多賀市の見識と力量」を書いた。この連載は2007年から2008年まで51回続いた力作だが、単行本にはなっていない。

いずれも私の山田文学を訪ねる旅の大きな案内標識となってきた。これまでの紹介と重ならない範囲で各評論のエッセンスを紹介しておきたい。

①の「農民文学運動の回路」を構成する「山田多賀市『耕土』の意味」では、言論統制が強化

され、それへの便乗文学が幅をきかすなかで、それにくみしなかった山田を評価した。『耕土』の単行本刊行は１９４０（昭和15）年だった。

この『耕土』が世に出された時期は、すでに革命的立場・民主主義的立場というものはすべて徹底的に弾圧され、侵略戦争遂行のための体制が強化されていた時代であり、昭和一三年一一月にときの農林大臣有馬頼寧のきも入りで「農民文学懇話会」が結成され、多くの農民作家や文壇作家が参加して文学がいわゆる国策に引きまわされる状況が醸成されつつあった。それ以後おびただしい「農民文学」「生産文学」「開拓文学」といった肩書きつきの〝文学〟や〝時世便乗〟の〝文学〟が生み出されてくるが、この『耕土』はその渦の外にあって、それ以前の革命的文学運動がもっていた生きいきとした躍動性と活気、また、まぎれもない農民の立場、犬田卯のいうところの「最後の被搾取階級」たる農民の表現を獲得しているといえるであろう。

農民文学懇話会など昭和10年代の文学の問題点について、南雲は『現代文学の底流』の中の別項で詳しく書いている。火野葦平『麦と兵隊』、島木健作『生活の探求』がよく読まれた時代である。「昭和一〇年代の農民文学が、平野謙の指摘に見られるように、『国策文学』という枠組の中で戦争文学と並行しながら押し出されてきたところに、明治・大正の農民文学とも昭和初期とも異る『農民文学』の顔がある」と評している。

②の「戦後の空白を埋めた第一次『農民文学』」を見よう。山田が編集発行した「農民文学」を私は甲府版「農民文学」と呼んできたが、南雲はここでは第一次『農民文学』と記している。そしてこの雑誌の意義を、山田自身の記述を引用しながら次のように位置づける。

『農民文学』の創刊の意義については、「この文を今書いている私も、もとが水呑百姓の子でろくに学問もない、実は古い型の農民作家です。しかし私は一方において、農業技術専門の雑誌を作っています。また、私は青年のころから農民運動を、やってきました」と自分の立場を紹介しながら「そういう色々な実践を通して、農民のくらしや願望、また農学や文学の中から私の体得として、出た結論が『農民文学』という雑誌を作り、三千七百八十万人の農民に、喜んで受け入れられる農民文学を生む、道場とする」と書いている。（中略）この雑誌が単なる商業文芸誌ではない別の目的を持った性格の雑誌であることが控え目ながら示されている（後略）。

山田は農民とその周りの人たちの琴線に触れる文芸雑誌を目指した。だが2年間で力尽きた。その雑誌の内容と盛衰は第一部第6、7章や第二部で詳しく見てきた通りである。

③『農民文学』復刻版の解説では、大筋のことはすでに紹介済みだ。次の指摘のみを引用しておく。

一九五七年七月、長い闘病生活の末に亡くなった犬田卯は、その遺著『日本農民文学史』（農文協・刊）の末尾で、戦争中の〈農民文学懇話会〉の在り方や当時の農民文学を批判しつつ、農民文学の「正しい種子は、土中深く埋れ残っていた。そしてそれが昭和二十六年八月、月刊誌『農民文学』の創刊（甲府市、農村文化協会）となって現われる」と記している。

この見解を補足すれば、戦争中に挫折を余儀なくされた一九二〇年代からの農民文学運動の伝統を戦後に受け継ぎ、新たな展開を模索し甦らせると共に、その後の農民文学の運動、つまり日本農民文学会結成までの空白を埋め、架橋の役割を果たした雑誌として評価、位置づけられよう。

④の「山田多賀市の見識と力量」で、南雲は山田が雑誌により新人発掘に力をいれたことを特に評価した。

後に作家となった千葉治平、石橋武彦の小説、『日本農民詩史』を著す松永伍一、H氏賞を受けた真下章などの詩、さらに後年、農民文学賞を受賞する松岡智、広沢康郎、飯塚静治らの名も見える。たぶんまだ二十代であろう。

これら戦後農村青年の文学的活気を掬（すく）ってみせた山田多賀市の見識、力量は十分評価に値する。

ここに出てくる飯塚静治さんは１９３０年生まれで、神奈川県厚木市で農業に従事し、日本農民文学会会長を長年務めた。文学会長野支部の集まりに来てくださり、親しくお話しできた。このところ立て続けに著書を出した。『幾山奥』（小説集）、『環状列石』（小説集）、『詩集　青空の値』、『野良のうた』（随筆集）（いずれも市民かわら版社）である。本稿を書いているさなか２０１６年３月、飯塚の訃報が届いた。深い喪失感に襲われている。農民作家として多くの作品を残されたことがせめてもの慰めだ。

山田から南雲への手紙

前項で紹介した評論のうち③と④は山田没後の発表だが、①と②を山田は当然読んでいる。南雲からの応援にどう応えたのだろうか。

山梨県立文学館に南雲あての山田の書簡が収蔵されている。２０１６年3月24日に訪れ、見せていただいた。13点がきちっと袋に入れられ保存されている。このうち3通ははがき、そのほかの10通はすべて便箋ではなく、原稿用紙に書かれている。さすが作家である。

日付がはっきりしているものは7通で、６通は日付が分からない。６通のうち1通は消印の年だけが読めない。そのほかは切手が貼られておらずブドウを贈ったとの内容が多いから、ブドウの荷物と一緒に送られた手紙もあるのだろう。南雲からは雑誌「農民文学」が贈られ、山田から

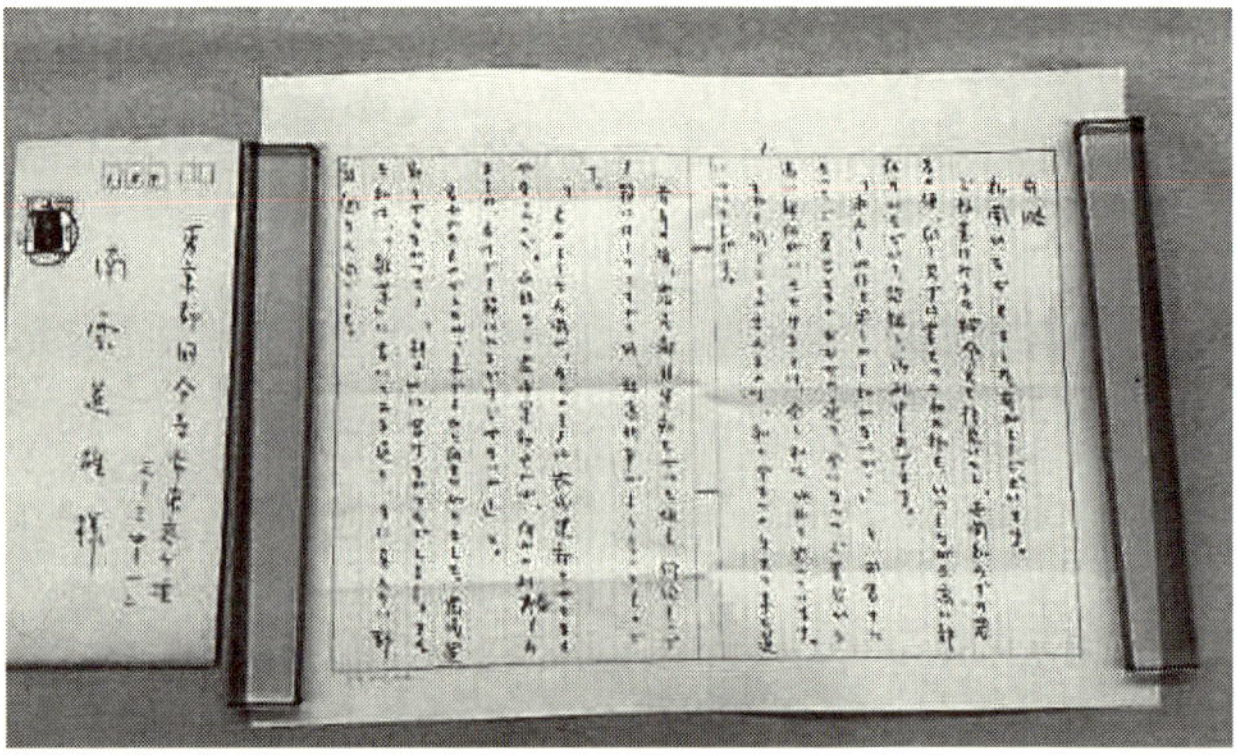

山田から南雲宛ての手紙（山梨県立文学館所蔵）

はブドウを贈る。親しい関係が築かれていた。

最も古い日付は1978（昭和53）年8月。農民文学会へ求めに応じて5万円送るという内容だ。文学会へのカンパだろうか。しばらく待ってほしいと書いている。この時の住所は甲府市朝日一丁目。

1982（昭和57）年11月。雑誌「農民文学」をもらった礼を述べながら、人生あきあきしてきたと弱音も吐いている。住所は竜王町（現甲斐市）名取。

1983（昭和58）年3月は転居通知のはがきだ。敷島町（現甲斐市）島上条金ノ宮に老妻と二人で移ったと書かれている。

1984（昭和59）年2月は、南雲が山田のことを高く評価する文を書いてくれたことに対する礼を述べている。私が未見の文章かと思われる。

1986（昭和61）年1月は、年賀状をもらったお礼のはがきだ。山田も昔文章を発表した雑誌「槐《えんじゅ》」が復刻されるとの知らせが京都から届いたことを報告している。

同年10月の手紙では、ブドウを贈ったことを知らせ、しりもちをつき、寝込んでいることも書いている。友人が山田のことを詠んだ短歌も紹介している。

１９８９（昭和64）年1月、作家仲間今川徳三宛ての年賀状も収蔵されている。住所は敷島町中下条。

１９９０（平成元）年、南雲あての最後の年賀状。「また今年も生きて居なきゃならんようです。よわったことです」。この年の9月、山田は亡くなった。

年月日が分からない書簡の中には、山田の文学碑ができる１９７７（昭和52）年より前に碑のことに触れたものもある。別の書簡には台湾からの花嫁のことを書いた短編も含まれている。

老いてからの山田は南雲に感謝し、老いの心情をかなり吐露している。これらのことから、二人がいい関係だったことが分かる。南雲は信毎連載の「『在所』の文学」の第21回で、戸籍消滅のことに触れた後で、「厄介（やっかい）で複雑な生き方をしたかにみえるが、当方と交渉のあった晩年はいたって恬淡（てんたん）、磊落（らいらく）に見えた」と書いている。

こんな交流があって、南雲は１９９１（平成3）年、山田が発行した雑誌、甲府版の「農民文学」全9冊の復刻に踏み切った。

南雲道雄さん（梁瀬重雄さん撮影・提供）

南雲道雄さん（左）と北原文雄さん（1995年）　鳴門海峡をバックに（北原文雄さん提供）

南雲道雄著『現代文学の底流』

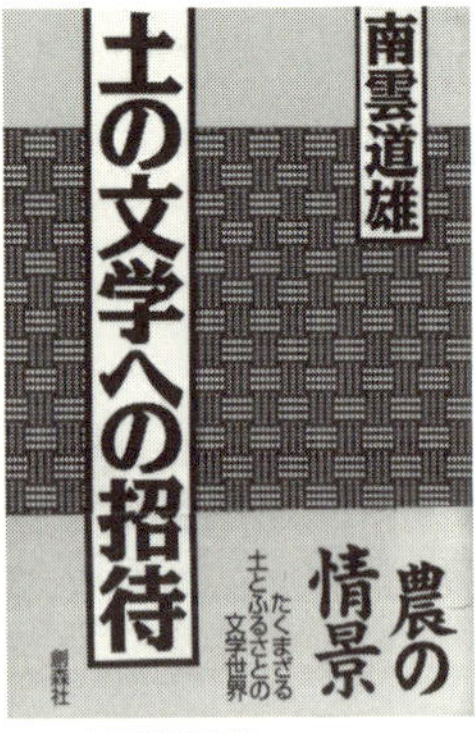

南雲道雄著『土の文学への招待』

第2章　村上林造教授の研究

山口大学の村上林造教授は1952年生まれで、高校の教員を経て現在は教育学部で教えている。近現代文学の研究者として、山田の作品『耕土』を高く評価した。南雲道雄が世に押し出した山田作品に、村上がポンと合格のスタンプを押した感じだ。研究者ならではの作品の読み方に教えられることが多い。

『耕土』覚書き

村上の「山田多賀市『耕土』覚書き」は1998（平成10）年、雑誌「あしかび」に発表された。12ページに及ぶ力作である。続編も含めて『耕土』の作品全体を論じている。

1940（昭和25）年に刊行された山梨県の一山村を舞台にした『耕土』と、戦後「農民文学」に連載された続編を通読した感想として次のように言い切る。

私はこの作品が近代日本の農民文学において特筆されるべき名作であることを確信するとと

もに、これ程の作品が殆ど世に知られていないことに改めて驚かされた。伊藤永之介、犬田卯、和田伝等、同時代の農民作家は、不遇といわれながらも、（中略＝和田は全集が刊行されるなど）それなりの評価を受けている。それらに比べれば、山田多賀市の『耕土』が、全編を単行本で読むことさえできないというのは、まったく不当というほかない。

物語は昭和11年春蚕の時期に始まり、翌12年の夏ころまでの時期を描いている。12年は日中戦争の発端となる盧溝橋事件が起きた年だ。数多くの登場人物が出てきてストーリーは多面的に展開する。私は章ごとに登場人物とあらすじをパソコンに打ち込んで、整理しながら読んだ。貧しい農家の次男・勝太郎とその恋人・富美、そして勝太郎の兄で家を継ぎ守銭奴ぶりを見せつける信吉を中心とした物語と理解している。

村上は、そのことは当然のこととして「覚書き」の後段で解説する。前段では村に押し寄せてくる新しい波の意味をとらえている。

まずは発電所建設計画と完成だ。推し進める代議士は本来一人の地主にすぎなかったが、戦時体制に傾くなかで国家権力と結びつき巨大な権力と財産を手にいれていく。

ダム建設は村人に耕地買い上げという犠牲を強いる一方で、建設作業を通じて農民に現金収入の道を開く。農民の意識も変わってゆく。

農業恐慌以来の農村の困窮を救おうという政策の一環である産業組合や負債整理組合も描かれ

る。負債整理組合により、時代がすでに地主の高利貸しによる暴利むさぼりを許さぬ段階に入っていた。それに対応できない地主・石田彦次郎は家産を傾け、天然痘にかかってあっけなく死ぬ。息子の彦英は帰郷しては母親らの猛反対を押し切って質素な葬儀を営む。新村長となり、農村改革を進める。八ヶ岳山麓の開拓事業はうまく行かず、満州移民を考える。この時代の雰囲気がよく出ている。

この作品展開の中に「明治時代以来の古いタイプの地主の没落と、世代交替に伴う新しい村の支配者の出現が誠にあざやかに捉えられている」と村上は評価する。研究者ならではの読み解きに感心させられる。時代背景が描きこまれてこそ作品は深みを増すことが分かる。

とはいえ、読ませるのは貧しい一家の切羽詰まった暮らしぶりだ。信吉の貪欲さは、そうしなければ生き抜くことができなかった、当時の農村の非人間的なまでの過酷さを反映している、と村上はいう。信吉はケチであると同時に農作業に励む「精農」でもある。このような立体的な人物造形の中にこそ『耕土』の作品としての価値が示されているという。

信吉から土地を分けてもらえぬ勝太郎の苦労は続く。子どもができて富美と結婚、八ヶ岳山麓の開墾地へ出稼ぎに行く。豪雨に遭い九死に一生を得る。勝太郎の身を案じた富美は夜中歩いて開墾地の小屋に行きつき再会する。

作品の末尾は、村人に送られて信吉が出征する風景である。戦争に対して抗い難い大きな流れができてしまっている。

作品には無理や欠点も全く見られないわけではないという。例えば、ストーリーの大きな転換点に、朝鮮に渡った人が天然痘にかかって帰国し、石田彦次郎ら多くの村人が感染して死ぬという事件を置いた。あり得ないことではないが、彦次郎らの死によって大きな世代交代が起こり、石田彦英新村長の改革が始まるというのは、少しストーリーが都合よく作られ過ぎている印象を否定できないとする。それでも農村をその時代の歴史的現実性において捉え得ており、長塚節の『土』が明治期に示した達成を昭和戦前期に受け継いだ作品として、高い文学史的位置を与えられるべきではないか、と村上は結んでいる。

『耕土』大観堂版の成立

村上の「『耕土』大観堂版の成立―雑誌初出本文と対比しつつ―」は2003（平成15）年に広島大学国語国文学会の「国文学攷」に発表された。文学作品の研究はこうした基礎的なことをしっかり調べてはじめて成り立つのだと教えられた。

論考によると、『耕土』前編は①雑誌初出（「槐《えんじゅ》」と「現代文学」に分けて1939～40＝昭和14～15年）、②大観堂版（1940＝昭和15年）、③文化山梨社版（1947＝昭和22年）、④土とふるさとの文学全集版（1976＝昭和51年）の4つの版がある。③は②を底本としているが誤植が目立つ。④は③を底本としているため、誤植の多くをそのまま引き継いでいるとする。よって著者による大きな改訂は②の大観堂版だけだ。

村上は、大観堂版と雑誌初出との比較を綿密に行っている。数多くの誤記訂正にとどまらず、内容に深くかかわる改稿も行われているという。

最も大きいのは、地主の息子・石田彦英の人物描写だという。雑誌初出では大学卒業後定職も持たないまま、ダンス教師をめざし、流行ずくめの洋服に、テカテカと油で頭をかためている。その妻は高慢さが強調されていた。大観堂版になると、彦英は会社に就職していて、妻も高慢な声楽家から、家相当なところから迎えた女性になっている。彦英の否定的イメージは大きく軽減されている。

なぜこういう改変が行われたのか。「耕土」続編で彦英は、改革派村長として活躍する。明治時代の地主制を基礎とする農村が新しい農村に転換していく過程を、日本が戦争へと突入する過程と重ねて表現している。その中心人物となる彦英の続編での活躍は、前編の大観堂版での人物像の変化なしにはあり得なかったと村上はみている。

そして続編の執筆時期は、大観堂版の改稿時期と重なるか、極めて近接していたと結論付ける。

彦英以外では、抜け目なく小銭を稼ぐブローカーの人物像をやや変えたケースもある。評論家などの批評を受け入れたためと村上は分析する。作品の版替えに伴う内容の改訂とその理由について村上の探索を読んでみて、謎解きにも似た楽しささえ私は感じた。

2000年夏、富美村を歩く

『耕土』にひかれた村上は、作品の舞台となった山梨県の富美《とみ》村（1955年合併により双葉町となり、2004年から甲斐市）を2000年に訪れた。同年から翌年にかけて、「あしかび」という雑誌に3回にわたり「二〇〇〇年・夏・富美村」を発表。現在は村上著『作品の風景を歩く』（菁柿堂、2014年）に「昭和転換期の農民　山田多賀市『耕土』―山梨県双葉町」として収録されている。

作品に描かれた場所を数多く訪ね、思いをはせている。いくつかを紹介しよう。

まず町はずれの橋。東京方面から甲府の街を過ぎて再び登り坂にかかるあたりの橋だ。腐ってしまった蚕をこの橋から捨てる人も描かれるなど、忘れがたい出来事の舞台だ。リアカーを引いて坂道を上った昭和初期の農民の苦労を村上は思いやる。みはらしのよい丘陵地の桑畑で富美と勝太郎が会うところから『耕土』は始まっている。富美の名も村の名前から取ったのだろう。丘陵の一角には山田の『耕土』文学碑が建っている。周囲は宅地化が進んでいる。

村上は釜無川の川辺も歩く。物語では発電所の建設が村人を大きく変えていく。実際にここに発電所ができたわけではないが、川辺の切り立った崖とその近くの川にある巨大な鉄とコンクリートでできた「洗堤」（堰堤）が発電所工事を自然に思い起こさせるとしている。

村の農民の運命を左右する力は都市、さしあたり甲府からやって来る。県庁、県議会議事堂、警察署、裁判所、市役所などが集まっている。『耕土』に登場するホテル「征露館」のモデルは実際にある「談露館」ではないかとみて、官庁や談露館を村上はカメラに収めている。私も習って県議会議事堂や談露館の写真を撮った。

整然とした官庁街は、貧しい農民には仰ぎ見るような権威を持つ場所で、抵抗するすべもない圧倒的なものと感じられたであろう。だが山田多賀市の目には、いかなる力も不可抗力ではなく、具体的な人間の営みの中から生み出されたものと見えていたに違いない――村上の捉え方である。そして次のように書く。

> 現代、世界は人間が制御し得ない巨大なブラックボックスとさえ感じられる、そういう時代に僕等は生きているのである。現代人は、『耕土』の農民以上に深い諦めを強いられていると

村上林造教授

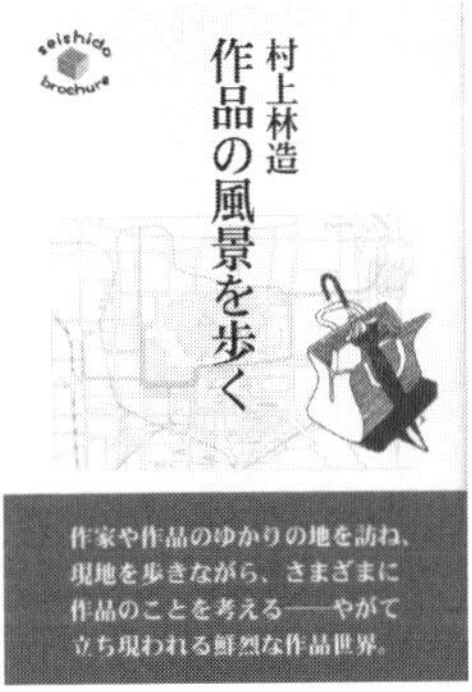

村上著
『作品の風景を歩く』

も感じられる。だが、たとえ世界がどれほど人間の手に負えない「もの」と見えようと、それを作っているのは、やはり人間一人一人の営みとそれらの取り結ぶ関係以外ではあり得ない。『耕土』は、僕等にそのことを改めて考えさせるのである。

私の知友・八木輝夫さん（長野市）は、夏目漱石や室生犀星らの作品に描かれた場所をたどり、紀行文を書き続けている。山田多賀市の作品についても、描かれた風景を楽しむ方法があることを村上教授から教わり、うれしくなった。

山田多賀市著作目録

インターネットで調べると、村上林造作成「山田多賀市著作目録」が「広島大学学術情報リポジトリ」の中にあって読むことができる。山田文学への旅をしようとする者にとって、まさに宝庫である。

この目録が最初に掲載されたのは研究誌「近代文学試論」の39号。２００１（平成13）年出版で、出版者は広島大学近代文学研究会。村上が確認し得た山田の著作を発表年代順に配列している。「小説」と「評論・随筆・その他」に大別されている。備考欄がついているのでわかりやすい。

私もこの目録を頼りに山田の著作を読んできた。村上教授のお許しを得て、この目録を本書巻末に収録させていただく。この目録以外で私が確認できたものは、補遺として載せる。優しく導いてくれる先達がおられるのはありがたいことと深く感謝している。

村上は「『土』論」で、平成10（1998）年度、第41回農民文学賞を受賞している。

山梨県議会議事堂（左）

ホテル談露館

第3章　何を学び取るか

山田多賀市の足跡をたどり、作品を読んできた。その中から私がすくい取り学んだことを整理しておきたい。「雑草の人の精神力」「反戦・非戦思想の持続」「文学で危機を乗り切る」の3項目にまとめてみる。

雑草の人の精神力

山田の人生を理解するうえでのキーワードは「雑草」である。自伝的小説の表題が『雑草』だ。その末尾には「ひどい目に逢うのは、雑草である民衆だ。今もまだ日本の政治には変わりはない」とある。

少し前のページでは「道端の雑草にもひとしい、村一番の貧乏小作人の子は、それほど粗末に扱われていたのである」と書く。これには少し説明が要る。山田のことと思われる主人公の健助は死亡診断書を偽造して故郷の村に送るが、放置される。「これが地主の子でもあるならば、役場では親元へ知らせ、書類が不備ならば、たしかめもしよう。村一番の貧乏小作人のところへなど、間違っても、そんな手数のかかることはしないはずだ」。その読みの通り、健助の死亡届は放っておかれ、多数が犠牲となった甲府の戦災で思い出され、死んだものとして戸籍が消された。

雑草のように軽んじられ踏みつけられる自分だからこそ、同じような境遇の人たちの苦しみを取り除き、役に立ちたい。これが山田の行動原理だ。戦前は若くして農民組合運動に入る。栄養失調で死んでいった弟や妹、一生を小作人として終わった父を思い、小作人を救おうとする。「正義とは貧しい者の側にたって闘うことだ」との信念からである。

戦後は農地改革で勢いを得た農民の役に立つため農業技術雑誌「農業と文化」や「農民文学」を創刊する。この事業に失敗して小さな印刷店を始めるかたわら、甲府市借家人組合長を務める。山梨時事新聞の廃刊に対しては反対運動を展開する。組合活動や反対運動ではただ働きのことも多い。

利潤追求だけが一人歩きしがちな現代である。山田の「人のためになる」という姿勢をもっと多くの人が持ちたいものだ。

山田は、自分が雑草だと意識した。だからこそ雑草のように困難に負けずたくましく生き抜いた。小学校の中途で近くの大工の家に奉公に出された後、名古屋で働く。名古屋では本を買ったり借りたりして読みまくり、学力をつける。進学しなくても勉強しようと思えばできる。それを実行した。

日本は一億総中流といわれた時代もあったが、今では格差社会になってきた。苦しい状況に追い込まれた人たちが自暴自棄にならず、山田のようにたくましく生き抜くためにも、山田の文学作品はもっと読まれてもいいと思う。

反戦・非戦思想の持続

山田の反骨ぶりが最も発揮されたのは、第一部第5章「戦争は嫌だ」のところで詳しく見てきた通り、兵役拒否の行動だ。1943（昭和18）年、召集令状が来ないように死亡診断届を偽造して故郷の信州の村へ送った。1945（昭和20）年、甲府の空襲で死んだとみなされ戸籍は消された。

不思議なことに、山田の住民票は本籍欄が「不明」のまま、残った。選挙人名簿にも載り、投票もしてきた。朝日新聞の記事によると、住民票のある当時の敷島町（現甲斐市）役場職員が「戸籍を復活しては」と足を運んだが、ささやかな反戦運動として、その勧めには応じなかったという。その後、家族が戸籍復活の申し立てを長野家裁松本支部に行い、復活が実現する予定となった。その矢先に山田は生涯を閉じた。山田は反戦・非戦の思想を生涯持ち続け、徴兵逃れを誇りにしていたといえる。

戦時中、反戦的言動は徹底して弾圧され、マスコミも戦争を美化して伝えた。戦争に抗えない仕組み、雰囲気が地域社会をも覆っていた。彼の作品「耕土」続編や『雑草』、『農民』では、本音では兵役を嫌いながら、表向きは喜んで出征しなければならない当時の仕組みを克明に描いている。自分が特高から受けた弾圧についても詳しく述べている。

『雑草』では、主人公健助が戦時中、長野の警察に呼ばれて取り調べを受ける場面を次のように描く。

「故郷へ錦ということがある。きさまは錦どころか、ブタ箱にはいりに来ている、長野県人として恥ずかしくないか！」体の割にドスの効く声で言った。

（中略）

「思想犯だぞ、きさまは！」

「そうですか。何かわけがあるのですか」

「ある。大ありだ。きさまの書いた本を、長野県の文学青年は、みんな持っているぞ」

「それは光栄です」

「この馬鹿野郎。何が光栄だ」刑事はいたけ高になって、どなりつけた。「きさまのような奴がいるから長野県の文学青年がロクなことを考えないのだ」

（中略）

健助は、こういう言葉のやりとりの中で、おおよその見当がついてきた。長野県特高課では、何かの理由で県内在住の文学者を検挙して、目下取り調べ中のようだ。おそらく、その参考人として健助はよばれているのであろう。最近、東京では、以前プロレタリア文学運動に関係した者や、進歩的な意見を持つ文化人が、理由もなしに検挙されているという噂をきいている。そういうことが比較的進歩的だといわれている地方の長野県にも及びつつあるようだ。

戦争が終わって70年以上が過ぎた。戦争の悲惨な記憶が薄れつつある。再び戦争への道を歩まないために、戦前、戦中の思想統制を今一度しっかり見つめたい。言論が統制され、本当のことが伝わらず、社会は軍部や時の政権のいうままに戦時体制へと傾斜していった。

世界の現状を見れば、テロと対テロ戦争が続いている。核拡散の脅威もある。この中でこれからも日本が非戦を守り切れるかどうか。集団的自衛権の容認やマスコミ規制の動きなど論議を深めるべき多くの問題を抱えている。

文学で危機を乗り切る

人は長い人生の中、大きな危機に陥ることもある。山田は文学作品を書くことでその危機を脱し、人生の実りへとつなげた。最初は戦前、農民組合運動の末に病気になった時だ。もう一つは戦後、出版事業で一時期成功を収めたものの、その事業に失敗した時である。

戦前の経過は自伝的小説『雑草』の中に詳しい。農民組合運動は行きづまりを見せ、主人公健助は結核にかかっていることが分かる。「生きているうちに書いておこう」と思い立ち、プロレタリア文学運動の本庄陸男らの指導を受ける。

山田多賀市の著作と集めた資料の一部

病身を養うために、村長から金を借りて養鶏場を営み、肉や卵で体力回復を図る。「俺は、小説を書こうと志さなかったら、高原の村で鶏を飼って体を直すということも考えなかった。俺のようなオッチョコチョイは、あのまま組織の中へ深入りして、結核を悪化させ、結局は何の役にも立たず、のたれ死んだことでしょう」と書く。山田は文学活動が党の支配を受けることには懐疑的だ。政治活動より文学活動を重んじる姿勢である。

文学修業が実って健助（山田）の最初の著書『耕土』は1940（昭和15）年に大観堂から刊行された。その喜びを次のように書く。差別的な表現も含まれるが、そのまま引用する。

色々ないきさつはあったけれど、とにも

角にも、健助の書いた本が、日本全国、遠く植民地までも、いっせいに売り出されたのである。小学校四年しか行けなかった、純粋の土方あがりのルンペンタコが、著書を持っているという事実は、健助のしる限り、まだ日本の歴史の中には登場していない。これを持って嚆矢とする。しかもこれは自費出版ではない、完全な商業ベースに乗った出版だ。

さらに、文学を知ったことにより、社会運動を突き放して見られるようになり、社会運動家がおちいり易い狂信的な自我から逃れられたとの趣旨も述べている。

懸命に生きる人たちのことを

戦後に目を向けよう。出版事業を閉じ落胆していた山田に再び書くように親友熊王徳平が勧めた。山田はそれに応えて作品を発表する。歴史ものや説話ものに新境地を開いた。82歳で亡くなるまで、老いの心境や変貌する農村の姿を書き続けた。すでにこれまでの章で細かく紹介した通りである。

山田の小説のうち歴史ものでは、支配者の暴挙を糾弾する作品が多い。「苛政は虎よりも猛し」という事実を小説の形で、読者の胸にしっかりと届ける。貧しい中で懸命に生きようとする人たちを描き、努力しても幸せを得られない人々の現実や社会の矛盾にも切り込んでいる。娯楽性だけを追求する作家の作品とはひと味違う。

文学は、小説に限らず、詩、短歌、俳句、随筆、日記など表現の形は多様だ。自分が行きづまり危機に直面した時、何らかの文章を書いてみる。そこから新しい展開が始まるかもしれない。私は山田の人生行路をたどってみて、そんな思いを強く持った。

山田多賀市略年譜と日本・世界の動き

この略年譜では、山田氏の活動や家族中心に記し、著作では単行本と雑誌創刊年にとどめた。雑誌発表作品の詳細については、後出の【資料1】山田多賀市著作目録及び【資料2】著作目録補遺を、あわせてご覧いただきたい。
また、日本と世界の大きな出来事も記し、戦争に翻弄された20世紀に山田氏が生きたことが分かるようにした。太字が山田氏自身の活動や家族、雑誌創刊である。

1904年　日露戦争

1905年　ポーツマス条約　日比谷焼き打ち事件

1907年　**12月　長野県南安曇郡三田村（現安曇野市）で誕生（戸籍受付では1908年2月）山田市之助・やゑ長男**

1914年　**小学校入学（その後母死亡のため、6年制小学校を4年のみ修了、中途退学）**

1914年　第1次世界大戦　翌年大戦景気始まる

1917年　ロシア革命

1918年　米騒動　シベリア出兵

1920年頃から　**12歳　近隣の農家兼大工の家に子守奉公に入り、半年ほどで追われ、名古屋の陶器工場で画工見習となる。2年足らずで故郷に帰され、瓦焼き職人の見習となる。17歳　夏瓦焼き屋を飛び出し放浪の果て、愛知県三州新川で再び瓦作りの見習となる。19歳　瓦作りをやめて土木作業に。長野県伊那谷の「飯場」で暮らし、少年期を終える**

1922年　日本農民組合結成

1923年	関東大震災
1925年	治安維持法公布
1928年頃	**伊那谷の建設現場をやめて山梨にたどり着く**
	徴兵検査　第2乙種合格（徴兵されず）。以後農民組合運動に参加
1931年	満州事変（柳条湖事件）15年戦争の始まり
1932年	**山梨の農民運動弾圧に遭う　結核罹患が分かる**
	作家・本庄陸男と知り合う　養鶏を始め、静養しながら原稿を書く
1932年	満州国建国宣言　5・15事件
1935年	美濃部達吉の天皇機関説攻撃される
1936年	2・26事件
1937年	日中戦争始まる（盧溝橋事件）
1938年	**本庄は山梨の山田宅に1カ月ほど滞在し静養**
1938年	国家総動員法公布
1939年	**本庄陸男『石狩川』出版（大観堂）まもなく本庄死去**
1939年	第2次世界大戦始まる
1940年	**山田多賀市『耕土』出版（大観堂）**
1940年	大政翼賛会発会
1941年	**7月　中込暉子さんと婚姻届、同月長男繁彦さん誕生**
1941年	12月　太平洋戦争始まる
1943年	**戦中は松根油の技師として働く**

１９４３年　小説が反戦的との理由で長野県警に検挙される。帰されるが甲府警察の一斉検挙にも遭い45日目に釈放。徴兵を免れるために、にせの死亡診断書を故郷の三田村に送る。１９４５年7月の甲府空襲で死んだとみなされ除籍

１９４５年　**次男耕治さん誕生**

１９４５年　8月　広島と長崎に原爆投下　ポツダム宣言を受け入れ敗戦　15年戦争終わる

１９４５年　農地調整法改正公布（第１次農地改革）

１９４６年　農地調整法改正・自作農創設特別措置法各公布（第２次農地改革）

１９４６年　**「文化山梨」創刊**

１９４７年　5月　日本国憲法施行

１９４８年　**新制堀金中学校建設のため当時のお金で15万円の多額寄付**

１９４９年　**「農業と文化」創刊（『農文協五十年史』と山田の「続・雑草」による）。「農業と文化」１～３号（１９４９年８～10月）は国立国会図書館にあることが判明。ただし「文化山梨」54号では１９４８年12月「農業と文化」という子を生んだとしている。食い違いの事情不明**

１９４９年　**長女真智子さん誕生**

１９５０年　朝鮮戦争

１９５１年　**甲府版「農民文学」創刊（～52年まで9号）**

１９５１年　対日平和条約・日米安全保障条約調印

１９５５年　高度成長始まる（～73年）

１９５６年　経済白書「もはや戦後ではない」

１９５８年　**事業閉鎖で土地や大邸宅（現在の南アルプス市吉田）を売り、家族だけで甲府市に出てくる**

１９６１年　農業基本法公布

１９６９年　山梨時事新聞の廃刊に反対運動
１９７１年　『雑草』出版（東邦出版社）
１９７１年　政府が米の生産調整（減反）を本格化
１９７２年　『雑草』で全線文学賞受賞
１９７３年　石油危機　トイレットペーパー騒動　高度成長終わる
１９７４年　『農民』出版（東邦出版社）
１９７６年　『土とふるさとの文学全集』第４巻に『耕土』収録
１９７７年　『耕土』文学碑建設（旧富美村＝現甲斐市の龍地）
　　　　　　『実録小説・北富士物語』出版（たいまつ社）
１９８０年　８月　旧堀金村夏期大学講座で「農民解放と農民文学に生きて」と題し講演
１９８７年　『終焉の記』出版（山梨ふるさと文庫）
１９９０年　９月　甲府市の病院で死去、満82歳
１９９１年　『農民文学　昭和26～27年』（復刻版　緑蔭書房）刊行
２０１２年　妻の暉子さん死去

三島が略年譜および日本・世界の動きを作成するにあたっては山田氏長男繁彦さんからのご教示、山田氏の著作『雑草』などのほか、以下の著作を参考にした。
橋渡良知「シリーズ安曇野の先駆者　山田多賀市」（『農の心象』所収）
文芸雑誌「全線」１９７２年４月号の山田多賀市略歴
備仲臣道『輝いて生きた人々』
山村基毅『戦争拒否　11人の日本人』
『シリーズ日本近現代史』④～⑨（岩波新書）

【資料1】山田多賀市著作目録

＊本目録は、村上林造氏（山口大学教育学部教授）の作成した著作目録に基づいているが、備考欄は採録せずに略記した。なお、詳細については、広島大学 学術リポジトリ（http://ir.lib.hiroshima-u.ac.jp/00015873）を参照願いたい。

ここに、本書に採録することをお許しいただいた原作成者の村上林造教授の多大なご協力に深く感謝を申し上げる。

〔三島利徳〕

＊　＊　＊

一、本目録は、『耕土』の作者として知られる山田多賀市（本名「多嘉市」、明治40・12・16〜平成2・9・30）の著作のうち、編者が確認し得たものを発表年代順に配列したものである。

二、記載にあたり「小説」「評論・随想・その他」に分類したが、この区別は便宜的なものである。

三、雑誌新聞等に掲載された作品の題名は、「　」で、単行本の書名は『　』で表した。

四、山田多賀市が手がけた雑誌は、「文化山梨」「農業と文化」「農政と技術」「農民文学」等であるが、これらのうち、現在復刻されて全貌が明らかなものは「農民文学」だけで、それ以外のものはなお不明な点が多い。「文化山梨」については、編者が見ることのできたのは、山梨県立図書館と山梨県立文学館所蔵のバックナンバーだけである。また、「農業と文化」と「農政と技術」はさらに散逸が激しく、編者が目にし得たのは数冊にとどまる。

五、雑誌以外にも、本目録にはなお相当の遺漏があると思われる。大方のご教示をお願いしたい。

年	小説	評論・随想・その他
昭和10年（1935）	1月「瓦職仁義」（「郷土」創刊号） 2月「狐」（「郷土」一巻二号） 5月「激浪」（「郷土」一巻三号）	5月「井戸の中の感想」（「郷土」一巻三号）

【資料1】山田多賀市著作目録

昭和11年（1936）		6月「文学の有難さ」（「山梨文化」）
昭和12年（1937）	3月「夕立雲」（「人民文庫」二巻四号）	
昭和14年（1939）	3月～昭和15年1月「耕土」一章～七章 一章（「槐」二巻三号）／二章（「槐」二巻六号）／三章（「槐」二巻七号）／四章（「槐」二巻八号）／五章（「槐」二巻九号）／六章（「現代文学」創刊号三巻一号）／七章（「現代文学」三巻二号）	8月「俺の師匠」（「槐」二巻七号）
昭和15年（1940）	3月『耕土』（大観堂）	
昭和16年（1941）	10月「生活の仁義」（「文芸復興」一巻九号）	
昭和22年（1947）	12月『耕土』（文化山梨社）	12月「全県を襲う水害をかえりみて」（「文化山梨」三二号）
昭和23年（1948）	5月「短編小説　歯車」（「文化山梨」三八号）	1月「全山梨の文化人及び読者諸君に送る」（「文化山梨」三四号） 4月「政治家と官僚への公開状―文化運動の立場から」（「文化山梨」三七号）

昭和23年（1948）	7月「犠牲」（「作家」四号）	7月「青年諸君に」（「文化山梨」四〇号） 10月「社説　教育委員選挙　教育委員会の在り方」「随想　文学者の一つの道」（「文化山梨」四三号） 11月「養豚の村を訪ねて」「農業恐慌論」（文化山梨」四四号） 12月「崩れゆく農地制度―農業恐慌論前承」（文化山梨）四五号） 12月頃農業技術雑誌「農業と文化」創刊
昭和24年（1949）	12月「短編小説　横領事件弁明の記」（「文化山梨」五四号）	2月「グラビヤ身延山久遠寺」「山梨県に於ける共産党と社会党」「ルポルタージュ富士山麓を行く」（「文化山梨」四七号） 3月「総選挙をかへりみて」（「文化山梨」四八号） 4月「山梨県から登場した二人の大臣」（「文化山梨」四九号） 6月「御嶽三柱の護り神」（「文化山梨」五〇号） 7月「盆地に育つ耕土の科学者！」（「文化山梨」五一号） 12月「堆肥（つみごえ）の化学　肥料成分の分析と性質」（「文化山梨」五四号）
昭和25年（1950）	4月「短編小説　名士」（「文化山梨」五七号）	2月「政治家と恋愛」（「文化山梨」五五号） 3月「今後の日本農民運動への感想―元農林大臣平野力三さんを想いだしながら―田中正則氏の御逝去を悼む」（「文化山梨」五六号） 4月「随筆　初夏の象」（「文化山梨」五七号）

【資料1】山田多賀市著作目録

昭和25年（1950）	10月～昭和26年1月「続編　耕土」第一章～第四章（「文化山梨」六〇号～六三号）	7月「更新の記」［巻頭言］（「文化山梨」五八号） 11月「赤色革命か自由主義反革命か」（「文化山梨」六一号）
昭和26年（1951）	9月～昭和27年2月「耕土」（続編）第一章～第六章（「農民文学」創刊号～六号）	
昭和27年（1952）		2月「短編小説について」（「無名作家」第三輯） 4月「人生何が面白い」（「農民文学」七号） 6月「農民は無知であるか」（「農民文学」八号） 8月「新たなる農民群像」第一話（「農民文学」九号）
昭和29年（1954）	11月「腰抜け」（「文化人」十七号）	
昭和30年（1955）		2月頃農業技術雑誌「農政と技術」創刊
昭和33年（1958）	2月「春日遅々として―村に電話がある家の風景」（「中央線」創刊号） 5月「女運☆男運―狸伝六禁治産の巻」（「中央線」第二号） 11月「阿蘇山系」長編第1回（第二次「中央線」創刊号）	11月〈座談会〉「地方の文学を語る」司会　山田多賀市・一瀬稔（第二次「中央線」創刊号）

昭和36年（1961）	3月「草角力」（農民文学会編『農民文学代表作集』第一集　甲陽書房）	1月「キチガイニッポン」「若さと知識」「高利貸退治を」「ゴテる町村合併」「豚と農民」「サンダル社長の国」（随筆『さんしょう魚』（山梨時事新聞社編　甲陽書房）
昭和38年（1963）		6月「本庄陸男回想」（「位置」二号）
昭和39年（1964）	11月「代償の女―奴婢の報復」（「作家」一九一号）	8月「石狩川の岸辺に立って」（「アカハタ」8月23日）
昭和40年（1965）	2月～6月「人間家畜―本朝奴婢物語」第1回～5回（「作家」一九四号～一九八号）	8月「おそい春」（「作家」二〇〇号）
昭和41年（1966）		1月「地方作家の回想―本庄陸男と武田麟太郎」（「中部文学」二号）
昭和42年（1967）	12月～昭和43年11月「雑草」第1回～第11回（「作家」二二七号～二三八号）	
昭和44年（1969）		10月「熊王文学と河鹿川」（「作家」二四九号）
昭和45年（1970）	2月「押しかけ女房―ばか話・お伽草紙」（「作家」二五三号）	6月「文学と健康」（「作家」二五七号）
昭和46年（1971）	1月「役人かたぎ―支配者は今も昔も」（「中部文学」第五号）	

【資料1】山田多賀市著作目録

昭和46年（1971）	2月『雑草』（東邦出版） 4月～5月「七〇年代」［前・後］（「作家」二六七号～二六八号） 8月～昭和47年11月「北富士物語」第1回～第10回（「作家」二七一号～二八六号）	10月「戦争を知らない若者へ」（「月刊ヤマナシ」一二号）
昭和47年（1972）		4月「授賞の感想」（「全線」第12年6月号）
昭和48年（1973）	11月～昭和49年6月「農民」第1回～第8回（「作家」二九八号～三〇五号）	
昭和49年（1974）	6月『農民』（東邦出版）	
昭和50年（1975）		8月「器用と勤勉」（「中部文学」一〇号）
昭和51年（1976）	6月『耕土』（『土とふるさとの文学全集』第四巻　家の光協会）	1月「馬肉と大きな梅の味」（「中部文学」一一号） 7月「ジッと手を見る」（「中部文学」一二号）
昭和52年（1977）	5月～9月「続・雑草―幽霊この世に生きて」第1回～第5回（「作家」三四〇号～三四四号）	1月「太いヒモ細いヒモ」（「中部文学」一三号） 11月「農民作家の日本列島改造（案）」（「作家」三四六号）

昭和52年（1977）	12月『実録小説北富士物語』（たいまつ新書29　たいまつ社）	
昭和53年（1978）		1月「長い青春—あづまのおねえちゃん」（「中部文学」一四号） 「過疎村の議員さん」（「作家」三四八号） 2月「鼻帯をかけた組合長」（「作家」三四九号） 3月「曲った道」（「作家」三五〇号） 4月「村のカギっ子たち」（「作家」三五一号） 5月「村の多額納税者」（「作家」三五二号）
昭和54年（1979）	8月「老人日記」（「作家」三六七号）	
昭和55年（1980）	6月〜8月「カラオケ村風景」第一話〜第三話（「作家」三七七号〜三七九号）	4月「甲州選挙一〇〇％—老人日記の内」（「作家」三七五号）
昭和56年（1981）		3月「おらがの嫁」（「中部文学」一五号）
昭和57年（1982）	9月「小説　護られた天皇制」（「新山梨」創刊号）	3月「この川に水たえず」（「中部文学」一六号） 10月「ムカシの話いまの話①神風が吹くという話」（「新山梨」二号） 11月「ムカシの話いまの話②うつり変りゆく男女の位置」（「新山梨」三号）

【資料1】山田多賀市著作目録

昭和57年（1982）		12月「ムカシの話いまの話③福の神の戸籍しらべ」（「新山梨」四号）
昭和58年（1983）	5月～昭和59年2月「天平群盗伝」①～⑩（「新山梨」九号～一八号）	1月「ムカシの話いまの話④天皇制の確立と民衆」（「新山梨」五号） 2月「ムカシの話いまの話⑤ああ落陽、弱小民族」（「新山梨」六号） 3月「ムカシの話いまの話⑥小荒間の裸男と耶馬台国の女王」（「新山梨」七号） 4月「ムカシの話いまの話最終回　娘の読んだ昔の話」（「新山梨」八号）
昭和59年（1984）	12月翻案小説「平安庶民太平記―「今昔物語」巻二八話より」（「新山梨」二八号）	4月「対談・山梨の文化を語る」（「新山梨」二〇号） 5月「ある農民作家の手記」（「新山梨」二一号） 8月「文学館構想批判によせて」（「新山梨」二四号） 10月「奇人・川柳作家清水狂亭」（「新山梨」二六号）
昭和60年（1985）	2月「まぼろしの花嫁」（「新山梨」三〇号）	8月「幻想を追って―ある三神弘論」（「新山梨」三六号）
昭和61年（1986）	12月～昭和62年11月「ベッドタウンにサクランボの熟す丘」①～⑫（「新山梨」五二号～六三号）	

昭和62年（1987）	12月～昭和63年1月 **「押しかけ女房」前編・後編**（「新山梨」六四号・六五号）	9月**『終焉の記』**（「山梨ふるさと文庫」）
昭和63年（1988）	2月～3月**「奈良朝しぐれ」前・後**（「新山梨」六六号・六七号） 5月**「翻案万葉庶民伝①今昔物語巷説抜書控　都の美女と田舎の若ざむらい」**（「新山梨」六九号） 6月**「翻案万葉庶民伝②今昔物語巷説抜書控　竜肝姫」**（「新山梨」七〇号） 12月**「翻案万葉庶民伝⑤今昔物語巷説抜書控　大毘舎那仏」**（「新山梨」七六号） ＊⑤は③の誤記と思われる。	
平成1年（1989）	5月**「翻案万葉庶民伝③今昔物語巷説抜書控　潮の流れ」**（「新山梨」八一号） ＊③は④の誤記と思われる。 6月～平成2年6月 **「天下の美食・日本の米のメシ物語」**①～⑫（「新山梨」八二号～九四号）	
平成2年（1990）		12月**「遺稿　私の死亡直前にあたり書き残しておきたいこと」**（「新山梨」一〇〇号）

［付記］資料収集にあたっては、山田暉子氏、一瀬稔氏、備仲臣道氏、山梨県立文学館、山梨県立図書館、甲府市立図書館、名古屋市立図書館のご協力を得ることができた。厚くお礼を申し上げる。

（以上、村上林造記）

【資料2】山田多賀市著作目録補遺

村上林造教授作成の精緻な著作目録に載っている以外で、三島が確認することができた著作をここに掲げる。この補遺を作るにあたっては澤登昭文さんらの協力を得た。村上氏の目録とこの補遺のほかに山田の著作をご存じの方がおられたらご教示をお願いしたい。

年	
昭和10年(1935)	4月「雑感」(「青空」8号)
昭和12年(1937)	1月「生活雑記」(「青空」13号) 7月「新版農村風土記―山梨県の巻」(「人民文庫」)
昭和15年(1940)	11月 川手秀一の小説『財迷記』の新刊紹介(「甲州倶楽部」)
昭和17年(1942)	10月「闇取引聴書の事」(「中部文学」第10輯)
昭和23年(1948)	2月「近代女性美探求の意義」、ルポルタージュ「山梨県議会議長室訪問記」(「文化山梨」三五号) 8月 小説審査評(熊王徳平と共に)(「文化山梨」四一号)
昭和24年(1949)	1月「敗戦五年目 青年の行くべき道」(「文化山梨」四六号」 9月「戦後共産党員の在り方」、「河口湖上祭 水の犠牲者に捧ぐ」(「文化山梨」五三号) 8月「農業と文化」1号 9月「農業と文化」2号 10月「農業と文化」3号

昭和25年（1950）	2月「私信の形で山梨県議会へ」（「文化山梨」五五号） 3月 短篇小説「渓谷」（「文化山梨」五六号） 3月 長編小説「盆地の風雪」連載第七回（「農業と文化」8号） 4月 長編小説「盆地の風雪」連載第八回（「農業と文化」9号） 5月 長編小説「盆地の風雪」連載第九回（「農業と文化」10号） 6月 長編小説「盆地の風雪」連載第十回（「農業と文化」11号） 7月 長編小説「盆地の風雪」連載第十一回・完（「農業と文化」12号） ＊以後昭和26年2月の「農業と文化」19号まで毎号、山田が編集後記を書いている。 8月 短編小説「湯香」（「文化山梨」五九号）
昭和26年（1951）	1月「新年の感想」と編集後記（「農業と文化」18号） 4月 編集後記（「農業と文化」21号）
昭和27年（1952）	4月 吉岡金市との対談「稲の生理と直播農法」と編集後記（「農業と文化」33号）
昭和50年（1975）	5月「うんこ色人生」（「鵜」四号） 9月「熊王徳平の文学碑」（「鵜」五号）
昭和52年（1977）	4月「文芸随筆その1　大学ボケ」（「甲州人人《じんじん》」5月号。「甲州人人」は甲府市の山梨タイムズ発行） 5月「文芸随筆その2　煙草のけむり」（「甲州人人」6月号） 6月「文芸随筆その3　ミタミタ人形」（「甲州人人」7月号） 7月「文芸随筆その4　乳と蜜の流れる国土」（「甲州人人」8月号） 9月「文芸随筆その5　哺乳動物」（「甲州人人」9、10月合併号） 11月「文芸随筆その6　小説作家の限界」（「甲州人人」11月号） 12月「文芸随筆その7　味噌汁の味」（「甲州人人」12月号）

【資料２】山田多賀市著作目録補遺

昭和53年 （1978）	2月「山田多賀市の苦言・提言簿　日本列島改造案？」（「甲州人人」２月号） 3月「農民作家の描く日本地図」投稿（「月刊社会党」） 8月「山田多賀市の苦言・提言簿　知事の文化政策」（「甲州人人」８月号） 9月「山田多賀市の苦言・提言簿　荒地に楼閣」（「甲州人人」９月号） 10月「山田多賀市の苦言・提言簿　県の指導要領」（「甲州人人」10月号）
昭和60年 （1985）	9月「武家と聖人」（月刊「豊談」九月号。「豊談」は北海道旭川市の旭川・豊談クラブ発行） 12月「色即是空―ある三上弘論」（月刊「豊談」十二月号）
昭和61年 （1986）	9月「終焉《しゅうえん》の記　第1回　一　大正デモクラシー」（月刊「豊談」九月号）。 ＊この連載は「社会派作家の血みどろ自分史」と銘打たれている。 10月「終焉の記　第2回　二　女房と子供たち」（月刊「豊談」十月号） 11月「終焉の記　第3回　三　ナガツカ節《ぶし》ってどんな唄」（月刊「豊談」十一月号） 12月「終焉の記　第4回　四　ブス的、的、的ブス」（月刊「豊談」十二月号）
昭和62年 （1987）	1月「終焉の記　第5回　五　おふくろの炊《た》いた飯《めし》」（月刊「豊談」一月号） 2月「終焉の記　最終回　六　サラリーマンの犬《いぬ》」（月刊「豊談」二月号） ＊この連載は『終焉の記』として１９８７年に山梨ふるさと文庫から刊行された。

＊以下の３作品について、追記しておく。

昭和31（１９５６）年　8月「農村の機械化の問題」（「農民文学」６号）

昭和34（１９５９）年　7月「人間寄進」（「農民文学」17号）

昭和35（１９６０）年　4月「山の伝説―山の幸」（「農民文学」21号）

参考文献

掲載は単行本と一部ホームページのアドレスにとどめ、山田作品を収めた雑誌については著作目録に譲った。発行年は入手した本が刷られた年とした。各部にわたって参考にした文献も多いが、掲載は初出あるいは最も多く参考にした部のところだけにした。

◇山田多賀市の著書及び作品を収録している単行本

『土とふるさとの文学全集』4（家の光協会　1976年。『耕土』を収録）
『雑草』（東邦出版社　1971年）
『農民』（東邦出版社　1974年）
『実録小説・北富士物語』（たいまつ新書　1977年）
『終焉の記』（山梨ふるさと文庫　1987年）
『農民文学　昭和26〜27年』（復刻版　緑蔭書房　1991年）

◇まえがき

マルク・ブロック『新版　歴史のための弁明―歴史家の仕事』（松村剛訳　岩波書店　2014年）
マルク・ブロック『フランス農村史の基本性格』（河野健二ほか訳　創文社　1967年）
二宮宏之『マルク・ブロックを読む』（岩波書店　2005年）
安曇野市ホームページ・安曇野市ゆかりの先人たち
https://www.city.azumino.nagano.jp/site/yukari/

◇第一部

芭蕉『おくのほそ道』（萩原恭男校注　ワイド版岩波文庫　2005年）

橋渡良知『農の心象』（私家版　２０１１年）
橋渡良知「臼井吉見と山田多賀市─共通と相違」（堀金村母親文庫文集　１９８９年）
臼井吉見『安曇野』全５巻（ちくま文庫　１９８７年）
『堀金村誌下巻（近現代・民俗）』（堀金村誌編纂委員会編、堀金村誌刊行会　１９９２年）
『山梨の農民文学』（特設展のパンフ　山梨県立文学館編刊　２００３年）
島利栄子『ときを刻む信濃の女』（郷土出版社　１９９５年）
島利栄子『日記拝見！』（博文館新社　２００２年）
葉山嘉樹『海に生くる人々』（改造社　１９２６年）
日本文学全集44『葉山嘉樹　黒島伝治　伊藤永之介』（集英社　１９８２年）
日本プロレタリア文学集８『葉山嘉樹集』（新日本出版社　１９８４年）
浅田隆『葉山嘉樹論─「海に生くる人々」をめぐって』（桜楓社　１９７８年）
浅田隆『葉山嘉樹　文学的抵抗の軌跡』（翰林書房　１９９５年）
広野八郎『葉山嘉樹・私史』（たいまつ社　１９８０年）
原健一『葉山嘉樹への旅』（かもがわ出版　２００９年）
『葉山嘉樹日記』（筑摩書房　１９７１年）
『葉山嘉樹短編小説選集』（郷土出版社　１９９７年）
山梨県立文学館　蔵書検索・山田多賀市の項目
　http://apl.bungakukan.pref.yamanashi.jp/opac/wopc/pc/pages/SearchResultList.jsp
本庄陸男『石狩川』（上下巻　角川文庫　１９５３年）
『本庄陸男全集』（第１巻～５巻　影書房　１９９３～99年。第６巻は未刊に終わった）
『本庄陸男　その人と作品』（文学碑「石狩川」建立委員会発行　１９６４年）

『本庄陸男遺稿集』（北書房　１９６４年）
布野栄一『本庄陸男の研究』（桜楓社　１９７２年）
池田寿夫『日本プロレタリア文学運動の再認識』（三一書房　１９７１年）
『北海道文学の系譜』（北海道大学放送教育委員会編　北大図書刊行会＝現北大出版会　１９８４年）
川瀬清『森からのおくりもの』（北大図書刊行会　１９９４年）
佐藤謙『北海道高山植生誌』（北大出版会　２００７年）
深瀬忠一ほか編著『平和憲法の確保と新生』（北大出版会　２００８年）
村井貴史著『バッタ・コオロギ・キリギリス鳴き声図鑑』（北大出版会　２０１５年）
中国の名詩5『漂泊の詩人　杜甫』（平凡社　１９８３年）
半藤一利『いま戦争と平和を語る』（日本経済新聞出版社　２０１０年）
半藤一利『B面昭和史　1926▼1945』（平凡社　２０１６年）
備仲臣道『輝いて生きた人々』（山梨ふるさと文庫　１９９６年）
『山梨の文学』（山梨日日新聞社編・刊　２００１年）
『山梨の作家―やまなし文学散歩②』（毎日新聞社甲府支局編　山梨ふるさと文庫　１９９５年）
小高賢『現代短歌作法』（新書館　２００６年）
山村基毅『戦争拒否　11人の日本人』（晶文社　１９８８年）
『丸谷才一全集』第2巻（文芸春秋　２０１４年。「笹まくら」を収載）
『丸谷才一全集』第9巻（文芸春秋　２０１３年。「兵役忌避者としての夏目漱石」を収載）
コレクション戦争と文学13『死者たちの語り』（集英社　２０１１年。夏目漱石「趣味の遺伝」を収載）
『竹内浩三集』（藤原書店　２００６年）
『竹内浩三全作品集』（全1巻　藤原書店　２００２年）

阿部知二『良心的兵役拒否の思想』（岩波新書　1969年）
大江志乃夫『徴兵制』（岩波新書　1981年）
中馬清福『考　混迷の時代と新聞』『考Ⅱ　危機の政治と新聞』『考Ⅲ　転機を迫られる世界と新聞』『考Ⅳ　未来への選択と新聞』（信濃毎日新聞社　2007、2009、2011、2014年）
『信濃毎日新聞に見る一一〇年　昭和編』（同新聞社編・刊　1983年）
河合悦三『農村の生活―農地改革前後』（岩波新書　1957年）
竹前栄治『占領と戦後改革』（岩波ブックレット　2003年）
増田れい子『母　住井すゑ』（海竜社　1998年）
犬田卯・住井すゑ『愛といのちと』（講談社　1957年、後に新潮文庫　1989年）
住井すゑ『牛久沼のほとり』（暮しの手帖社　1983年）
住井すゑ「八十歳の宣言」（人文書院　1984年）
北条常久『橋のない川　住井すゑの生涯』（風濤社　2003年）
安藤義道『犬田卯の思想と文学』（筑波書林ふるさと文庫　1979年）
小田切秀雄編・犬田卯著『日本農民文学史』（農山村漁村文化協会　1958年）
住井すゑ『向い風』（講談社　1958年、新潮文庫　1983年）
松永伍一『日本農民詩史』（全5巻　法政大学出版局　1967～70年）

◇第二部

山梨時事新聞社編『随筆さんしょう魚』（甲陽書房　1961年）
近藤康男編著『農文協五十年史』（農山漁村文化協会　1990年）
原田勉『評伝岩渕直助』（農山漁村文化協会　1995年）
熊王徳平『甲府盆地』（家の光協会　1977年）

熊王徳平『狐と狸　甲府商人行状記』（東邦出版社　1970年）
『池田満寿夫　愛のありか』（池田満寿夫作品・文　佐藤陽子編　二玄社　2002年）
原田重三「『作家』に関わった山梨の文人たち」（季刊作家社　2005年）

◇第三部

『谷崎潤一郎全集』普及版（全28巻　中央公論社　1972～75年。「瘋癲老人日記」は第19巻に収録）
中村真一郎『死という未知なもの』（筑摩書房　1998年）
中村真一郎『火の山の物語―わが回想の軽井沢』（筑摩書房　1988年）
山崎剛太郎『薔薇の柩　付・異国拾遺』（水声社　2013年）
備仲臣道『内田百閒文学散歩』（皓星社　2013年）
備仲臣道『蘇る朝鮮文化』（明石書店　1993年）
備仲臣道『高句麗残照―積石塚古墳の謎』（批評社　2002年）
備仲臣道『美は乱調にあり、生は無頼にあり　幻の画家竹中英太郎の生涯』（批評社　2007年）
備仲臣道『司馬遼太郎と朝鮮』（批評社　2008年）
備仲臣道『坂本龍馬と朝鮮』（かもがわ出版　2010年）
春原昭彦『日本新聞通史　四訂版　1861年―2000年』（新泉社　2003年）
備仲臣道『読む辞典　内田百閒我樂多箱』（皓星社　2012年）
備仲臣道『内田百閒　百鬼園伝説』（皓星社　2015年）
『内田百閒文学賞　随筆部門入選作品集』（岡山県郷土文化財団　2002年）
山中敏史・佐藤興治『古代の役所』（岩波書店　1985年）
山中敏史『古代地方官衙遺跡の研究』（塙書房　1994年）
伊藤博「萬葉集釋注」（全10巻　集英社文庫　2005年）

『ながさき原爆の記録』（長崎市　２０１１年）
『長崎原爆資料館　資料館見学・被爆地めぐり「平和学習」の手引書』（公益財団法人長崎平和推進協会　２００９年）
深沢七郎『楢山節考』（新潮文庫　１９８０年28刷）
深沢七郎『笛吹川』（新潮文庫　１９７４年13刷）
『深沢七郎の文学』（山梨県立文学館企画展の冊子　２０１１年）
『現代病の周辺』（信濃毎日新聞社編・刊　１９８２年）
深沢七郎『ちょっと一服、冥土の道草。』（文芸春秋　１９８３年）
深沢七郎『秘戯』（夢屋書店　１９７９年）
深沢七郎『みちのくの人形たち』（中央公論社　１９８０年）
深沢七郎『夢辞典』（文芸春秋　１９８７年）
小塩節『樅と欅の木の下で』（青娥書房　２０１５年）
小塩節『木々を渡る風』（新潮社　１９９８年）
トーマス・マン『ヨセフとその兄弟』（望月市恵・小塩節訳　全3巻　１９８５～88年）

◇**第四部**

南雲道雄『土の文学への招待』（創森社　２００１年）
南雲道雄『現代文学の底流―日本農民文学入門』（オリジン出版センター　１９８３年）
南雲道雄『百姓烈伝』（たいまつ新書　１９７７年）
南雲道雄『「山芋」の少年詩人・大関松三郎の四季』（社会思想社　１９９４年）
南雲道雄『三尺高い木の空で』（越書房　１９７９年）
南雲道雄『こころのふるさと良寛』（平凡社　２００５年）
飯塚静治『幾山奥』（市民かわら版社　２０１４年）

飯塚静治『環状列石』（市民かわら版社　２０１４年）
飯塚静治『詩集　青空の値』（市民かわら版社　２０１５年）
飯塚静治『野良のうた』（市民かわら版社　２０１５年）
村上林造『作品の風景を歩く』（菁柿堂　２０１４年）
村上林造『土の文学【長塚節・芥川龍之介】』（翰林書房　１９９７年）
村上林造『高校生のいる風景―行事・授業・読書会』（菁柿堂　２００７年）

◇付論

各作家の著作は本文で詳述しているので、この巻末参考文献では省略した。

◇あとがき

『内山節著作集』（全15巻　農文協　２０１４～15年）
巻編成は、①労働過程論ノート　②山里の釣りから　③戦後日本の労働過程　④哲学の冒険　⑤自然と労働　⑥自然と人間の哲学　⑦続・哲学の冒険　⑧戦後思想の旅から　⑨時間についての十二章　⑩森にかよう道　⑪子どもたちの時間　⑫貨幣の思想史　⑬里の在処　⑭戦争という仕事　⑮増補　共同体の基礎理論。
木村芳夫『女房の顔』（日本農民文学会　１９９３年）
木村芳夫『溜井《りゅうせい》の風―代官岡上景能切腹の謎』（近代文芸社　１９９６年）
山﨑千枝子・野中進選『若人の四季―大学生の俳句百選』（東京農大出版会　２００４年）

［付論］

農民文学への熱い思い（現代的展開）

山田多賀市が亡くなったのは１９９０（平成２）年。それ以後も、日本各地で作家たちは農業や農村をテーマに文学作品を書き続け、多様な展開を見せている。荒廃する農地、食い荒らされる自然、都市と農村の格差、農業青年の結婚難、限界集落といった暗い側面もあれば、田舎暮らしの楽しさ、人間性回復、新たな農業への挑戦や連帯の輪などプラス志向の作品も見られる。それらを概観しておきたい。

戦後50年、それぞれの視野とその後

新聞記者にとって、勤めを終えて手元に残る宝は自分で書いた記事、自分で編集したページのスクラップ帳である。戦後50年の１９９５（平成７）年、私は信濃毎日新聞文化部のデスクだった。50年の意味を問う企画の一つに「農民文学　それぞれの視野」がある。９人の作家に、随筆、評論の形で近況や課題を書いていただいた。９人の寄稿を紹介する。

〈　〉の中の太字は寄稿に付けた見出しである。その後の冒頭1段落は記事中の寄稿時点での略歴引用。これに続けて【寄稿概略】を示した。その後1行空けてから各作家の最近の動きをフ

ォローした。

◇一ノ瀬綾（茨城県八郷町＝現石岡市）

〈出会いのなかから　映画「米」に受けた衝撃　自分の出発点再確認〉

1932年小県郡武石村生まれ。1968年「春の終り」で第12回農民文学賞。ほかに『黄の花』（田村俊子賞）、『それぞれの愛』、『幻の碧き湖』。茨城県八郷町在住。

その後武石村は上田市、八郷町は石岡市となっている。一ノ瀬は、故郷から東京に出て東京からこの町に越してきていた。現在は長野県佐久市に住んでいる。

【寄稿概略】人々との触れ合いの中で、八郷町は映画「米」（今井正監督）のロケ地であることを知る。「米」が封切られたのは昭和32（1957）年。当時一ノ瀬は郷里の村での生き方に挫折して、親の望む見合結婚でもするか、自立を目指して家を捨てるか思いつめていた。その時見た「米」は半農半漁の暮らしを描き、暗く重かった。半面、関東平野につらなる霞ヶ浦湖畔の映像風景は自由にのびのびと映った。あんな広い天地で生きてみたいと思い、翌々年、自立のため家を出たのだという。

八郷町で身近な農村問題を見つめることで、中断してきた自分の農民文学に橋をかけたい、と結んでいる。

農民文学賞受賞作「春の終り」は『黄の花』（創樹社、1976年）に収められている。この本の「跋」で文芸評論家の久保田正文は「春の終り」について、次のように述べる。むかしは地主と小作人の対立が農民文学の大きなテーマだったが、農地解放によって表面的には姿を消した。高度経済成長の波が農村にも押し寄せた。古い農民文学のもう一つのテーマ嫁・姑問題も、まったく変化した世代関係を理解したうえでなければ文学の主題とはなり得ない。そんな中で一ノ瀬の「春の終り」は久保田が待っていた戦後の新しい作品の新しい芽だと評価する。

この作品は農村の男女二組の生き方、考え方を浮かび上がらせている。久江は結婚により大家族の農家の世話を押し付けようとする恋人に落胆して別れ、東京に出てゆく。敏子は、交際相手が自分では役場に勤めに出て農業を敏子に任せようとすることに失望し、別れを決意する。我慢して農家の嫁になるのではない新しい女性の生き方に、私も感動を覚えた。

その後、一ノ瀬は『家族のゆくえ』（風濤社、2001年）、『ひとりを生きる』（同社、2004年）を上梓した。「黄の花」は『戦争と文学　14　女性たちの戦争』（集英社、2012年）に収録されている。

◇**北原文雄**（兵庫県洲本市）

〈韓国を旅して　山盛り十数種類の料理　豊かな食　健全な農業〉

1945年生まれ。「田植え舞」でことし（1995年）第38回農民文学賞（第1章で紹介した）。

ほかに『島の構図』『スケッチ・ノート』など。文芸淡路同人会代表。洲本高校教諭。

【寄稿概略】掲載の旅行記は、淡路島に住み「裸の捕虜」で第15回農民文学賞を受けた鄭承博の故郷である韓国・安東市などを訪ねた時のものである。鄭の甥に案内され、料理を楽しみ、農業の様子を見てきた。自家製の料理が多いことに驚き、日本の食事の貧弱さを感じたという。果物、野菜、薬草などが多彩に作られ、市場経済に翻弄される産地型単一作物栽培ではないことに感動している。

この旅行記が書かれてからもう20年がたった。韓国の農業はどう変わったのか、変わらないのか知りたくなってきた。

北原のその後の作家活動は目覚ましい。長編小説『島の春』（武蔵野書房、2000年）、エッセイ集『島からの手紙』（松香堂FSS、2001年）、小説集『葬送』（編集工房ノア、2005年）、エッセイ集『島で生きる』（教育出版センター、2006年）、講話集『伝えておきたいこと』（教育出版センター、2007年）など数多い。

「淡路島文学」の編集、発行もしており、これまでに11号を数えた。農業と地域に根差しつつ、広く社会と世界に目を向けている。文学仲間を大切にする人付き合いの良さにしばしば感嘆させられる。

◇小林英文（長野県佐久市）
〈父と子　若く灰色の日々に　一度激しい衝突…〉

１９２８年生まれ。高校・中学教員を経て１９５２年から農業。「別れ作」で第19回農民文学賞。作品集に『コスモスの村』。

【寄稿概略】自分が父と激しく衝突した体験を書いている。小林は大学受験に失敗して浪人中。ムラの議員になろうとして、票の行方ばかり気にする父をからかい、父が激怒。互いに口をきき合わない中になる。そんな中、牛が暴れて小林に突進する。見ていた父が夢中で駆けつけ、牛を取り押さえ、小林を救う。父は牛を太い棒で泣きながら叩く。やがて牛は売られていく。子牛の時から大事にこの牛を育てた母は「馬鹿だな。角なんかかけるから」と涙声で言った。

対立していても子を助ける父の姿を読んで私も心打たれた。

『コスモスの村』（郷土出版社、１９８９年）は表題作のほか「別れ作」、「雑魚《ざっこ》」、「夜水」、「父の肖像」を収めている。「コスモスの村」では、農業をしながら学費を送り大学を出した息子が東京で結婚し世帯を持つと言う。生まれ育った家や田畑はどうするのか。田畑は売り払い、家は別荘に使えばいいと言う。農家を継いでもらえない苦しみは多くの農家に共通している。それを小林は描き切った。

出版元の郷土出版社は松本市にあり、社長はこの時点では高橋将人さん。その後経営者は神津良子さんに代わったが、地域に根差した良い本をたくさん出してきた。40年にわたる歴史に幕をおろすとの新聞記事が2016年2月に出た。寂しさに襲われる。

小林は2001年には『鎌』（郷土出版社）を刊行。2014年に亡くなった。

◇**山崎人功《ひとのり》**（長野県明科町＝現安曇野市）
〈**耕さなくなった人々 「俺は一体何者だろう」 機械化で心までも…**〉

1929年、東京生まれ。両親の故郷・東筑摩郡明科町に疎開、定住。「檻の里」で第30回農民文学賞。著書に『影絵』、『土の声』、『水の夢』。

明科町は現在は安曇野市。

【寄稿概略】農業を支えているのは石油製品と電気と機械であり、経済の法則と工業の論理が個々の農家から社会全体までを支配しているとの認識を示す。一方で人間らしい生き方を求めて脱サラして有機栽培に取り組み、消費者グループと手を結んで信頼関係を築きつつある友人の言葉も紹介する。「土を耕すことは、即ち心を耕すことなんですね」。

結びで山崎は「農民文学の現場は複雑化するばかりで、落ち着く先は見定め難いが、都市対農村の次元を超えた新しい人間像が生まれつつあることは確かだし、悲観と楽観の混沌の中から何か薄明るいものが見えてきそうな予感がしないでもない」と述べる。

その後の山崎は多くの著書を送り出す。『牡丹の夢』（郷土出版社、２００５年）は松本の礎を築いた小笠原三代を描く歴史小説。『天守の声』（同社、２００７年）は戦国の武将石川数正・康長父子の物語で、松本城天守築造の偉業と改易配流の悲劇を描いている。土に生きる人々の平安を願う生き方を描く小説集『長き旅の果てに』（文芸社、２００８年）もある。

◇武田雄一郎（長野市）

〈食糧危機はくるか　人口急増環境変化…　農政21世紀見据えて〉

１９２３年生まれ。本名滝沢一雄。元高校教員。現在、農業。信州文芸誌協会副会長、長野ペンクラブ会長。「陸の孤島」で第25回農民文学賞受賞。主な著書に『消えた蜜蜂』『陸の孤島』など。

【寄稿概略】　食糧危機をもたらす要因として三つを挙げる。①耕土（表土）の流亡（米国など）、②塩害（塩分を含んだ地下水が毛細管引力により地上に上昇し作物を枯死させる）、③地球の温暖化。次のような警告はいま一層重みを増す。「現在、国内ではコメ余りの状態が依然続いており、かつ海外からも輸入が義務づけられ年々増加するようだ。このようではやがて日本国は無農国となる可能性が大きい。食糧危機が到来した時、泣きべそをかかない長期的な農政を望む者だ」。

武田は２００９年に逝去した。

◇小田切芳郎（長野県飯山市）
〈谷間の村から　よみがえる集落の田に　飢饉と生きた祖先の姿〉

1947年生まれ。小説「秋風」で第35回農民文学賞を受賞。中学校国語教諭を経て現在会社員（兼業農家）。長野ペンクラブ会員。「層」同人。著書に『秋風』。

【寄稿概略】天保の大飢饉には千曲川の谷間に沿った小田切の祖先の村も襲われた。口減らしのため赤ん坊を淵に投げ込もうとして、無邪気に笑い声をたてる赤ん坊を殺すにしのびないので家へ連れ帰ったという話を紹介する。私たちの祖先が圧倒的に長い時間を飢えとともに生きてきた事実を挙げ、今の日本では当たり前になっている暖衣飽食が世界的に見た場合むしろ例外なのだという指摘も忘れてはならないとする。

「嫁飢饉」（結婚難）も深刻だ。一方では農業に打ち込み、協力的な配偶者を得ている青壮年もいる。その生き方を探る中から結婚難解消の糸口が見えるのではと期待する。

小田切はその後『雪崩の谷』（信毎書籍出版センター、2010年）を刊行。積雪に閉ざされた小さな中学校を舞台に繰り広げられる出会いと別れを描いている。

◇中沢正弘（長野市）
〈友人Qの嘆き…　命を育むはずの職業　次代への展望開けず〉

1933年生まれ。農業。「風に訊く日々」で第32回農民文学賞受賞。著書に短編集『虚ろな夏』など。

【寄稿概略】寄稿文は、農業に励む友人Qが語る農業後継者問題である。Qの息子は大学を出て都会で公務員になっている。伯父に聞かれて、農業を継ぐつもりはないと言う。息子の言葉は「伯父さんは退職されたときに千万単位の退職金を貰っていると思うけど、同じ一生かけて働いてきても、家の父や母には全くそうしたものはない」。中沢自身の結びは「大自然の中で生命を育み、そして、その中で自身の蘇生する農業という家業職業を、いま次代へ受け渡す混迷は深い」。

その後中沢は『霧立村にて』（邑書林、2000年）、農民文学受賞作を含む作品集『風に訊く日々』（二人舎、2008年）を刊行。

2016年に出版された小説『限界集落　七窪に吹く風』（柏企画）は、今の時代状況をえぐり出した。人口減少と高齢化により、集落機能の維持が困難になっている「限界集落」の問題を扱った。この集落に住む純吉爺さんが主人公だ。都内の年越し派遣村へコメを持参し、炊き出しに並ぶ人たちに七窪への移住を呼びかける。これは成功しなかったが宿のおかみさんの紹介で、リストラされた誠二一家が移住してくる。誠二はヤギやアンゴラウサギを飼う。誠二の働きかけで七窪産の「深山の清流米」がデパートに並ぶようになる。

このほか、夫の暴力が原因で離婚した子連れの女性や、受験に失敗して引きこもりになった青年なども集落に来て住む。物語の最後の部分では、純吉爺さんが山持ちの豊の相談に乗る。山を買いたいという話が中国の企業から豊に持ち込まれた。きれいな水を欲しがっているのだ。売らずに20年契約で貸すことにし、ペット詰めの作業所は地元に置くことを条件にする。

中沢のこの作品は、限界集落の厳しい現実を書きながら、希望の芽も探っている。

なお、残念なことに、中沢さんは２０１６年6月28日に亡くなられた。ご冥福をお祈り申し上げます。

◇**佐藤藤三郎**《とうざぶろう》（山形県上山市）

〈青春のふるさと信濃　農家のくらしかえる「のり子」心から離れず〉

１９３５年生まれ。炭やき、養蚕、酪農、肉牛などを手がけ、自由化の波に洗われて、息子は教員となり同居、兼業農家に。文筆で生業を補助、著書は『25歳になりました』、『底流からの証言』、『〝村〟の腹立ち日記』、『まぼろしの村（1〜5）』、『私が農業をやめない理由』など20冊ぐらい。

【寄稿概略】「のり子」は別の作家の作品に出てくる女性で、新しい農業や農家生活の改良に取り組む男性を心身共に支える存在だ。佐藤が青年団活動や青年学級に奔走したのは、のり子を探し求めるためだったという。長野県内をよく訪れ、飯山市や下伊那郡喬木村などで講演している。喬木村では、イチゴ狩りと椋鳩十記念館を組み合わせて観光客誘致に取り組む姿に感動する。

「いちごにかける村民の思いは、私の胸にはあの日ののり子を思い浮かばせた」と書く。

農民文学をやっている人は話題も豊富だ。この人たちを招いて話を聞き、交流を深める取り組みが全国に広がってほしいと私は思う。

佐藤は『やまびこ学校』で知られる無着成恭の教え子だ。この寄稿より後の著書には『愉快な百姓―藤三郎の農業日記』（晩聲社、1997年）、『山びこの村―だから私は農をやめない』（ダイヤモンド社、2000年）、『山びこ学校ものがたり―あの頃、こんな教育があった』（清流出版、2004年）、『ずぶんのあだまで考えろ―私が「山びこ学校」で学んだこと』（本の泉社、2012年）がある。

◇草野比佐男（福島県いわき市）

〈作品こそがすべて　境遇や呼称に甘えず　怠れぬ自立への努力〉

1927年生まれ。「就眠儀式」で第6回農民文学賞、「新種」で第10回地上文学賞。著書に『村の女は眠れない』、『榧木（かやのき）覚書』、『雲に鳥　村に老いる』、『詩人の故郷』など。

【寄稿概略】　寄稿では農民文学のあり方を論じた。大正から昭和初期にかけての詩人猪狩満直は開拓農民として北海道に渡る。苦闘と貧困のなかで詩集『移住民』を刊行した。彼は真壁仁や更科源蔵らと詩誌「北緯五十度」に拠り活動するが、この詩誌の作品について大阪の詩人小野十三郎から「冗漫」と批判を受ける。それに対して猪狩は反論する。要約してみる。僕たちは真面目に生き、その中から産み出した詩、詩誌、それが冗漫の二文字につきる代物であるか。こうした悪評は真剣な生活をしている人が書いたとは思えない。プカプカ煙草でもふかしながら文芸家然として威張っている人間が書いたものとしか思えない。

これに対し草野は、これでは「冗漫」の評語に対する反論にはなり得ないとする。自分でも都市や都市的なものへの対抗意識はあるが、作品はどんな環境で書かれようと、すべては芸術の運命にゆだねられる。つまり現物だけでよしあしを評価される。猪狩らは強烈な暮らしの自負が詩を甘やかした、と手厳しい。「農民文学は、作品の出自と呼称に護られなくとも、文学としてすっくと自立するものでなければならないと思う。そのための方法の創出と、それに沿う表現の努力を怠ってはいけないと思う」と結ぶ。

農民文学だけでなくどの文学にも求められることだと私も思う。ただし、まずは書いてみることが大切だ。批判を恐れて書かないでいては、何も生まれない。

装いを新たにした『定本　村の女は眠れない　草野比佐男詩集』（梨の木舎）が2004年に刊行され、私もこれを入手した。草野は2005年に亡くなっている。

信州の身近な書き手たち

前項「戦後50年、それぞれの視野とその後」で紹介した人以外にも、長野県内には農民文学賞を受賞し農民文学会員として活動する人たちがいる。その作家たちの視野と問題意識に分け入ってみたい。この方々の導きで私も農民文学の世界に入ることになった。

◇水野昭義

下伊那郡松川町で果樹栽培など農業一筋に生きた。詩作が中心で２０００年、詩集「土之繰言」で第43回農民文学賞を受けた。２０１４年に87歳で亡くなった。「農民文学」２７３号（２００６年、春の号）には「水野昭義詩撰集」が載った。平和の大切さと農業の変貌ぶりに、伊那谷独特の言葉づかいもある。

「カネになる戦争」を読んでみる。

戦争のお題目には／かならず正義とか平和が／異口同音に付きまとう／人類が万物霊長を誤認して／三〇〇〇余年を経た今でも／悔い改まらず侵略と殺戮が続く

戦争景気で太るのはカネ企業／あの昭和戦争もそうだった／甘い味は忘れがたく五年経ったら

／自衛隊と云う軍隊が誕生して／軍需産業は蘇生　政治は右回転

（第3連は省略）

今年は平和憲法の還暦年に当たる／蘭盆（ママ）には先祖様が平和を期待して／故郷の迎え火を待ち焦がれているら／喋りまいか　話しまいか平和六〇年／女の平均寿命は八六歳　男は七九歳／世界の長寿国だそうだ／〝贅沢は敵だ〟それは昔／贅沢でも長生き　それが今だ／平和の成せる現世だ／減反田圃にコスモス咲かせ／コメは作らずパンを買う暮らし／ここらでやめまいかな／若齢で逝った先祖がかわいそうだで

水野は「農民文学」の297号（2012年春の号）にも「地球の狂いかなぁ」「貧乏神に根付かれる」「スポーツに酔う」「百姓村のむかし」と題した詩4編を寄せている。詩のリズムが心に沁みこんでくる。詩は農民文学にとって有効な手法だと実感できる。

◇飯島勝彦

1939年生まれ。佐久市布施在住。農協勤務、専務を経て農業。「銀杏の墓」で2004年、第47回農民文学賞。この回は下伊那郡松川町出身の下澤勝井の「天の罠」も受賞している。

飯島の著書は『鬼ケ島の姥たち』（郷土出版社、1999年）、『埋火』（「銀杏の墓」も収録、同社、2006年）、『恍惚の里』（同社、2007年）『冬の風鈴』（同社、2009年）と続く。

今回は『夢三夜―ＴＰＰ・原発・憲法』（梨の木舎、２０１３年）を取り上げてみる。副題の三つの事柄は、現代の大きな不安材料だ。悪夢に託してえぐり出している。

その１。ＴＰＰ（環太平洋連携協定）で食料は外国から大量に流れこんでいるが、ある日干ばつや洪水で輸入が途絶える。米を求めて押しかけてきた男に銃で撃たれる。

その２。浅間山と蓼科山が噴火し、火砕流から逃れるため石段を上るが、足首を男に掴まれる。

その３。軍国主義に傾倒する孫から「じいじは非国民だ」とされ、銃剣で刺される。

こんな悪夢が現実に起きないように。その願いを飯島は読者の胸に届ける。

◇小林ぎん子

上田市下武石で農業を営み、２００７年に「心ささくれて」で第50回の農民文学賞を受けた。80歳を過ぎて最高齢での受賞だった。受賞作は農業と年金で生計を立てる夫婦の人間関係を描いている。「納得のいく作品はまだまだ」と語り、後に「吾妻の空蒼く」を「農民文学」に発表した。吾妻山麓の開拓村を舞台にキャベツ栽培に取り組む若者を描いている。

作家として晩年に花開いたが、信濃毎日新聞の投稿欄「私の声」や「生活雑記」の常連としても知られていた。「私の声」の集いの世話役を佐々木都、杉田小百合、若月房子、上原茂子さんらと奔走してくださったことを懐かしく思い出す。２００８年、入院先の病院からはがきをいただいた。まだ生きられることを信じ再び書くことを楽しみにしていると心情を語り、私にもいつまでも書き続けるようにと励ましてくださった。２０１１年、85歳で亡くなった。

新聞への投稿や文芸作品を通じて小林が訴えたかったことは、都市と農村の格差問題だった。金儲けと無責任な自由が横行し、助け合う精神が失われてもいる。そこから生じるゆがみを直したいとの気持ちが文章から伝わってくる。

とりわけ、年金制度の格差に異議を唱えた。農家などが加わる国民年金と、厚生年金・共済年金では受給額に差がある。国民年金が発足したころ、小林は２口入れてほしいと頼んだが、政府の負担金があるから駄目だと言われたと記している。

生前葬を営むなど、新しい生き方も探った。自宅で開いた「ふれあいの家」で多くの人の相談に乗った。受賞の時のことば「為政者の目も届かない同じ僻地に暮して、諸々をかゝえ訪れてくる人達をそっと支えてやれる大きなちからをいたゞけましたこと、心より感謝申し上げます」が胸を打つ。

◇黒沢勇人《いさと》
１９５７年生まれ、小県郡長和町在住。長門町、合併してできた長和町の役場職員、東京農業大学職員を経て就農。「往く道、還る道」が２０１５年、第58回の農民文学賞を受賞した。この小説の主人公石川は町立病院の医師で在宅診療や終末期医療に取り組んでいる。とくに末期がん患者の老人を在宅で看取るまでが読ませる。

選評を見ると、選考委員の一人で詩人の北畑光男は「一読して、求道的な話になっている。そんな中で井上看護師の天然ボケのユーモアに救われて読んだ」と評す。

同じく作家の中沢けいは「山村の医療現場に働く医師の思索と戦争中は特攻隊に属したが事故により一命は取り留めたという老人の最後が印象的であった」。

元「群像」編集長の籠島雅雄は作品を評価した上で「主人公が農業を志す息子に向かって『お前は最後の農民になるつもりか』と言い、またIターン農家が『農業は憲法と同じくらい大切だ』と言う。この辺りをもう少し突き詰めてほしい気がした」と述べた。

選考委員も務める日本農民文学会の野中進会長は「農村医療の先進県にて出てくるべくして出てきた作品で、地域にも明るい反響を呼び起こすとも思われる」と評した。

小説では主人公が勤める病院の院長が「僕はね、ここにきて三十四年になるんだよ。色々なことがあったなあ。赴任した時はまだ診療所でね。佐久総合の若月先生に心酔していたから農村医療の志に燃えていたなあ」と語る。若月先生とは農村医療を確立した若月俊一《としかず》佐久総合病院院長。私はこの病院のある佐久市臼田の支局に7年勤務したおかげで、農村医療のことを学ぶことができた。

若月先生は2006年、96歳の生涯を閉じた。この方の良さは物事を独り占めにせず、みんなで取り組む姿勢だ。毎年の病院祭に象徴される。私は2016年3月佐久市内で「原発とマスコミを考える」と題して講演させてもらった時、子息の健一さんや病院の秘書課長だった内田直人さんらに再会できた。
黒沢作品は、自分の人生を振り返るきっかけにもなった。

◇日本農民文学会長野支部

飯島勝彦が支部長を務め、毎年2月11日に支部の集まりを持っている。年1回の支部会報を出す。今年の29号の作品タイトルを紹介しよう（本章で取り上げた方や私は省略）。松本市・小松豊「秋好日」、長野市・美谷島正子「古希からのスタート」、須坂市・神林啓助「老齢雑感」。野中会長も「明日への布石」を寄稿している。私が山田への旅を始めるきっかけを作ってくれた安曇野市の元高校長・橋渡良知も支部会員である。支部会は連帯を深め、書き続ける気力を養ってくれる。

一ノ瀬綾著『それぞれの愛』
（週刊朝日の「追悼高倉健」号
2014年にはこの本を読む
高倉の写真が載っている）

一ノ瀬綾さん近影

北原文雄著『島の春』

2009年上高地を訪れた北原夫妻（右）、
左から飯島勝彦さん、一ノ瀬綾さん

山崎人功著
『長き旅の果てに』

小林英文著
『コスモスの村』

小田切芳郎著『雪崩の谷』

武田雄一郎著『陸の孤島』

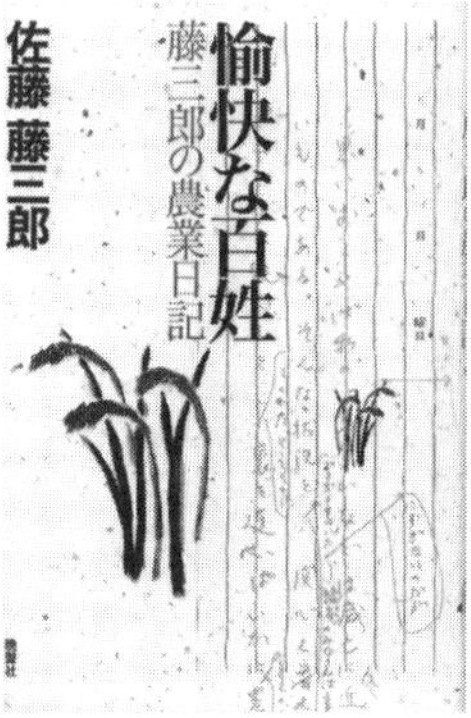

佐藤藤三郎著
『愉快な百姓』

中沢正弘著『限界集落
七窪に吹く風』

草野比佐男著『定本 村の女は眠れない 草野比佐男詩集』

２０１０年日本農民文学会長野支部の集まり 前列右端が水野昭義さん

小林ぎん子さん（受賞発表の
「農民文学」277号から）

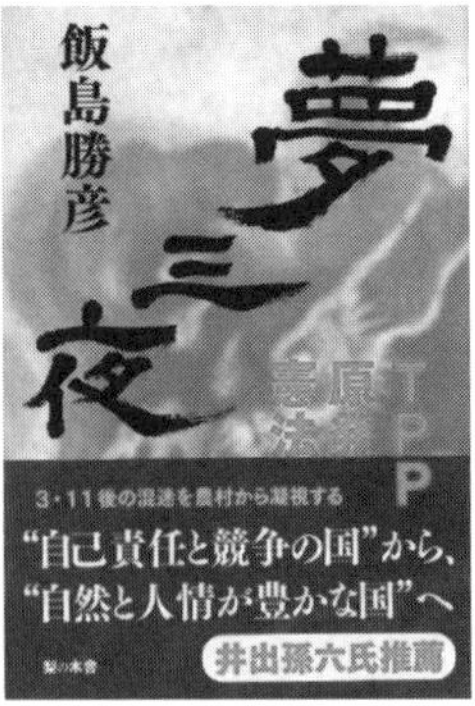

飯島勝彦著『夢三夜』

2016年長野支部の写真　黒沢勇人さんの顔も見える
（後列左から２人目）

あとがき

農民文学の歴史をたどることで、農に携わる人だけでなく広く日本さらには世界の人に、何か明るい希望が見えて来てほしい。特に戦争の恐怖から免れる知恵を得たい。私が農民文学者の一人・山田多賀市の足跡を訪ねてきた目的はそこにある。日本の軍国主義にくみしなかった彼の「破天荒」な人生が今私たちに問いかけてくることは多い。

それを学びつつ今後の農民文学はどうあるべきか。その可能性の一部に論及して本書の「あとがき」としたい。

第一。「都市の空気は自由にする」。ドイツ中世のことわざとされる。戦後、農村から都会へと多くの人が就職していったとき、私もこのことばを実感した。厳しい農作業に加え古いしきたりと人間関係に縛られる農村より、一定時間働けば給料をもらえ娯楽施設の多い都市生活は魅力的だった。しかし、いま都会暮らしは自由で幸福とはいえないことも多い。利潤追求のために人権が無視される。「会社人間」とならなければ生き抜けない現実もある。格差社会が亀裂を深めている。都会の絶望感、孤独感は若者にも高齢者にも広がっている。一方、農山漁村では人口減少から「限界集落」といった深刻な事態が起きている。

こんな中、哲学者の内山節《うちやまたかし》さんは、農山村にある共同体精神の再評価こそが、未来への可能性を秘めているという。古くて克服されるべきとされた「共同体」に価値を見出す発想の転換である。共同体では、共同性、結びつき、利他が尊重される。東京育ちの内山さんは群馬県の山村に居を構え、東京と行き来しながら論を張っている。言行が一致しているから説得力がある。都会から農村への移住や都市と農村の交流の流れが太くなってほしいものだ。

食べ物の生産や配分に励み、助け合い精神を大切にし、人間性を破壊するものに抗議の声を上げる。こうした「農」を描く文学の意義は今なお大きい。付論「農民文学への熱い思い（現代的展開）」で見たように、読み応えのある作品が出てきている。

第二。若い感性を「農」の文学にも取り込んでゆくことが大切だ。「全国農業関係高等学校エッセイコンテスト」の入賞作品が毎年、季刊「農民文学」に発表されている。喜ばしいことだ。日本農民文学会と財団法人全国学校農場協会、全国高等学校農場協会の共催である。農民文学会の木村芳夫前会長や野中進現会長らの努力で実現した。

若者たちの農業にかける夢を読むのは楽しい。農民文学という言葉には歴史性と重々しさを感じる人が少なくない。だが若者たちのエッセイには、それとはやや違う新たな感性がある。農民文学の伝統を踏まえつつ、多様な価値観を吸収、反映して視界を広げるべきだ。新たな仲間を増やしていくことが大切になる。ジャンルも小説だけに限らない。詩、短歌、俳句、エッセイ、報告文などさまざまな手法で今の「農」を描き出し、対話の回路を増やしてほしい。

本書の成り立ちについて簡単に説明しておく。おおむね時代を追って記述した。

第一部「山田多賀市への旅――農民解放と文学」は季刊「農民文学」に8回に分けて掲載された（2013年白秋号・№303〜2015年朱夏号・白秋号合併号・№310）。それに加筆した。

第二部「山田多賀市の新境地――経済成長と農民文学」は第59回農民文学賞を受賞した作品「破天荒作家　山田多賀市と農民文学」（2016年春の号・№312に掲載）の題を改め、筆を加えたものである。

第三部「信念の筆を最期まで――老いと文学」と第四部「山田文学・農民文学を見つめる」は本書のために書き下ろした。

付論「農民文学への熱い思い（現代的展開）」では、山田以外の作家について述べた。農民文学という大きな山脈を知っていただきたいからである。

本書が上梓に至ったのは、多くの方々のご指導、ご協力の賜物である。団体名やお名前を記して感謝申し上げたい。

❖取材・上梓でお世話になった皆さま（敬称略）

ご親族　山田繁彦・早美　山田耕治

研究者　村上林造　南雲道雄　備仲臣道

山梨県立文学館（三枝昂之館長）高室有子　中野和子　保坂雅子　土橋みえ、水上百合子
日本農民文学会　野中進　木村芳夫　中島紀一　宇梶紀夫　飯塚静治　梁瀬重雄　塚本誠子
杉山武子　北原文雄　園山富徳　臼井三夫　嶋津治夫
日本農民文学会長野支部　飯島勝彦　一ノ瀬綾　小田切芳郎　神林啓助　黒沢勇人　小松豊
中沢正弘　美谷島正子
臼井吉見文学館友の会　橋渡良知　小平信夫　青柳邦栄　宮澤哲二　内川美徳
安曇野市　臼井博通　征矢野久　上條繁明　小穴力　長田洋一　米澤章雄
長野市　間島孤峰　相澤啓一　池田玲子　塩澤鴻一　河野経保　清水昭次郎　多賀清雄
伊藤正大　倉知泰介　花嶋堯春　花岡荘太郎　横山悟　倉根巳之男　岩本弘　横内房寿
細野正昭　浅川浩　北條冬木　北村博幸　大澤隆美　長澤保　八木輝夫　百瀬淳平　細野武文
金子宗平　山﨑良弘　内田今朝男　浅田栄蔵　林兼道　池内紀昭　武田武・梅子　安藤憲司
宮下喬一　小寺聡彦　潟永好和　本田好　海野幸一　竹内洋夫　水野千代　玉城司　言の葉会
芝田読子　藤澤喜三子　林巴　杉田小百合　岸竹代　宮澤徳子　草間清子　中村美技子
高野和子　引場洋子　竹村由美　宮原玲子　野口幹夫　佐藤ふ志江　久保慎太郎・さやか
その他長野県内　三井彰　斎藤憲　平沢義郎　後藤澄寿　飯島ユキ　高橋将人　井出正一
佐々木都　市川英彦　湯浅道夫　若月健一　内田直人　中島雅子　扇田孝之　原健一
田中欣一　清水美保子　西村康彦　宮原和子　野﨑敏子　飯島ひさ子　上原茂子　吉池みどり

北原紀子　岸田小寿恵　小林荘一　荻原彰
山梨県　澤登昭文　片桐義和
北海道　前田次郎　岡村一美　成田和男
首都圏　塩澤実信　島利栄子　内山節　中嶋廣　吉川駿　北林巖　小梶晴好　永楽達雄
松本仁一　山崎剛太郎　熊井明子　小塩節　南川隆雄　太田日出世　杉村秀雄　飯坂慶一
高橋保　前澤義行　伊藤修介・陽子　林正貴・わかな
その他の府県　小野好子　近藤すぐ礼　東山佳代
その他の団体　安曇野市堀金図書館　山梨県立図書館　牛久市立中央図書館　名古屋市図書館
北海道立文学館　市立小樽文学館　県立長野図書館　長野市立図書館　塩尻市立図書館
長野県農業改良協会　長野県カルチャーセンター事務局・受講生　農山漁村文化協会
信濃毎日新聞社　週刊長野新聞社　日本農業新聞社　松本市民タイムス社　長野朝日放送
清泉女学院短期大学　長野赤十字看護専門学校

＊ページ数の制約上、お名前を載せ切れなかった方々にお詫びします。

出版元・人文書館の道川文夫さんと多賀谷典子さんの適切なアドバイスがあったからこそ、完成にこぎつけられた。私が行きづまり思い悩んでいると道川さんは「書きたいように書く」「楽しみながら書く」ことを勧めてくださった。その言葉に何度も救われた。

原稿の第一読者となってくれたのは妻あけみである。適切な感想と誤字脱字のチェックがありがたかった。内輪のことだけれどこの際、感謝の言葉を表に出させていただく。
農業に生き私たちを育ててくれた今は亡き父母、祖父母に感謝を込めて本書を捧げたい。

２０１６年　戦後71年　夏の日に

三島利徳

三島利徳…みしま・としのり…
1947年　長野県下伊那郡豊丘村生まれ。
村内小中学校、飯田高校を経て、1970年静岡大学人文学部卒業。
同年、信濃毎日新聞社入社。
本社報道部、更埴支局、臼田支局を経て、1984年から文化部（デスク、部長）。
文化部では書評などを担当し、2001年から論説委員を務め、
社説や1面のコラム「斜面」を執筆した。2012年退職。
現在、長野県カルチャーセンターの「文章を書く」講座講師。
清泉女学院短期大学および長野赤十字看護専門学校非常勤講師。
2016年4月、「破天荒作家　山田多賀市と農民文学」で
第59回農民文学賞（評論の部）受賞。

安曇野を去った男
ある農民文学者の人生

発行　二〇一六年九月二〇日　初版第一刷発行
著者　三島利徳
発行者　道川文夫
発行所　人文書館
〒一五一-〇〇六四
東京都渋谷区上原一丁目四七番五号
電話　〇三-五四五三-二〇〇一（編集）
〇三-五四五三-二〇一一（営業）
電送　〇三-五四五三-二〇〇四
http://www.zinbun-shokan.co.jp
装本　道川龍太郎・多賀谷典子
印刷・製本　モリモト印刷株式会社

乱丁・落丁本は、ご面倒ですが小社読者係宛にお送り下さい。
送料は小社負担にてお取替えいたします。

© Toshinori Mishima 2016
ISBN　978-4-903174-35-8
Printed in Japan

人文書館の本

*音の風景を旅する、人生を旅する。

耳を澄まして―音風景の社会学／人間学

山岸健・山岸美穂 著

ここからそこへ、かなたへ。その場所（トポス）、あの道（ホドス）へ。多様な世界体験と記憶のなかで、自らの拠り所を求めながら、人間とは何か、人生とは何かを問い続ける山岸健。身近にあった音の世界から、音の風景の地平を切り開いてきた山岸美穂。両者の対話によって織りなされた小論集。人間にとっての〝音の風景〟、その生の深みを考える。美しい文章のなかに、ふたりの瑞々しい感性が感じられるであろう。

四六判上製二八〇頁　定価三七八〇円

*新聞の「叡智」と「良心」

新聞への思い―正岡子規と「坂の上の雲」

高橋誠一郎 著

司馬遼太郎の代表的な歴史小説、史的文明論である『坂の上の雲』等を通して、近代化＝欧化とは何であったのかを、比較文学・比較文明学的視点から問い直す！　明治の「時代人」たちは、「坂の上」の「白い雲」の向こうに何を見たのであろうか。子規、秋山好古・真之兄弟、それに陸羯南（くが・かつなん）という新聞人、畏友・夏目漱石ら、それぞれの「時代人」の跫音（あしおと）にふれながら、「坂の上の雲」を辿る。

四六判上製二五六頁　定価二九一六円

*明治維新、昭和初年、そして、いま。変転する時代をどう生きるのか。

国家と個人―島崎藤村『夜明け前』と現代

相馬正一 著

「木曾路はすべて山の中である。」青山半蔵にとって生きる道とは、「〈人を欺く道〉ではなく、どんな難儀をもこらえて克服し、筋道のないところにも筋道を見出して生きる愚直な〈百姓の道〉であった。」狂乱の時代を凝視しながら、最後まで己れ自身を偽らずに生きた島崎藤村の壮大な叙事詩的世界を読む！日本の〈近代〉とは何であったのか、そして国民国家とは一体何であったのか。

四六判上製二二八頁　定価二七〇〇円

*〝芸術即人間〟「火宅の人」にあらず。つきつめて、文芸は一体何をなしうるか。

檀一雄―言語芸術に命を賭けた男

相馬正一 著

檀一雄という吟遊詩人がいた。逝って四十年、清冽な魂が蘇る！　太宰治研究の第一人者である相馬正一による『坂口安吾 戦後を駆け抜けた男』に続く、はじめての本格的評伝！［三界火宅］を超えて、永遠の旅情を生きた漂蕩の詩人であり、デカダンティスムという小説美学を問い続けた浪漫派、最後の無頼派作家の生涯と作品！伝説の作家の虚無と優しさと詩の精神世界を丹念に辿り、醇乎たる檀文学のすべてを解き明かす。

四六判上製五五六頁　定価五一八四円

定価は消費税込です。（二〇一六年九月現在）